KAREN HARRINGTON

Komm, lass uns die Welt ändern, gleich morgen

KAREN HARRINGTON

Komm, lass uns die Welt ändern, gleich morgen

Aus dem Amerikanischen
von Catrin Frischer

cbj

Dieses Buch ist auch als E-Book erhältlich.

Für Chloe und Molly

MIX
Papier aus verantwortungsvollen Quellen
FSC® C083411

Verlagsgruppe Random House FSC® N001967

1. Auflage 2019

Die amerikanische Originalausgabe erschien 2014 unter dem Titel:
»Courage for Beginners« bei Little Brown and Company,
einem Imprint der Verlagsgruppe Hachette, Inc.
Übersetzung: Catrin Frischer
Umschlagkonzeption: Suse Kopp, Hamburg
unter Verwendung eines Fotos von © Marie Hochhaus
MP · Herstellung: SeS
Satz: Uhl + Massopust, Aalen
Druck: CPI books GmbH, Leck
ISBN 978-3-570-16550-8
Printed in Germany

www.cbj-verlag.de

Man braucht Mut, um zu werden, wer man ist

e.e. cummings

Kapitel 1

Ich weiß nicht viel, aber eines schon, dass nämlich Leute stehen bleiben, um sich etwas Ungewöhnliches anzusehen. Sie fahren zum Beispiel langsamer, damit sie sich Autounfälle ansehen können. Sie holen ihre Fotoapparate heraus, um orangefarbene Sonnenuntergänge zu knipsen. Sie legen sich im Dunkeln auf eine Wiese, weil ein Nachrichtensprecher gesagt hat, sie könnten um Mitternacht einen Meteoritenschauer beobachten.

Vielleicht sehe *ich* jetzt gerade ungewöhnlich aus. Wahrscheinlich sogar, aber selbst stehen zu bleiben, um *mich* anzugucken? Das wäre schon ein echtes Kunststück.

Ich könnte ein Gemälde in einem Museum sein. *Mädchen, das am Fenster sitzt.*

Museumsbesucher in knallbunten Sommersandalen würden an meinem Bilderrahmen vorbeikommen und flüstern: *Schaut mal, das komische rothaarige Mädchen, wie es am Fenster sitzt. Worauf wartet sie nur? Was sieht sie da? Was sehen wir hier?*

In der Schule habe ich mitgekriegt, dass, wenn man

immer ganz still ist, die Leute einen für schlau halten. Auch so ein Trick. Ich bin gar nicht schlau. Ich kann nur nicht aufhören zu denken.

Ich sitze hier ganz ruhig und still. Und denke. Es gibt nichts anderes zu tun.

Die meisten Leute müssen nicht den lieben langen Tag in ihrem Haus hocken.

Ich schon. Schon deshalb bin ich anders als die anderen.

Dad ist bei der Arbeit und Mom in ihrem Zimmer, die Tür ist zu. Keine Ahnung, was Laura macht. Mom hat ihre Wände gerade meerschaumgrün gestrichen, als Vorarbeit für ein weiteres Wandbild – an ihrer Stelle würde ich nicht da drinnen bleiben, wegen dem Farbgeruch. Aber wahrscheinlich ist Laura zu Mom aufs Bett gerutscht und diskutiert mit ihr darüber, ob auf dem neuen Wandbild ein Baum sein soll oder Teddybären beim Picknick oder Teddybären beim Picknick unter einem Baum. Ich für meinen Teil habe Mom gesagt, sie soll aufhören, das Motiv des Wandbilds in meinem Zimmer zu verändern. Ihre Version der Mona Lisa gefällt mir nämlich ganz gut, wir nennen sie *Fake-na Lisa*. Bis jetzt hat Mom sich dran gehalten. Im Flur hat sie gerade mit einem Wald angefangen.

Zum ersten Mal im Leben bin ich froh darüber, dass meine Freunde nie zu Besuch kommen. Genauer gesagt, dass mein einziger Freund nie zu Besuch kommt. Ich hab nur den einen. Aber ich würde vor Peinlichkeit tausend Tode sterben, wenn er die vielen Bilder von Mom sehen würde. Über der Toilette im Flur prangt eines von *SpongeBob*. Wie erklärt man denn so was?

Eigentlich müsste ich jetzt weg vom Fenster und aufhören, die Straße zu beobachten. Es wird heiß, und ich weiß jetzt schon, dass die Augustsonne an diesem Nachmittag alles versengen wird. Ich bin dran mit dem Pflanzengießen im Garten. Wahrscheinlich schreien sie schon nach mir. *Hilfe! Rette uns!*

Also, wenn Gemüse denn schreien kann. Aber ich muss noch auf die *Frau-die-irgendwohin-geht* warten. Wenn sie an unserem Haus vorbeikommt, werde ich ein Foto von ihr machen und endlich das Rätsel lösen, wo sie immer hingeht. Aber heimlich, damit ich nicht wieder Ärger kriege.

Um den Nationalfeiertag am vierten Juli herum bin ich nämlich zum Hausarrest meines Lebens verdonnert worden, weil ich Fotos gemacht habe von der *Frau-die-irgendwohin-geht*. Jeden verflipflopten Tag dieses Sommers ist die Frau an unserem Haus vorbeigegangen, langsam und sicheren Schrittes und immer in irgendeinem seltsamen Aufzug. Lange pluderige Hosen. Neongelbe Blusen. Im Parka! Eines kann ich euch sagen: Hier in Texas braucht echt kein Mensch einen Parka. Nichts an dieser Frau deutet darauf hin, dass sie Profi-Walkerin wäre. Wie *die* aussehen, weiß ich nämlich. In unserer Straße wohnen zwei Powerwalker, die schwarzgrüne Trainingsanzüge tragen und die Haare zu strammen Pferdeschwänzen gezurrt haben. So macht man das als Powerwalker. Die *Frau-die-irgendwohin-geht* schaut völlig anders aus. Ihre Haare stehen normalerweise wirr zu Berge. Sie hat keine Handtasche dabei. Niemand begleitet sie. Sie schlendert zum Rhythmus ihrer inneren Musik dahin.

Doch wo geht sie hin? Ich habe da so meine Theorien. Es passieren nämlich die tollsten Sachen in der großen, weiten Welt. Gefährliches. Abenteuerliches. Ungewöhnliches.

Also habe ich ein paar Fotos von ihr gemacht. Mit meiner Kamera. Was für ein Verbrechen. Ich hab eines Morgens wie eine Statue an meinem Fenster gesessen und darauf gewartet, dass sie vorbeischlappt in ihren Flipflops. Und dann: *klick*. Zwei Fotos habe ich gemacht. Sie sind gar nicht mal schlecht geworden, obwohl vor meinem Fenster ein Fliegengitter ist. Wir haben keine riesigen Bäume in unserem Vorgarten wie die Jennings, unsere Nachbarn. Nur Tomaten und Melonen wuchern da in alle Richtungen. Sie brauchen pralle Sonne, sagt Mom. Aber ich wollte ein klareres Bild haben. Also hab ich mir gedacht, ich montiere das Fliegengitter ab, damit ich ein noch besseres Foto bekomme. Auch wenn meine Eltern sich tierisch aufregen würden, sollten sie das spitzkriegen – was sie auch taten.

Mom brauchte zwei Minuten, um Dad zu sagen, dass ich ein *Voyeur* sei (das ist Französisch und bedeutet *jemand, der zuschaut* – und ich weiß echt nicht, was daran so schlimm sein soll).

Während ihrer Inquisition hab ich nicht viel gesagt. Ich hab am Esstisch gesessen, während Mom, mit den Armen in der Luft rumfuchtelnd, mein Verbrechen beschrieben hat. Dad hat mich angestarrt. Ich hab die blau-weißen Platzdecken angestarrt. Die sind so alt und ausgeblichen, dass sie vermutlich aus der Zeit der Dinosaurier stammen. Also, wenn Dinosaurier denn Platzdecken benutzt haben.

So was macht mein Gehirn, wenn ich still bin und es zu viel denkt. Es sieht Dinosaurier, die vor blau-weißen Platzdecken sitzen.

»Und offenbar geht das schon eine ganze Weile so«, sagte Mom. »In ihrer Kamera sind noch andere Bilder.«

Ich stellte mir vor, wie Dinosaurier einen grünen Blattsalat mit Croutons von unseren Platzdeckchen aßen.

»Das ist wirklich unglaublich, Mysti«, sagte Dad. »Kannst du mir mal erklären, was du dir dabei gedacht hast?«

Schaut mal, das komische Mädchen, das dachte, es sei eine gute Idee, weil dieses Rätsel ihr schon den ganzen Sommer keine Ruhe lässt.

»Ich glaub, mir war langweilig«, antwortete ich.

»Weißt du denn, warum so was eine Verletzung der Persönlichkeitsrechte ist?«, fragte Dad in seinem *Ich-bin-ja-so-enttäuscht-von-dir*-Ton.

»Weil die Frau nicht wusste, dass sie fotografiert wurde«, antwortete ich.

Schaut mal, das komische Mädchen, das das Offensichtliche ausspricht – schließlich war die Frau nicht gerade so angezogen, als wolle sie zu einem Fotoshooting gehen.

»Stimmt genau.«

In dem Moment fragte ich mich, ob er mich wohl zwingen würde, mich bei der *Frau-die-irgendwohingeht* zu entschuldigen. Das würde die Lösung des Rätsels ratzfatz beschleunigen.

»Deine Kamera bekommst du erst mal auf unbestimmte Zeit nicht zurück«, sagte Mom. *Na und, ich hab ja mein Smartphone.*

»Und bis auf Weiteres hast du Hausarrest.« *Na und, ich geh sowieso nie irgendwohin.*

»Ja, Mom. Ja, Dad.«

Mom sagte: »Wenn man es besser weiß …?«

»Macht man es besser«, ergänzte ich brav.

Damit war die Lektion zu Ende. Hätte schlimmer sein können.

»Okay, geh in dein Zimmer. Zum Abendessen darfst du rauskommen«, sagte Mom. »Dir fällt bestimmt was Besseres ein, als Fotos von arglosen Menschen zu machen.«

Hat dieses komische Mädchen denn echt nichts Besseres zu tun, als Fotos von arglosen Menschen zu machen?, fragt ihr euch vielleicht.

Aber ihr ahnt natürlich, dass die Antwort darauf Nein ist. Nein, hab ich nicht. Alle meine Lieblingsbücher habe ich schon zigmal gelesen. Diese Bücher laufen inzwischen Gefahr, bald nicht mehr meine Lieblingsbücher zu sein. Spannend sind sie schon lange nicht mehr, und wer die Bösewichte sind, ist klar wie Kloßbrühe.

Es ist Sommer und unsere Familie macht im Sommer nichts außer Lesen, Spiele spielen und Mom bei der Ernte der Melonen im Vorgarten und hinterm Haus zu helfen. Man könnte glauben, wir wären eine Familie vom Land, sind wir aber nicht. Wir sind eine Familie, die drei Straßen vom Supermarkt entfernt wohnt, wo man Melonen *kaufen* kann.

Aber bei mir zu Hause gibt es weit Seltsameres als selbst gezogene Melonen. Seltsame Dinge gehen vor sich. Zum Beispiel stelle ich mir gern vor, dass ich eine Figur in einem Buch sei. So gehen die langen, langweiligen Tag schneller vorbei.

Das sind die Hauptfiguren in meinem Buch:

Da gibt es eine Person, die malt und kocht und nie das Haus verlässt.

Eine Person mit einem Job, die vorsichtig versucht, alle anderen dazu zu bewegen, das Haus gemeinsam zu verlassen.

Eine verzogene kleine, noch nicht fertige Person, deren Hobby es ist, das Hochziehen einer Augenbraue zu üben.

Und eine Mädchenperson, die sich wünscht, alle würden sie ganz in Ruhe am Fenster sitzen lassen, während sie versucht, Fotos von einer geheimnisvollen Vorübergehenden zu machen.

Diese Leute – sie könnten der Stoff für eine interessante Geschichte sein.

Kapitel 2

Als ich auf die Welt gekommen bin, habe ich noch nicht geglaubt, eine Figur in einem Buch zu sein. Das habe ich meinen Eltern zu verdanken. Ist komisch, ich weiß.

Wenn bei uns zu Hause etwas kaputtgeht, dauert es so zirka zehn Jahre, bis es repariert wird. Damit meine ich *so richtig repariert*. Vollständig repariert oder ersetzt. Nicht bloß so halb repariert à la: *Oh, ist das nicht total kreativ, wie wir das Handschuhfach im Auto mit Isolierband fixiert haben? Es springt jetzt gar nicht mehr auf.*

Nee, das ist nicht kreativ. Das ist irgendwie dämlich. Und kaputt ist es ja trotzdem noch.

Aber so läuft das bei uns zu Hause. Als ich zwei war und auf meinem Bett rumgehopst bin *wie ein wildes Tier* (sagt mein Dad), hab ich den Metallrahmen zerbrochen, der die Matratze hielt. Meine Eltern haben das Bett *repariert*, indem sie einen Stapel Romane und dicke Kunstbücher unter die kaputte Ecke geschoben haben. Zehn Jahre später wird mein Bett noch immer von einem Bücherstapel gestützt. Mom kommt ab und zu, nimmt sich eins und tauscht es gegen ein anderes aus, so als wäre ich eine Leihbücherei. Und wozu hat es geführt, auf einem kaputten Bettgestell zu schlafen, das von Büchern gestützt wird? – Sämtliche Geschichten und Bilder sind in mein träumendes Gehirn gesickert. Das ist der Grund dafür, glaube ich, dass ich so anders bin und mich wie die Erzählerin meiner eigenen Lebensgeschichte benehme.

Na ja, man kann Schlimmeres mit seinem Kopf machen.

Zuerst waren meine Geschichten einfach nur total albern.

Schaut mal, das komische Mädchen, das Pyjama-Land erobern wird.

Mom und Dad klatschten und erzählten mir, wie originell ich doch sei.

Und ich ließ mich von meinen Träumen an Orte bringen, an denen ich gern sein wollte.

Schaut mal, das komische Mädchen, das auf einem roten Fahrrad durch die Straßen von Paris fährt. (Eigentlich hätte ich ein französisches Mädchen sein sollen, habe ich lange Zeit geglaubt.)

Mom und Dad haben gesagt, ich würde ein ganz tolles französisches Mädchen abgeben.

Und dann habe ich die Geschichten meine Probleme lösen lassen.

Schaut mal, das komische Mädchen, dessen Mutter

die ganze Familie in ein Restaurant einlädt, in dem es riesige Pizzas gibt.

Mom und Dad sahen sich an und sagten nichts.

»Hat euch meine Geschichte gefallen?«, fragte ich.

Und Mom sagte: »Das ist gar keine richtige Geschichte, Mysti.«

»Doch, na klar! In Geschichten erlebt man Sachen, die man sonst nie macht. Wir waren noch nie im Restaurant.«

»Ich weiß.«

»Warum denn nicht?«

Darauf antwortete meine Mom nur: »Nun geh und leg deine Wäsche zusammen, bevor sie ganz krumplig wird. Darüber reden wir ein anderes Mal.«

Dieses andere Mal kam nie. Ich habe dann damit aufgehört, meinen Eltern Geschichten aus meinem Leben zu erzählen.

Und mir wurde langsam klar, dass in meiner Familie nichts gut und richtig repariert wird. Wir halten alles mit Klebeband zusammen – echtem und ausgedachtem – und tun so, als wäre alles in Butter. Das ist ein Trick, so ähnlich wie die Sache mit dem Stillsein in der Schule, damit die anderen einen für schlau halten.

Ich habe drüber nachgedacht und bin zu dem Schluss gekommen, dass man die Fähigkeit, in Restaurants zu gehen, vielleicht nicht unbedingt zum Leben braucht.

Die Tatsache, dass wir nie ins Restaurant gehen, wurde einfach ein Thema, über das wir nicht mehr sprachen.

Die Tatsache, dass ich andere Kinder kenne, deren Mütter echt aus dem Haus gehen, kam mir irgendwann nicht mehr so außergewöhnlich vor.

Die Tatsache, dass meine Mutter im wahrsten Sinne des Wortes eine Hausfrau ist, ist nichts weiter als das: eine Tatsache. Sie ist die ganze Zeit zu Hause, malt, gärtnert und backt jeden zweiten Tag frisches Brot – und, ja, sie verbreitet jede Menge Liebe. Und vielleicht reicht ja ein Elternteil mit Führerschein völlig aus, und man braucht nicht unbedingt eine Mutter, die Auto fährt.

Meine kleine Schwester Laura und ich kommen prima mit dem Bus zur Schule. Manchmal werden wir auf der Heimfahrt von Freunden im Auto mitgenommen. Zum Einkaufen von Lebensmitteln oder Kleidern für die Schule fahren wir mit Dad und manchmal auch in den Park. Ab und zu geht es zum Arzt zu einer Vorsorgeuntersuchung. Einmal im Monat machen wir uns zu dritt auf zur Stadtbücherei. Dad sitzt immer hinter dem Steuer des alten grünen Toyota mit dem mit Klebeband zugeklebten Handschuhfach und Laura und ich sind die Mitfahrer. Niemals Mom.

Und immer wenn wir von wo auch immer zurückkommen, sitzt Mom am Küchentisch und wartet auf uns, liest ein Kunstbuch, das gleich neben den sich aneinanderschmiegenden Salz- und Pfefferstreuern liegt. Die haben die Form von zwei kleinen Gespenstern, die sich umarmen, und sie stehen schon immer genau in der Mitte von unserem Esstisch. Lange dachte ich, Mom würde ihnen vorlesen, solange wir weg waren.

Okay, Salz und Pfeffer, hört gut zu, ich lese euch jetzt vor, wie man mit Farbe Harmonie erzeugt.

Mom und Dad reden nur spätabends, wenn sie denken, keiner höre zu, über das Zuhausesein meiner Mutter. (Aber wer kann denn weghören in einem winzigkleinen Haus mit dünnen Wänden?) Es gibt kleine Streitereien über Broschüren, die sie nicht lesen will. Die Broschüren zu dem *Thema-über-das-wir-nicht-sprechen* liegen in Zeitschriften gestopft in ihrem Nachttisch versteckt. Vor zwei Jahren habe ich diese geheimen Dokumente entdeckt. (Schubladen müssen schließlich auch innen ausgewischt werden.) Einige davon habe ich gelesen. Na gut, ich habe alle gelesen. Und ich habe begriffen, dass Mom etwas hat, das sich *Agoraphobie* nennt. Den Broschüren zufolge bedeutet das, man hat mächtig Angst davor, an Orten oder in Situationen zu sein, aus denen man nur schwer entkommen kann, weil das nicht möglich ist oder peinlich oder Panikanfälle auslöst.

Keine Farbschicht kann so dick sein, dass ich durch die dünnen Wände ihre leisen Stimmen nicht hören könnte, wenn sie darüber sprechen, wie Mom diese Art Angst empfindet. (*Vielleicht* bin ich aber auch den Flur runtergeschlichen und habe das Ohr an ihre Tür gedrückt.)

»Geh doch einfach mal nach draußen und mach einen klitzekleinen Spaziergang.«

»Ich weiß nicht, David.«

»Na, du brauchst ja nicht jetzt sofort aufzubrechen, du kannst später üben. Nur üben. Dazu braucht man Mut, das ist mir klar, also fang mit kleinen Schritten an. Weißt du, es ist bestimmt gut für die Mädchen, wenn sie sehen, dass du es versuchst.«

»Es ist ja nicht so, dass ich so sein will«, sagte Mom. »Aber ich …«

Den Rest des Satzes habe ich nicht verstehen können.

Aber jedes Mal, wenn ich zum Staubwischen in Moms Zimmer bin, lese ich die Broschüren noch mal. Ich will sichergehen, dass sie wirklich da sind. Diesen Satz habe ich nie vergessen: *Kinder agoraphobischer Eltern verfügen nicht selten über eine hoch entwickelte Einbildungskraft.*

Und irgendwann habe ich erkannt, dass es nicht nur an den Büchern liegt, die mein altes Bettgestell abstützen, dass es in meinem Kopf von Geschichten wimmelt, sondern auch dem Umstand zu verdanken ist, dass ich eine extrem häusliche Hausfrau als Mutter habe. Also habe ich aufgehört, meine Eltern wegen Restaurantbesuchen und anderen Müttern zu löchern.

Dad hat aufgegeben, Mom ins Auto zu nötigen, damit sie das Mutigsein übt. Alles ist bestens.

Aber wenn man ein bisschen weiterblättert in unserer Geschichte, erfährt man, dass sich das ändern wird. Dabei bin ich kein großer Fan von Veränderungen. Mir gefällt es gar nicht, wenn ich aus meinem Lieblingsshirt rauswachse und sehen muss, wie meine Schwester es trägt. Ich mag die Sommerzeit nicht, wenn die Uhren vorgestellt werden, um Strom zu sparen. Das Licht, das durchs Fenster fällt, ist so anders, und ich bin noch nicht bereit aufzuwachen. Ich mochte auch nicht, dass die Kabelfernsehfirma letzte Woche mitten in der Nacht beschlossen hat, die Sendeplatzfolge zu ändern. 130 ist jetzt plötzlich ein bescheuerter Kochsender statt *Animal Planet*.

»Warum haben die das geändert?«

»Veränderung ist gut. Durch Veränderung lernst du, wie man sich anpasst«, hat Dad gesagt, als ich mich darüber beschwert habe. Dad ist ein guter Zuhörer. Er guckt dir ins Gesicht und sagt, dass es für uns alle Veränderungen geben wird, denn so ist das auf der Welt, also sollten wir darauf vorbereitet sein. Aber wenn Dad lächelnd sagt: »Für dich wird es Veränderungen geben«, klingt das für mich wie eine Warnung. Es klingt so, als würde ein großes, plattfüßiges Monster nachts durch die Straßen schleichen. *Es kommt dich holen!*

»Nun ja, eines Tages willst du doch nach Paris, oder? Davon redest du immerzu«, sagte er. »Wie willst du da hinkommen, wenn sich nie was verändert?« Ich will nach Paris. Keine Frage. Ich will da *sein*. Aber ich will mich nicht *auf den Weg dahin* begeben. Die ganze Reise und wie man da hinkommt und die Komplikationen, die damit verbunden sind… Ich wünschte mir, man würde von Zauberhand einfach dort hingebeamt, wo man eben hinwill.

»Nach Paris fliegt man, Dad!«

»Soso, dann lass es mich wissen, wenn dir Flügel wachsen.«

Dad. Immer macht er Witze, wenn ich will, dass er ernst ist. *Das* wird sich niemals ändern.

Kapitel 3

Schaut mal, das komische Mädchen mit den langen roten Haaren, zwölf Jahre und zwei Minuten alt, das sich fragt, warum es so still ist im Haus.

Vielleicht glauben sie, ich sei nicht auf ihre Überraschung vorbereitet. Stimmt nicht. Bin ich durchaus.

Ich setze einen Fuß auf den Flur.

Das Haus ist zu still. Keine laufende Dusche. Keine in den Teller prasselnden *Cheerios*. Keine Nachrichten im Fernsehen, die von Krieg in weit entfernten Städten berichten. Nichts. Sogar mein Hund Larry ist stumm wie ein Holzklotz.

Und dann höre ich das Geflüster: *»Sie hat ja keine Ahnung, was gleich passiert.«*

Meine kleine Schwester Laura kichert. Eine Verschwörung ist im Gange.

Ich weiß, was sie vorhaben. Glauben sie etwa, sie könnten mich austricksen? Mich? In unserem klitzekleinen Haus, das so winzig ist, dass man die Wollmäuse pupsen hört?

Wahrscheinlich war es die Idee meiner dämlichen

Schwester Laura. Ich schnappe mir eine Handvoll Murmeln von meinem Bücherregal und springe über den Flur in ihr Zimmer. Dort ziehe ich ihr Laken hoch und verteile die Murmeln auf der Matratze. Später wird sie denken, sie schläft auf Steinen.

Schaut mal, das komische Mädchen, das den Spieß umdreht und es seiner nichtsahnenden Familie zeigt.

Auf allen vieren krieche ich Richtung Esszimmeratelier. Mein Hund Larry macht sich an mich heran und enttarnt mich beinahe.

Hau ab, Larry.

Dann werfe ich einen Blick in die Küche. Ich entdecke sie. Sie kehren mir alle den Rücken zu, stehen eng beieinander auf einem Haufen. Wollen mich überrumpeln. Die haben keine Ahnung, was jetzt kommt. Aber es führen zwei Türen in die Küche und meine Tür hat gerade keiner im Blick. Was sind das nur für Dummköpfe, dass sie nicht beide Türen bewachen.

»Überraschung!«

Sie wirbeln herum. Mom springt in die Luft, schreit und packt den Küchentisch. »O mein Gott, Mysti!« Sie legt die Hand aufs Herz.

»Erwischt!«, sage ich und biege mich vor Lachen.

Aber jetzt lachen alle und sind so fröhlich wie die Tuschkastenfarbe Zitronengelb. Ich brauche einen Augenblick, bis ich wirklich erfasse, was meine Augen da sehen.

Eingewickelte Geschenke. Ein hoher Schokoladenkuchen mit zwölf Kerzen. Eine für jedes Jahr, das ich nirgendwo anders verbracht habe als genau hier.

»Herzlichen Glückwunsch zum Geburtstag, Mysti!«, ruft Dad. »Zwölf! Wünsch dir was!« In zwölf Jahren werde ich in Frankreich sein. Das ist mein Wunsch. *Pfft*, die Kerzen sind aus und mein Wunsch ein Rauchzeichen ans Universum.

Mom drückt mich. Dann holt sie etwas hinter dem Brotkasten hervor.

»Also, das ist noch nicht ganz trocken.« Es ist ein Ölbild. Ein wirklich wunderschönes Bild. Rote Mohnblumen in einem Meer von gelbgrünem Gras. Ein blassblauer Himmel. Ein rothaariges Mädchen in weißen Shorts, die Haare flattern im Wind. Ich, sorglos an einem unbekannten Ort. Vielleicht in Frankreich. Ganz bestimmt in Frankreich.

»Danke, Mom.« Ich seh toll aus auf diesem Bild. Ich wünschte, so gut würde ich im wirklichen Leben aussehen. Das Rot der Haare ist genau getroffen. Die hellblauen Augen. Die winzigen Sommersprossen auf den Wangen. All das stimmt genau. Was nicht stimmt, ist das schöne Lächeln, das dieses gemalte Mädchen hat. Das echte hat das nicht. Das echte hat eine kilometerweite Lücke zwischen den Schneidezähnen. Das echte lächelt nicht so. Warum auch?

Dads Geschenk für mich ist ein roter Drachen, ein Buch mit Witzen und ein Gutschein für die Reparatur des Zickzackrisses in meiner Zimmerdecke.

Ich ziehe ihn auf: »Gib mir doch einfach eine Rolle Klebeband, damit ich das selber reparieren kann.«

»Hahaha, Mysti! Warum schwimmen Delfine in Salzwasser?«

»Warum denn?«

»Weil sie in Pfefferwasser immer nur niesen würden.«

Genau wie ich hat Dad kräftige rote Haare, blaue Augen und eine Vorliebe für klasse Witze.

»Mach meins als Nächstes auf«, sagt Laura, und das mache ich. Ein Buch mit Geschichten, das ich mir sehr gewünscht habe. Darin gibt es viele leere Zeilen, in die man eigene Ideen schreiben und den Lauf der Handlung verändern kann. Auf der Rückseite des Einbandes steht, dass es in diesem Buch 267 verschiedene Möglichkeiten für den Verlauf der Geschichte gibt.

Ich hab versucht, das kleine Schwestergör mit den braunen Haaren dazu zu bringen, sich auch vorzustellen, sie sei in einer Geschichte. *Wir könnten beide abwechselnd die Kapitel schreiben, hab ich gesagt. Wir könnten verwunschene Länder erfinden oder Reisen zum Mond oder dass wir Rockstars sind, hab ich gesagt.*

Schaut mal, das komische Mädchen, das für den Präsidenten einen hinreißenden Songtext zum Besten gibt.

Und Laura sagt dann immer: *Ach nee, erzähl mir deine Geschichten, Mysti.*

Laura. Sie ist nicht so der *Mach-es-selber*-Typ, eher der *Mach-du-es-für-mich*-Typ. (Ich glaube nicht, dass sie mit hoch entwickelter Einbildungskraft geboren worden ist.)

Ich erzähle ihr also meine Geschichten. Ihre Lieblingsgeschichte ist die von einer Eule, die Leute belauscht.

Die Eule setzt sich vor die Fenster von kleinen Mädchen. Sie lauscht. Sie schnappt Gespräche über Barbies auf, die ihre Köpfe verloren haben. Und als sie die ihren Freundinnen weitererzählt, sagen die nur: Wohu? Wohu?

Laura applaudiert. Lacht. Und schmeißt mich raus aus ihrem Bett.

»Ich bin jetzt müde. Geh wieder in dein Zimmer«, sagt Laura dann.

Na ja, manche Zuhörer sind undankbar. Undankbaren Zuhörern legt man Murmeln unters Laken.

»Zum Frühstück gibt es Eiertoast!«, verkündet Mom. Sie breitet ein schönes gebügeltes Tischtuch über den Küchentisch und deckt ihn wie in einem tollen Restaurant. Dann macht sie die allertollsten Eiertoaste in der Geschichte des Eiertoasts.

»Eiertoast für das Geburtstagskind!« Mom stellt den Teller vor mich hin.

»Und was ist mit der Zahnspange? Mit 12 bekomme ich doch eine Zahnspange, oder?«

Da ist er. Dieser scharfe Blick, den Mom und Dad wechseln. Ich weiß, was ich tue, als ich sie so herausfordere. Sogar mein Hund Larry weiß, dass ich dieses Jahr keine Zahnspange bekommen werde. Denn selbst Larry weiß, dass es hier nur einen Erwachsenen gibt, der Auto fährt.

»Darüber sprechen wir noch«, sagt Dad schließlich. »Erzähl uns doch mal einen Witz aus deinem Buch.«

Darüber sprechen wir noch bedeutet, dass in nächster Zeit ganz bestimmt nicht darüber gesprochen wird. Ich nehme das Witzebuch zur Hand.

»Warum weigern Außerirdische sich, Clowns zu essen?«, frage ich.

»Warum?«, sagt Dad.

»Weil sie komisch schmecken.« Kein schlechter Witz. Nach dem Frühstück schicke ich den als Textnachricht an Anibal Gomez. Anibal Gomez ist mein einziger Freund. Vor ihm bin ich nicht still und ruhig. Ich bin ich selbst.

Kapitel 4

Schaut mal, das komische Mädchen, das den Nobelpreis gewinnt für die Erfindung der mobilen Kieferorthopäden-Praxis, die durch die Straßen der Wohngebiete fährt, verfolgt von allen Kindern mit schiefen Zähnen, die dort ein ordentliches Lächeln bekommen.

Anibal Gomez stört es nicht, wenn Mädchen schiefe Zähne oder Transportprobleme haben. Und mich stört's nicht, wenn Jungs schüchtern sind und Größe XXL tragen. Das tut er nämlich. So hat Anibal jemanden, neben dem er im Bus sitzen kann, und ich habe jemanden, der mich nicht zu Partys einlädt, zu denen ich doch nicht gehen kann. (In Frankreich würde man sagen, diese Freundschaft ist *parfait*. Das ist *perfekt* auf Französisch.)

Einen Auszug der letzten Geschichte – der mit dem Nobelpreis für die mobile Kieferorthopäden-Praxis – habe ich Anibal erzählt.

»Du hast echt verrückte Ideen«, sagt Anibal. »Unter allen Müttern der Welt ist deine die Letzte, die dich hinter irgendwelchen Kieferorthopäden herlaufen lässt.«

»Das ist nur eine Geschichte!«

»Vermutlich wäre so was echt gut für dich«, sagt er. »Besonders, weil deine Mom …«

Ich unterbreche ihn. »Halt die Klappe! Sag es nicht.«

»Ich wollte nur sagen, weil deine Mom dann deine Zähne nicht immer angucken muss. Mann. Bist du empfindlich.«

Wenn man Anibal so gut kennt wie ich, weiß man, dass das ein Kompliment ist. Irgendwie. Er hat sie nie ausgesprochen, diese geheime Sache mit Mom.

In der fünften Klasse haben wir mal in der Pause Familiengeheimnisse ausgetauscht.

»Seit ich acht bin, schlafe ich schon auf einem kaputten Wasserbett, das mit Plüschtieren ausgestopft ist«, hat er gesagt.

Ich fand es natürlich toll, dass in seiner Familie Sachen auch auf ungewöhnliche Art repariert werden.

»Meine Mutter ist nicht mehr aus dem Haus gegangen, seit ich fünf bin«, sagte ich. Ich wartete. Nichts. Nicht mal ein Blinzeln. Das besiegelte meine Freundschaft zu Anibal Gomez.

»Meine Mutter arbeitet im 1-Dollar-Laden«, sagte er. »Ich kann dir ein Poster von Justin Bieber besorgen.«

»Meine Mutter zieht Melonen im Garten«, sagte ich. »Und mein Dad isst sie alle auf und ich mache mir nichts aus Justin Bieber.«

Anibal ist nach wie vor die vertrauenswürdigste Person, die ich kenne.

Ich muss nicht grübeln, was er wirklich meint, wenn er was sagt. Das ist nämlich mein Problem mit anderen Mädchen, meistens muss man raten, was sie denken, und darin bin ich nicht gut. Anibal sagt es einem immer ganz genau.

Deshalb nehme ich Anibal auch bei seinem offenen Wort, als er anruft, mir zum Geburtstag gratuliert und seine neueste Idee präsentiert. Also eher: seine Theorie.

Solange Anibal existiert, wird es keinen Mangel an Theorien geben.

»Ich führe ein soziales Experiment durch. Und du bist ein Teil dieses Experiments.«

»Was muss ich machen?«

»Tu so, als würdest du mich nicht kennen.«

»Warum?«

»Ich habe beschlossen, ein Hipster zu sein.«

»Das kann man nicht einfach beschließen. Jemand muss dich erst so nennen. Du musst dafür gehalten werden.«

»Ich habe mir einen Hut gekauft«, sagt Anibal. »Und ich glaube, Sandy Showalter hat was für Hipster übrig. Dies ist das Jahr von Anibal und Sandy. Sandy wird mich bemerken und mit mir zur Herbstfete gehen. Weißt du, wahrscheinlich beachtet sie mich nicht, weil da ein anderes Mädchen im Weg steht. Also, deshalb ist das deine Aufgabe bei meinem Experiment.«

»Aber warum stellst du dich Sandy nicht einfach vor? Sogar ich könnte das.«

»So läuft das nicht, Mysti. Mädchen wie Sandy sind nur nett zu Leuten, die dazugehören. Die Welt ist grausam, aber was soll man machen?«

»Meinst du damit, dass ich eine Person bin, die nicht dazugehört?«

Schweigen am anderen Ende der Leitung. Brüllendes Schweigen.

»Ich weiß nicht«, sage ich schließlich. »Warum sollte ich das für dich tun?«

»Ein Wort. *Talentwettbewerb.*«

»Was? Moment mal. Darüber muss ich nachdenken«, sage ich zu Anibal.

»Talentwettbewerb!«

»Okay, schon kapiert.«

Verdammt!

Kapitel 5

Schaut mal, das komische Mädchen ohne Talent mit dem aussichtslosen Traum, den Talentwettbewerb der Beatty Middle School *zu gewinnen.*

Der Talentwettbewerb im letzten Jahr war eine meiner weniger guten Ideen. Das gebe ich zu. Vielleicht hätte dieser Entwurf einer Geschichte lieber in meinem Kopf bleiben sollen.

Normalerweise bin ich vorsichtiger, wenn es darum geht, mich ins grelle Licht der Peinlichkeit zu stellen. Aber wenn ich mir vorstelle, etwas mit Anibal gemeinsam zu machen, verweht alles andere – *blöde Kommentare, Kaugummi an der Schuhsohle, ein schlechter Tag* – wie trockene Blätter im Wind.

Also hatte ich mich mit Anibal auf die Liste der Teilnehmer gesetzt, und er hatte gesagt, er würde den Rest machen, wenn ich das Talent lieferte. Wir wussten nicht, ob wir irgendein anderes Talent hatten als das, die Busfahrt nach Hause zu überleben und über unser Mittagessen Witze zu machen.

»Nennst du das ein Thunfischsandwich?«

»Nein, ich nenne es Fred.«

»Wer isst denn Hotdogs ohne Brötchen?«

»Einer, dessen Mutter vergessen hat, Brötchen zu kaufen.«

Ich hab Mom gefragt, mit was für einem Talent ich auftreten könnte.

»Oh, wirst du nicht Angst haben auf der Bühne? Ist sie sehr hoch? Glaubst du nicht, du könntest runterfallen?«

Dann fragte ich meinen Vater.

»Was? Keine Ahnung. Erzähl Witze. Den mit der Kuh finde ich klasse.«

Ich fragte meine Schwester Laura.

»Schade, dass du nicht singen kannst – so wie ich. Taylor Swift sollte sich warm anziehen.«

Ich ging die Post aus unserem Briefkasten holen und fragte Mrs Jennings, unsere Nachbarin.

»Kannst du nähen? In der Highschool habe ich mal selber Hosen genäht und damit einen Wettbewerb gewonnen. Die waren rot.«

Ich ging mit der Post auf unsere braune Haustür zu und sah die geheimnisvolle *Frau-die-irgendwohin-geht* auf der anderen Straßenseite. *He, was würden Sie denn gern zwei Elfjährige vorführen sehen?*

Ich kniff und redete nicht mit ihr, weil ich den Verdacht hatte, dass die *Frau-die-irgendwohin-geht*, total verrückt ist.

Die Ergebnisse meiner Umfrage hielt ich auf einem Blatt Papier fest.

Erzähl einen Witz.

Singe.

Nähe rote Hosen.

Gehe irgendwohin.

Lass es bleiben, weil es Angst macht.

Der letzte Vorschlag gefiel mir am besten, der von Mom.

Aber ich tat es trotzdem. Es stimmt, dass Mom vor so gut wie allem Angst hat. Sie lebt in dem Glauben, überall lauere was Übles. Aber manchmal mache ich genau das Entgegengesetzte vom dem, was meine Mom tun würde, um meine eigene Angsthypothese auf die Probe zu stellen. (Die größte Angst habe ich nämlich davor, niemals nach Paris zu kommen.)

Daher also dieser ganz harmlose Talentwettbewerb. Was gab es da zu fürchten?

Wie sich herausstellte, ist ein Talentwettbewerb der natürliche Lebensraum für unbekannte Ängste, er lässt sie wachsen und gedeihen.

Zwei Tage vor dem Talentwettbewerb hatte sich noch immer kein Talent gezeigt. Also schrieb ich ein Gedicht, das meiner Meinung nach für einen Menschen in meinen jungen Jahren sehr viel Tiefe und Weisheit aufwies. Es beinhaltete Wörter wie *unermesslich* und *Ehrfurcht gebietend*. Es ging darin um eine Person, die nie das Haus verließ.

Nur höchst selten verließ sie mal das Haus,
den ganzen Tag war sie still wie eine Maus.

»Wir blamieren uns«, sagte Anibal.

»Ich weiß. Das war eine blöde Idee.«

»Nein, das war tapfer«, sagte er und gab mir einen Pfefferminzbonbon. Anibal Gomez hat immer einen Pfefferminzbonbon und ein aufmunterndes Wort parat. Frischer Atem und Unterstützung sind wertvoll in einer Freundschaft.

Wir zogen es durch. Wir waren tapfer. Wir wurden aufgerufen, gleich nachdem Kelly Springfield ihren Tambourstock herumgewirbelt hatte, als würden die Gesetze der Schwerkraft für sie nicht gelten.

Rektor Blakely kündigte uns an: »Und jetzt ein Auftritt von ... äh ... Anibal Gomez und Moos-ty Murphy. Oh, entschuldigt, Miss-Ti Murphy.«

Das war jetzt nicht der richtige Zeitpunkt, darüber nachzusinnen, wie glühend ich meinen Namen hasste. Wir betraten die Bühne und heimsten die letzten Reste von Kellys Applaus ein, der einzige echte Applaus bei unserem Auftritt. Vierhundert Augenpaare schauten unseren Auftritt in der Cafeteria an. Ich war nervös. Jemand – ich glaube, es war meine Mutter – hat mal gesagt, man solle sich das Publikum nackt vorstellen, damit man nicht nervös wird bei öffentlichen Vorträgen. Mein Tipp? Lasst es bleiben. Man wird bloß rot und vergisst, was man eigentlich tun wollte.

Anibal rappte einen Beat, während ich mein Gedicht vorlas.

Unermesslich. Formidabel. Maus.

Bähm bähm digga bähm bähm!

Anibal machte das toll. Er kann das.

Bald erfuhren wir, wie es sich anhörte, wenn langsam und sarkastisch geklatscht wird.

Unermesslich grausig.

Und dann die Zwischenrufe. *Hey, AniBALL. Das war fett, genau wie du!*

Egal. Wir fegten das vom Tisch wie Krümel. Wir hatten gemacht, was wir uns vorgenommen hatten, und lachten uns im Bus später halbtot.

Zwei Tage lang dachte ich über Anibals Bitte nach, bei seinem sozialen Experiment mitzumachen. Das wäre eine große Veränderung. Eine kolossale Veränderung. Und wie wir alle wissen, bin ich nicht die Vorsitzende des Fanclubs für Veränderungen.

Schließlich rufe ich ihn an. »Okay, ich mach mit bei deinem *Ich-will-ein-Hipster-sein*-Experiment. Aber du hattest echt schon bessere Ideen.«

»Beim *Jugend-forscht*-Wettbewerb haben wir doch einen Preis gewonnen, oder?«, sagt Anibal.

»Ja.« Letztes Jahr hatten wir mit unserem langweiligen Deodorant-Vergleich tatsächlich was gewonnen.

»Und das gilt ja auch nur, solange wir in der Schule sind«, sagt Anibal. »Außerdem wird dir die Vorstellung gefallen. Du wirst mich auf den Fluren sehen und hin und weg sein von meinen darstellerischen Künsten.«

»Ich werde versuchen, mir meine Faszination nicht anmerken zu lassen.«

»Du darfst gern Bilder von meiner neuen, optimierten, absolut umwerfenden Siebtklässlerversion machen und sie an mein Smartphone schicken.«

»Was du nicht sagst«, sage ich. »Ich muss jetzt Schluss machen und *Unsere kleine Farm* spielen.«

»Schon wieder Melonen?«

»Was sonst.«

Ich lege auf und verschaffe mir einen Überblick über meine Lage. In einer Woche bin ich Siebtklässlerin und werde in der Schule vorübergehend so tun müssen, als würde ich Anibal Gomez nicht kennen, damit er seine Coolness-Theorie beweisen kann. Solche Sachen tut man nur im Namen der Freundschaft.

Aber es gibt schwierigere Herausforderungen auf der großen, weiten Welt.

Kapitel 6

Schaut mal, das komische Mädchen, das grüne Bohnen wäscht, Melonen erntet und über die wahre Bedeutung von Freundschaft grübelt.

Samstagnachmittagsblauer Himmel. Die Luft steht und ist heiß, und die Sonne sengt so sehr, dass man schmelzen könnte. Keine Ahnung, wie dieses Gemüse das aushält, besonders das am Zaun, wo den ganzen Tag die Sonne brutzelt. Es muss sich vorkommen wie im Todestrakt des Gartens. Klar, Gemüse hat keine Gefühle, das weiß ich wohl, aber trotzdem. Wir lassen es den ganzen Tag schmoren und ermorden es dann zum Abendessen.

Die Bohnen hab ich gründlich gewaschen, jetzt hole ich drei reife Melonen vom Acker, den wir Garten nennen – und ich werde dieses seltsame Gefühl nicht los. Normalerweise kann ich es zum Verschwinden bringen, indem ich all meine Pflichten erledige, heute nicht. Es ist, als hätte man mich sachte fallen lassen.

Wie eine Wolke am Himmel, die gerade von Gottes Hand auf die Erde gesetzt worden ist, der sagt: *Ach, bleib du doch bitte allein dort unten, während ich all die anderen Wolken dort oben bewundere.*

Das Komische ist, wir haben mit dem blöden Experiment noch nicht mal angefangen und Anibal fehlt mir jetzt schon.

Denn irgendwie stimmt was nicht an der Idee, dass ich, Mysti Murphy, Sandy Showalter im Weg stehen könnte. Jeder mit Augen im Kopf weiß, dass ich keine Konkurrenz bin – in Sachen Liebe. Und dann die Idee von Sandy und Anibal – zusammen. Die echte Herausforderung bei Anibals Experiment ist nämlich, dass er glaubt, Sandy würde überhaupt erwägen, mit ihm zur Herbstfete zu gehen. Aber manche Mädchen wollen mit Jungs wie Anibal einfach nichts zu tun haben. Und Sandy ist eine davon. Doch vielleicht galt das nur in der sechsten Klasse. Was weiß ich, schließlich hab ich das *Handbuch fürs Miteinander in der Mittelstufe* nicht geschrieben. Vielleicht ändern sich Dinge in der siebten Klasse.

Ich hole meinen zinnoberroten Drachen raus und lege mich neben die Tomaten in Moms Garten. Aber meine Zeit, den Gedanken freien Lauf zu lassen, ist schon vorbei, ehe sie angefangen hat, weil Dad mich mit dem Gartenschlauch nass spritzt.

»Erwischt!«

»Dad!«

»Jetzt bist du doch erfrischt, oder?«

Mein Dad. Er wäscht das Auto in der Auffahrt und

hat den grünen Gartenschlauch über den Zaun gehalten, nur um mich richtig einzuweichen. Am Schlauch ist ein Stück Klebeband, das ein Loch abdichtet.

»Gehst du später mit mir einkaufen?«, ruft Dad.

»Jaha.«

»Und vielleicht Eis essen?«

»Eis essen auf alle Fälle.«

Schaut mal, das komische Mädchen, das die leuchtenden, wärmenden Strahlen väterlicher Liebe genießt.

»Jetzt, wo du zwölf bist, kannst du doch auch fahren, oder?«

»Dad!«

Jetzt lässt er eines seiner Autowaschtücher durch die Luft fliegen. Es saust durch die Luft, bis es hoch oben an einem Ast des Riesenbaums hängen bleibt.

»Oh, wie ist das denn passiert?«, sagt er zu dem Baum. »Bin gleich wieder da.«

Der Riesenbaum.

Er ist uralt, groß und ockerfarben. Würde es Spaß machen raufzuklettern? Nun ja, kommt ganz drauf an, welcher Elternteil im Garten ist.

Wenn Dad ein Buch schreiben würde, hätte es den Titel *Klettere auf einen Baum und genieße die Aussicht.*

Wenn Mom eins schreiben würde, hieße es *Komm runter, ehe du dir wehtust!*

Der Riesenbaum steht genau zwischen unserem Haus und dem von Jennings, mitten auf dem Grasstreifen, der unsere beiden Auffahrten voneinander trennt.

Wahrscheinlich wurde er von den ersten amerikanischen Siedlern gepflanzt.

Während ich darauf warte, dass Dad auf den Baum klettert, steige ich auf den zur Straße hin gelegenen Teil des Gartenzaunes, ich hoffe nämlich, dass ich die *Frau-die-irgendwohin-geht* erspähe und einen weiteren Hinweis auf ihre Unternehmungen kriege. Laura hüpft aus dem Haus und kommt zu mir. Wir gucken durch ein keksgroßes Loch im Holzzaun. Und ja!, die geheimnisvolle *Frau-die-irgendwohin-geht* flipflopt an unserem Haus vorbei – in Trainingshosen, einem sackartigen smaragdgrünen Sweatshirt und mit einer gelben Blume im Haar.

»Ich würde dieser Frau so gern folgen, um zu erfahren, wo sie hingeht«, sage ich.

»Und wenn sie nun übel ist? Wenn sie Leute wegschnappt und Mom T-Shirts bedrucken muss mit *WER HAT DIESES KIND GESEHEN?*«

»Mensch, Laura, reg dich mal wieder ab. Die Frau hat nicht mal ein Auto, wie soll sie da eine richtige Kindesentführung hinkriegen?« Das *Thema-über-das-wir-nicht-sprechen* hat zumindest bei Laura nicht zu einer hoch entwickelten Einbildungskraft geführt. Es hat aus Laura eine kleine siebenjährige Mom gemacht.

Jetzt sagt Laura: »Also, ich glaube, ich würde gern wissen, was die so alles treibt. Das kann nichts Gutes sein.«

»Sie hat ein rechteckiges Objekt in der Tasche, das

entweder eine intergalaktische Fernbedienung ist oder eine Geldbörse«, sage ich.

»Das könnte was mit dem All oder mit Einkaufen zu tun haben.«

»Du bist nicht so dumm, wie du aussiehst.«

»Mysti!«

»Abgesehen davon ist es ihr egal, wie sie angezogen oder ob ihr Haar gebürstet ist, wir wissen also, dass sie nicht den Laufsteg einer Modenschau ansteuert.«

Ich erkläre Laura, dass die Frau durchaus zu einer Fernsehshow unterwegs sein könnte, in der ihr Leben umgestylt wird. Ihre strähnigen Haare werden dort gebürstet, bis sie einen goldenen Glanz bekommen, und ein Haarstylist wird ihr Gesicht mit blonden Strähnchen umrahmen. Sie wird glitzerndes rosa Lipgloss auflegen und einen bloßen Hauch von Mascara. Und sie wird dunkle Jeans, Sandalen und ein weich fließendes Shirt tragen, das in Ägypten von Seidenraupen gesponnen worden ist. In ihren neuen Ohrringen wird man Diamanten und Rubine von Königin Elisabeth bewundern können, denn heute Morgen hat die Queen beim Aufwachen gesagt: *Juwelen für alle auf der Welt, die zu Fuß gehen*! Wenn das neue Styling der Frau präsentiert wird, geht sie mit einem Lächeln auf die Bühne, das einer *Miss America* würdig ist. Ja, sie wird hinreißend schön sein und die Kameraleute fallen alle in Ohnmacht. Ein Fernsehregisseur wird brüllen: »Steht auf, ihr Kameraleute«, und dann fragt er die Frau, warum sie sich bisher noch nie hat stylen lassen. Und die *Frau-die-irgendwohin-geht* wird sagen, dass sie um die ganze Welt gewandert ist und dabei Steine, Blumen und Teile von Grashüpferbeinen gesammelt hat, die zusammengemixt eine Suppe ergeben, die ein natürliches und wohlschmeckendes Heilmittel gegen Krebs ist. Wer habe denn da Zeit, Mascara aufzutragen?

»Die solltest du aufschreiben, Mysti«, sagt Laura. »Das ist eine von deinen besseren Geschichten.«

Laura ist *so* leicht mit Geschichten zu unterhalten, und das ist ungefähr das Einzige, was ich an ihr schätze. Aber noch besser als Beifall für meine Kreativität würde mir gefallen, wirklich und wahrhaftig das Geheimnis um die *Frau-die-irgendwohin-geht* zu lüften. Wahrscheinlich gibt es 267 verschiedene Lösungen. Aber wann werde ich der Frau folgen können, um herauszufinden, wo sie hingeht? Am Sankt-Nimmerleins-Tag.

»Merci beaucoup«, sage ich zu Laura.

Schaut mal, das komische Mädchen mit der Gabe, so hinreißende, schillernde Geschichten zu erzählen, dass sie dafür mit einem Rieseneinhorn, einem neuen iPad und so genialen Schulklamotten belohnt wird, dass sämtliche lächerlichen Bitten, an sozialen Experimenten teilzunehmen, umgehend zurückgezogen werden.

»Mädels, ach du meine Güte, kommt da runter, ehe ihr euch wehtut«, ruft Mom, und wir machen, was sie sagt.

Während ich darauf warte, dass Dad mit mir Eis essen geht, bürste ich mir die Haare und binde einen Pferdeschwanz, dann arrangiere ich die Poster auf meinem Korkbrett neu und stelle Moms Gemälde auf meinen Nachttisch. Ich blättere in meinem neuen Buch und stelle es zurück auf das Regal mit meinen Lieblingsbüchern, die alle in Frankreich spielen. (*Die Entdeckung des Hugo Cabret, Madeline, Der rote Luftballon, Die Glücksbäckerei.*)

Jetzt steigt mir der wunderbare Duft von Bananenbrot in die Nase, das Mom in der Küche backt.

Larry lässt sich auf seinen Platz neben meinem Bett fallen.

Ich sitze am Fenster und warte.

Alles ist schön. Alles ist ruhig.

Aber ihr wisst ja, was man über Ruhe sagt. Die kommt immer vor dem Sturm.

Und da höre ich es: ***Raschelknacksrums.***

Der müde alte Ast hat nicht gehalten, als Dad auf ihn raufgeklettert ist, um sein Autowaschtuch wiederzuholen. Er hat ihn mit dem Kopf zuerst auf das nasse Pflaster knallen lassen.

Als wir dann zu ihm kamen, sah er friedlich aus, so als hätte er gerade beschlossen, sich neben dem Auto hinzulegen und ein Nickerchen zu machen. Die Szene wirkte längst nicht so übel, wie sie in Wirklichkeit war.

Kapitel 7

Schaut mal, das ganz, ganz traurige Mädchen, das einem Krankenwagen nachschaut, der in der hellen Augustsonne davonfährt.

Die Äste des Riesenbaumes hätten doch wenigstens im Flüsterton vor der Gefahr warnen können. *Klettern Sie nicht hier rauf, Mr Murphy. Bleiben Sie, wo Sie sind, und lassen Sie den Wind das Tuch runterwehen, wenn er bereit dazu ist.*

Aber nein, das Einzige, was man hörte, war unsere Nachbarin Mrs Jennings, die in den Wind schrie: »Ruf den Notarzt!«

Und dann erwachte Mom, deren Ohren darauf trainiert sind, noch im Tiefschlaf auf das Wort *Notarzt* zu reagieren, aus ihrer Mal-Trance, sie ließ den Pinsel auf den Holzfußboden fallen und rannte zur Tür hinaus.

Sie sah das alles mit an, und als ich mich neben Dad in den Krankenwagen setzen wollte, zerrte sie mich und Laura weg.

»Bleibt auf unserem Grundstück«, kommandierte sie.

Und dann: das Blaulicht, eine riesige Halskrause, der

muskulöse Sanitäter, der zu mir sagte: »Aus dem Weg, Schätzchen.«

In meiner Kehle stieg ein heißer Schrei auf, aber er blieb stecken. Laura hielt sich an meinem Arm fest und heulte wie verrückt. Und Mom – ihr Gesicht war tränenüberströmt, und ihre Hände zitterten ein bisschen, als der Krankenwagen davonfuhr. Laura und ich führten Mom ganz vorsichtig auf die Veranda.

»Meine Lieben, wollt ihr ins Krankenhaus gefahren werden? Oder braucht ihr sonst irgendwas?«, fragte Mrs Jennings. Sie hatte Tassen und einen Krug mit eiskaltem süßen Tee mitgebracht und schenkte uns ein.

Mrs Jennings. Sie war der einzige Mensch auf der Veranda, dem nicht klar war, dass die Antwort darauf Nein lauten musste. Mom konnte nicht in ihr Auto steigen. Mom konnte in gar kein Auto steigen.

Der Himmel wusste, dass sie es ein paar Mal versucht hatte, doch Mom kriegte schon Panikattacken, wenn sie nur auf dem Beifahrersitz saß. Sie zitterte und schwitzte und sagte, sie habe das Gefühl, sie würde einen Herzinfarkt kriegen. Dann eilte Dad immer zu ihr. *Atme in diese Tüte, Melly. Dir fehlt nichts. Alles gut. Wir versuchen es irgendwann später noch mal.*

Und Mom atmete in die Tüte und kam raus aus diesem Kopfgefängnis, in dem sie sich verstecken wollte, berührte seine Wange und sagte: *Was würde ich ohne dich bloß machen?*

Laura und ich haben das Programm *Mom-versucht-zu-Fahren* schon einige Male verfolgt. Wir sind keine Fans.

Warum zwingt Dad sie immer?, fragte Laura mich im Geheimen. *Das ist gemein.*

Und ich sagte immer: *Ich glaube, er will, dass sie mal rauskommt.*

Aber dieser Tag, der Tag des brechenden Astes, war nicht der Tag, an dem Mom versuchen würde, mal rauszukommen. Nicht ohne Dad. Sie würde nicht mal rausgehen und Dad besuchen können. Und was das Schlimmste war, wir hatten alle die gleiche Frage im Kopf. Ich konnte spüren, wie die imaginäre Denkblase über unseren Köpfen schwebte: *Was sollten wir nur machen ohne Dad?*

Denn eines wussten wir alle über das *Thema-über-das-wir-nicht-sprechen*: Dad machte alles, für das man aus dem Haus gehen musste.

Von den Sanitätern und den Gesprächsfetzen, die ich mitgehört hatte, wusste ich wenigstens so viel: Dads Kopf war mit solcher Wucht auf das Pflaster aufgeschlagen, dass es eine Weile dauern würde, bis man seine Verletzungen einschätzen könnte. Außerdem wäre vielleicht eine Operation nötig, damit die *Schwellung nicht auf sein Gehirn drückte*. Ich weiß nicht viel, aber ich wusste genau, wir würden eine Weile ohne Dad auskommen müssen.

Mrs Jennings ging wieder und wir saßen auf der Veranda, wir drei, in der heißen Nachmittagssonne. Unter Schock. Mom hatte immer noch einen Streifen lila Farbe auf der Wange. Er war durch ihre Tränen verlaufen, und ich versuchte vergeblich, ihn wegzuwischen. Meine Finger wurden lila und salzig davon, und Mom sah danach aus, als hätte sie einen Bluterguss. Ich fragte: »Was glaubst du, wie lange Dad im Krankenhaus bleiben muss?«

»Weiß ich nicht«, sagte Mom.

»Hörst du auf zu weinen?«, fragte Laura.

»Weiß ich nicht.«

»Können wir ins Krankenhaus fahren und ihn besuchen?«, fragte ich.

»Weiß ich nicht.«

Zum Abendessen setzten wir uns alle an den Küchentisch, es gab Taco-Salat. Je länger wir still dasaßen, desto heftiger irritierten mich die blöden schmusenden Salz- und Pfefferstreuer. Die standen da, als wäre alles wie immer – und ich hasste sie dafür, was blöd ist, weil Salz- und Pfefferstreuer nichts dafür können.

»Es ist ziemlich ernst«, sagte Mom. »Was mit eurem Dad passiert ist.« Man konnte in ihren Augen sehen, dass sie eigentlich nicht über ihn sprechen wollte.

»Und was bedeutet das?«

»Da bin ich mir nicht sicher. Nach der Operation wissen sie mehr.«

»Aber Mom, du kannst nicht fahren«, sagte Laura. Ich warf ihr einen bösen Blick zu.

Mom stach mit der Gabel auf ihren Salat ein.

»Das weiß ich, Laura«, blaffte sie.

Ich gab Laura einen Tritt. »Es wird alles gut, Mom.«

»Iss deinen Salat.«

Wenn es so weit ist, finden wir schon jemanden, der uns zum Krankenhaus fährt. Die Jennings vielleicht.

»Iss deinen Salat«, wiederholte Mom.

»Ich hab keinen Hunger.«

»Dann bete für deinen Vater.« Ihre Nase war rot. In den Augen glänzten Tränen. *Dad erzählt immer Witze, wenn sie traurig ist, und das bringt Mom zum Lächeln.* Ich schlage das Witzebuch auf, das Dad mir geschenkt hat. *»Wie nennt man Tage, an denen man vorhat, Bananen zu essen? – Bananenplantage.«*

Es funktionierte. Sie lächelte. Ein schönes, großes Lächeln mit geraden Zähnen. Ich liebe es, wenn sie lächelt. Meine Mutter hat Tage, an denen sie wirklich schön ist. Besonders, wenn sie ihre Sorgen mal ruhen lässt.

»Oh, Bananen! Beinahe hätte ich das Brot vergessen!«

Mom ging in die Küche und schnitt zwei schöne dicke Scheiben von ihrem frisch gebackenen Brot ab.

Moms Antwort auf vieles ist ein Stück selbst gebackenes Brot.

Zwei Tage später hatte Mom so gut wie rund um die Uhr geschlafen. Wir hatten erfahren, dass Dads Zustand kritisch ist.

Er ist operiert worden, damit kein Druck mehr auf seinem Gehirn lastet.

Sein Arzt ist zuversichtlich.

Und ich bin todmüde vom Sorgenmachen. Der Gedanke, dass Dad neben einem leeren Besucherstuhl aufwachen könnte, ist deprimierend. Ich hab Filme gesehen. Ich weiß, dass da ein Mensch neben dem Verletzten sitzen sollte, wenn er aufwacht.

»Wir besuchen ihn bald«, sagt Mom.

Nachmittags klettere ich in ihr Bett und rolle mich neben ihr zusammen. Sie streichelt mir über meine langen roten Haare, so wie ich es gern mag.

»Dein Haar hat etwa vier verschiedene Farben, Mysti«, sagt sie. »Orangerot, Kupfer, Gold. Mohnrot.«

»Das erzählst du mir schon ewig.«

»Nun ja, es wird ewig wahr sein.«

»Dann wird es nicht grau werden wie bei dir?« Moms Haaransatz ist zu sehen, an den Wurzeln haben ihre Haare die Farbe eines staubigen Eichhörnchens. Der Rest ist *Rotbraun Brillant*, steht jedenfalls auf der Tönungspackung.

»Hoffentlich nicht, meine Süße.«

Im Fernsehen fängt jetzt *Judge Judy* an, Moms Lieblingssendung. Wir liegen zusammen da und sehen uns an, wie Judy Leuten sagt, wann sie reden sollen, wie sie sich zu benehmen haben und dass sie ja nicht wagen sollen, mit einer Lüge in ihren Gerichtssaal zu kommen.

Heute ist eine Frau dran, die in einem Oberteil auf die Anklagebank zugeht, das ihren Bauchnabel nicht verdeckt.

Ich sage: »Oha, die wird von der Richterin was zu hören kriegen.«

»Was hat die sich heute Morgen nur gedacht, als sie in den Kleiderschrank geguckt hat? Oh, mit diesem Shirt werde ich den Richter beeindrucken?« Mom lacht.

Und selbstverständlich fragt Judge Judy das Mädchen im schlimmen Shirt, ob sie vergessen hat, dass sie heute vor Gericht erscheinen soll. Das Mädchen guckt sie an, ohne jede Peilung. Wahrscheinlich vergisst sie eine Menge.

»Mach dir keine Sorgen. Mr Jennings fährt uns zum Krankenhaus«, sage ich.

»Vielleicht.«

Das Mädchen mit dem schlimmen Shirt muss schließlich die Strafe zahlen. War ja vorauszusehen bei dem Aufzug.

Als Mom eingeschlafen ist, decke ich sie mit einer Wolldecke zu und mache mich auf die Suche nach einem Imbiss. Ich esse, was noch von dem leckeren Bananenbrot übrig ist.

Jeder Blindfisch sieht, dass wir wirklich über das

Thema sprechen müssen, über das wir nie sprechen. Wir müssen die Frage an die frische Luft bringen und ausschütteln wie einen Teppich. Ich habe nämlich im Computer nach Informationen über Gehirnverletzungen gesucht, und eines weiß ich ganz sicher: Das große plattfüßige Monster namens Veränderung kommt auf uns zu – und Lebensmittel wird es keine mitbringen.

Kapitel 8

Schaut mal, das komische Mädchen, das sich darauf vorbereitet, die 7. Klasse zu betreten. Sie hat einen lädierten Dad, keinen offensichtlichen Freund, keine neuen Schuhe für den ersten Schultag und ist gerade zu der grauenvollen Erkenntnis gelangt, dass sie sich nur ein Bein rasiert hat.

Der erste Schultag.

Es fühlt sich nicht so an, als wären wir auch nur für den ersten Tag von Sonstwas bereit.

In den letzten vier Tagen hat Mom jeden Morgen in ihrem Zimmer gesessen und ferngesehen.

Jeden Nachmittag in den letzten vier Tagen haben wir einen kleinen Bericht über Dads Zustand von Dr. Randolph im Krankenhaus bekommen. Er ist stabil und seine Vitalzeichen sind gut.

Jeden Abend essen wir einen Gartensalat und wünschen uns, wir hätten vier Teller abzuwaschen statt drei.

Letztes Jahr um diese Zeit war meine größte Sorge, ob ich in der Mittelstufe wohl eine Handtasche in die Schule mitnehmen sollte.

Dieses Problem vermisse ich heute Morgen. Zu meinen Problemen gehört jetzt, dass ich nur eine begrenzte Auswahl an Schulklamotten habe, einen Rucksack mit Löchern und Turnschuhe, die schon 150 Kilometer auf den Sohlen haben. Und natürlich ein unrasiertes Bein. An diesem letzten Problem bin ich ganz allein schuld.

Ich gucke auf die Uhr. Vielleicht schaffe ich es ja noch, ins Bad zu joggen und mir zwei haartechnisch zusammenpassende Beine zu verschaffen. Die Uhr sagt: *Nein, und du kannst nicht mal mehr in Jeans schlüpfen, diese Caprihosen müssen reichen.* Blöde Uhr.

Ehe wir uns auf den Schulweg machen, schafft Mom auf eine Art Ordnung, die verbergen soll, wie aufgewühlt sie ist. Sie wischt die Arbeitsflächen, die schon sauber sind, und sortiert Lebensmittel in alphabetischer Reihenfolge, denen das ganz egal ist.

Schnief. Schnief.

Wisch. Wisch.

Mehl. Suppe. Zucker.

Heute hat sie die dunklen Haare mit einem korallenroten Tuch zusammengebunden und etwas *Revlon-Rose*-Lippenstift auf dem Mund. Sie sieht aus wie eine besorgte Cheerleaderin. Aber ich vermute, sie bemüht sich, nicht offensichtlich deprimiert zu wirken.

»Was machst du da?«

»Na ja …« Sie zögert. »Ehrlich gesagt verschaffe ich mir einen Überblick. Ich wollte mal sehen, wie lange wir mit unseren Vorräten auskommen können.«

»Willst du den Witz des Tages hören?« So bin ich, wenn ich versuche, mir keine Sorgen um Mom zu machen, die den ganzen Tag allein zu Hause sein wird.

»Oh, Mysti«, sagt sie ein bisschen verwundert. »Ja, bitte, erzähl mir einen Witz.«

»Wie ist der Vorname vom Reh?«

»Wie?«

»Kartoffelpü.«

»Den finde ich gut.«

»Danke.« Ich umarme sie fest und sie gibt mir mein Lunchpaket und frischt die Sicherheitsregeln noch mal auf. *Rede nicht mit üblen Fremden. Halte immer die Augen auf. Bleib in der Gruppe oder bei deinem Sitznachbarn, deinem Sicherheitsanker.*

»Paarweise ist man sicherer.«

»Ja, ich weiß. Immer zu zweit bleiben.«

Bei Laura läuft es genauso. Ich stelle mich auf die Veranda und höre alle drei Messingschlösser einrasten. *Klick, klick, klick.* Dann ihre Stimme hinter der Tür. »Mysti, ich kann dich sehen. Geh jetzt. Ich werde heute malen. Mir wird es bestens gehen.«

Ich bemühe mich auch darum, dass es mir bestens geht.

Während der Morgenansprache verstecke ich das unrasierte Bein hinter dem glatten und sehe mich nach einem Sicherheitsanker um (oder dem, was andere Siebtklässler vielleicht einen Freund bzw. eine Freundin nennen würden). Bis Anibal aus dem Hipsterland zurückkehrt, wäre es schön, nicht ganz allein dazustehen. Letztes Jahr habe ich mich nicht so richtig um andere Mädchen bemüht, weil mein Freundschaft-Bedürfnis gedeckt war. Im Rückblick war das keine so tolle Strategie.

Im Meer neuer Mitschüler sieht man viele neue Kleider und nicht einen Pickel weit und breit, alle ausgelöscht mit fünfzig Dollar und einem kostenfreien Besuch bei der Kosmetikerin. Zwei Mädchen erkenne ich wieder, aber die flüstern so eifrig miteinander, dass sie mich nicht bemerken. Eines der Mädchen ist bekannt dafür, immer eine *Eidechse* neben ihren Namen zu malen. Letztes Jahr hat Anibal Gomez sie direkt gefragt: *Warum zeichnest du immer eine Eidechse?*

Mit erstaunlicher Lautstärke hat das Mädchen ihn angebrüllt: *Das ist ein Salamander, keine Eidechse!*

Jetzt veralbern die anderen sie, aber ihr macht das gar nichts aus. Warum? Weil sie eine Freundin namens *Mädchen-das-Pferde-mag* hat. Aus irgendeinem Grund gibt es in jeder Schule immer ein *Mädchen-das-Pferde-mag*. Sogar Laura gibt mir da recht. Das muss eines der universellen Gesetze des Schullebens sein. Die anderen lauten:

1. Die Cafeteria muss immer ein bisschen nach kalter Suppe und Turnschuhen riechen.
2. Wenigstens ein Mal in der Schulzeit muss man ein völlig zerfleddertes Schulbuch ausgehändigt

bekommen, das irgendwann in eine mysteriöse Flüssigkeit getunkt worden ist.

3. Es muss ein Mädchen geben, das Pferde mag.

Das *Mädchen-das-Pferde-mag* besitzt zentnerweise Pferde-T-Shirts und schleppt eine dicke *Enzyklopädie der Pferde* mit sich herum.

Von da, wo ich sitze, kann ich sehen, dass bei diesen Mädchen kein Platz für mich ist, hauptsächlich weil mir die Tierobsession fehlt.

Ich verstecke mich hinter meinen Haaren wie hinter einer Gardine und frage mich, wo Anibal Gomez wohl gerade steckt. Ich muss immer an ihn denken. So als hätte er etwas von mir eingesteckt, das ich wiederhaben möchte.

Ich höre das *Mädchen-das-Pferde-mag* sagen: »Hast du ihn gesehen? Und diesen Hut?«

»Sieht so was von hipstermäßig aus, findest du nicht?«, sagt das *Mädchen-das-Salamander-malt*.

Kann es sein, dass sie über Anibal reden? Ist ein Hut so ein bedeutendes Fashion-Statement, dass man am ersten Schultag darüber redet? Vielleicht ist ja was dran an seinem Experiment. Notiz für mich selbst: *Süßen Hut auftreiben!*

Letztes Jahr hätte ich Anibal von dem *Mädchen-das-Pferde-mag* und dem *Mädchen-das-Salamander-malt* erzählt und er hätte einen Salamander mit Pferdekopf gezeichnet. Mann, er ist ja so gut im Zeichnen. Ich versuche, selber einen *Pfermander* zu kritzeln, aber der sieht aus wie ein Esel mit Verdauungsproblemen.

Anibal würde das besser machen.

Bis zur Mathestunde hat mir immer noch keiner auch nur mal zugewinkt. Es ist ein bisschen einsam, und ich drifte ab, indem ich mein Kopfkino einschalte, es läuft erst: *mein armer Dad*. In der dritten Stunde will ich umschalten auf *Wenn ich doch zu Hause wär*, aber da läuft nur *Mami allein zu Haus*.

Es klingelt endlich. Mittagspause. Bestimmt sehe ich Anibal in der Cafeteria. Ich hab ihm eine Nachricht geschickt und weiß, dass wir beide zur selben Zeit Essenspause haben.

Und da ist er.

Anibal mit Hut.

Anibal der Hipster.

Anibal, der letztes Jahr mehr als nur ein bisschen rund um die Mitte war und jetzt weniger rund ist. Ehrlich gesagt, er ist nur noch die Hälfte von dem, was er mal war. Anibal Gomez gehört jetzt in die Kategorie *Süßer Junge*. Boyband-süß.

Wahrheit-oder-Pflicht-in-wen-bist-du-verliebt-süß.

Ich doch nicht.

Aber ich muss zugeben, dass er cool aussieht. Und dass sein geheimer Plan, zum Sandy-Showalter-Magnet zu werden, vielleicht doch aufgehen könnte.

Ich freue mich so für ihn, dass ich in meinem Glück ganz den Pakt vergesse, den wir geschlossen haben. Ich gehe direkt auf ihn zu und lächle, ohne an meine kieferorthopädische Behinderung zu denken. Ein großes, offenes Idiotenlächeln, das meine Zahnlücke voll zur Geltung bringt.

»Hey«, sage ich, »wen hast du in Mathe?«

Anibal ist mit zwei anderen Jungs zusammen, die mich angucken, als wäre ich ein komischer Käfer.

Jetzt müsste Anibal mich den beiden vorstellen. Das ist der Code für *Ich kenne dich*. Schweigen ist der Code für *Warum redest du mit mir*? Schweigen ist das, was viele Beliebte tun, wenn sie einen voll abblitzen lassen.

Ich kann das Ticken meiner Uhr hören. Sie macht sich über mich lustig.

Pein-lich.

Pein-lich.

Pein-lich.

Also beschließe ich, ihm auf die Sprünge zu helfen.

»Und… bist du dieses Jahr *Ani*?«

Darüber haben wir mal geredet. Er wäre *Ani* und ich *Myst*. Eine neue verbesserte Version von uns. Neue Namen für ein neues Jahr.

»Und du Mist-Zahn?«

Hä?

Oh.

Brüllendes Gelächter von den anderen beiden Jungs. Die haben natürlich schöne gerade Zähne. Vielleicht hätten unsere neuen Namen geheim bleiben sollen – und ich habe ihn gerade blamiert. Vielleicht albert er nur rum.

»Ich hab dir einen Platz freigehalten«, sage ich. Und dann fällt mir ein, dass ich nicht mit ihm reden soll. *Zu spät.*

»Wozu?«, antwortet Anibal.

Sie stellen sich vor der Essensausgabe an. Auch Hipster müssen das, vermute ich mal.

Schaut mal, das komische Mädchen, das total erschüttert dasteht, mit ihrer braunen Papiertüte und den herzförmigen Erdnussbutterbroten als einzigen Gefährten in ihrem Elend.

Die Zeit friert ein. Ganze Sekunden verstreichen, bis mir klar wird, dass ich verletzt worden bin. Zurückgewiesen. *Das ist nur ein Experiment*, denke ich mir. Er hat mir ja gesagt, ich soll nicht mit ihm reden. Ich wusste das. *Das ist nichts.* Aber all das Schwere in meinem Leben zu Hause bringt mich aus dem Gleichgewicht. *Setz dich einfach hin und lass das Experiment seinen Lauf nehmen. Lass Sandy Showalter mitkriegen, dass Anibal nur für sie und für kein anderes Mädchen auf dem Planeten Worte oder Blicke hat.* Sie ist alles für ihn. Das Mädchen aller Mädchen. Dann kann sie sich auf der Stelle in ihn verlieben, bei *Facebook* ihren Status verändern zu: »in einer Beziehung« und mit ihm zur Herbstfete gehen. Theorie bestätigt. *Finis.*

Na ja, sogar ich weiß, dass das ein Märchen ist.

Ich befehle mir, mich einfach hinzusetzen und auf das potenzielle Wunder zu warten. Aber ich weiß nicht, wo ich sitzen soll. Der Platz, den man am ersten Schultag wählt, ist der, auf dem man bis in alle Ewigkeit sitzen wird… beziehungsweise für den Rest des Schuljahres. Es ist wichtig zu wissen, wo man sitzen und mit wem man dort zusammen sein wird. Dazu kommt, dass ich die Cafeteria irgendwie hasse. Sie ist der Schauplatz des grauenhaften Talentwettbewerbdebakels vom letzten Jahr. Und es ist klar, dass ich nicht die Einzige bin, die sich an unseren miesen Auftritt erinnert.

Gerade kommt Joe Busby vorbei und er rempelt mich mit der Schulter an.

Joe Busby, der letztes Jahr den höhnischen Applaus angestimmt hat.

»Da ist ja das bekloppte Gedichtmädchen«, sagt er.

Mann, ich hasse diese Cafeteria mit rotglühender Leidenschaft. Aber man muss ja was essen.

Auf der anderen Seite des Saales absolvieren Anibal Gomez und seine beiden neuen Freunde mit Cheeseburgern und schlechtem Benehmen im Gepäck den Parcour durch die Essensausgabe. Einer von ihnen schubst ein zierliches Mädchen, das einen Schal in Ultramarin trägt. Wie ein Bilderrahmen ein Gemälde, rahmt dieser Schal ihr Gesicht. *Mädchen-mit-Schal* verkleckert ihre Milch. *Junge-der-schubst* brüllt »Schleier-Braut«, bis Rektor Blakely einschreitet und sagt: »Etwas mehr Respekt, junger Mann!«

Ich gucke auf das Hemd des Jungen. *Junge-mit-raushängendem-Etikett.*

Hoffentlich sagt ihm das keiner. Hoffentlich flattert

dieses Etikett weiter wie eine Idiotenflagge hinter ihm her.

Ich beobachte, wie *Mädchen-mit-Schal* sich in der Cafeteria nach einem Platz umsieht. Das kennzeichnet sie als Sechstklässlerin. Ein ganzer Haufen Sechstklässler wandert hier herum und versucht nicht ganz so neu zu wirken. *Mädchen-mit-Schal* versagt dabei total. Wenigstens vereint uns unser Schulanfangsstress.

Oder das, was ich den *Sozialen Abgrund* nennen werde.

In den ich offenbar gefallen bin.

Es ist ein tiefer, tiefer Brunnen.

»Such dir bitte einen Platz«, sagt Rektor Blakely, als er an mir vorbeigeht.

Mir bleibt nichts anderes übrig, als mir einen Platz auf der Loserinsel zu suchen, dem einsamen Ort, an dessen Strand die Träume vom Beliebtsein geschwemmt werden, um dort zu sterben. Die Loserinsel ist ein Bereich, der von den anderen Tischreihen der Cafeteria völlig getrennt ist. Da essen Gäste und Eltern, die Schüler besuchen, aber da nur selten Gäste und Eltern auftauchen, werden die Plätze normalerweise von Schülern besetzt, die sonst keinen Platz haben, an dem sie sitzen können.

So wie ich.

Und ein ganzer Haufen Nerds wie Wayne Kovok, der drittgrößte Junge der Siebten.

Ein Wort zu Wayne. Als ich ihm in der vierten Klasse zum ersten Mal begegnete, erzählte er allen und jedem, dass sein Name ein Palindrom ist.

Hast du gewusst, dass mein Nachname ein Palindrom ist, ein Wort, das sich rückwärts genauso liest wie vorwärts?

Wayne Kovok fängt jeden Satz mit *Hast du gewusst* an. Immer. Die Leute nennen ihn *Junge-mit-Palindromnamen* oder *Palindromgnom* oder einfach *Wayne Doovok*. Kids sind so blöd, aber Wayne ist irgendwie auch selber schuld.

Mir ist der Appetit vergangen, aber ich mache meine Lunchtüte trotzdem auf. Es liegt ein winzig kleiner Zettel von Mom drin.

Viel Spaß!, hat sie in *Hoffnungvollem Pink* daraufgepinselt.

Das *Mädchen-mit-Schal* hat sich indessen zur Insel durchgeschlagen.

»Das ist ein schöner Schal«, sage ich, weil ich hoffe, nicht das einzige Mädchen auf der Loserinsel zu bleiben, selbst wenn sie nur eine unbedeutende Sechstklässlerin ist.

Und was krieg ich für mein Kompliment vom *Mädchen-mit-Schal*? Einen eisigen Blick.

Zwei weitere Jungs nehmen auf der Insel Platz und stecken die Nasen sofort in ihre Bücher. So macht man das, wenn man auf der Insel überleben will. Kein Blickkontakt. Alles rein geschäftlich. Lasst uns hier nur was essen und mit dem Leben davonkommen.

Wayne Kovok beißt von seinem Sandwich ab und kommentiert mein Essen. »Hast du gewusst, dass das größte Erdnussbuttersandwich, das je gemacht wurde, 12 Meter 20 lang und mit 22 Kilo Erdnussbutter bestrichen war?«

»Nein, das hab ich nicht gewusst, Wayne. Cool.«

»Hey, was liest du da?«, frage ich das *Mädchen-mit-Schal*, denn wenn Anibal vorbeigeht, muss ich wenigstens so aussehen, als hätte ich hier meinen Spaß.

Kein Problem. Deine Beleidigung hat mir überhaupt nicht wehgetan. Ich amüsier mich bestens auf der Loserinsel!

»Das nennt man Buch«, zickt sie.

Gut. Offenbar führt sie keine Bewerbungsgespräche für eine dauerhafte Freundschaft. Wenn sie meine kleine Schwester wäre, würde sie heute Nacht auf Murmeln schlafen, so viel ist mal sicher.

Vermutlich starre ich sie mit leerem Blick an, denn sie murmelt: »Ich bin nur zum Essen hier, nicht zum Reden. Mir geht es nur um die Bildung.«

»Tja, und nett sein ist keine Fähigkeit, die du im Leben brauchen wirst«, sage ich. Wayne Kovok guckt mich an und reckt den Daumen.

»Ich werde Chirurgin, ich muss nicht plaudern können«, sagt sie. »Meine Patienten sind in Narkose.«

»Was für ein Glück für sie.«

Dann esse ich schweigend meine erbärmlichen, selbst gezogenen Karotten. Anibal Gomez und seine neuen Freunde lachen so laut auf der anderen Seite des Raumes, dass man gleich merkt, wie bombig sie sich amüsieren. Seltsamerweise irritiert mich das nur noch mehr. Das hätte mein Lachen sein sollen. Meine Witze. Mein neues und verbessertes Siebtes-Schuljahr-Ich.

Ich sitze fest auf der Loserinsel.

Und jetzt werde ich hier das ganze Jahr hocken müssen. Weil ich einen blöden Namen habe, und weil Anibal Gomez so tut, als wäre er total fies zu mir. Ich werde immer hier sitzen bleiben und das Schulleben der *Beatty Middle School* um mich herum an mir vorbeibranden lassen. Das Leben und die Leute und ihre tollen Klamotten und das Lachen und Mädchen, die geschubst werden oder texten wie die Wahnsinnigen oder die nette, Auto fahrende Eltern haben, die ihnen an ihrem ersten Schultag Sandwichs von *Subway* mitgeben. Lehrer, die durch die Gänge streifen und nach Leuten spähen, die sich danebenbenehmen oder Müll rumschmeißen. Ein Meer von Schülern, die – mit Ausnahme derer auf der Loserinsel – alle jemanden zu haben scheinen, mit oder über den sie reden können. All dieser Lärm und Trubel in der Cafeteria haben mir letztes Jahr nichts ausgemacht, weil ich Teil eines Teams war. Mysti und Anibal. Nicht genau so was wie die aneinandergeschmiegten Salz- und Pfefferstreuer, aber zwei Freunde, die aufeinander achtgaben und über ihren Thunfischbroten miteinander lachten. Und jetzt ist ein Teil meines Teams weg und ich fühle mich so ungeschützt und nackt. Wie eine Schildkröte ohne Panzer.

»Wayne?«

Wayne guckt mich über den Brillenrand hinweg an.

»Können Schildkröten ohne ihren Panzer leben?«

»Nein, ohne Panzer können Schildkröten nicht leben, weil ihr Rückgrat mit dem Panzer verbunden ist. Hast du gewusst, dass russische Schildkröten den Mond umrundet haben, bevor Astronauten je so was versucht haben?«

»Nein.«

»Das ist wahr. 1968 …«

»Oh, mein Gott«, unterbricht ihn das *Mädchen-mit-Schal.* Sie verdreht die Augen, nimmt ihr Tablett und schippert weg von der Loserinsel, ihr Schal bläht sich förmlich im Wind. Wenn ich sie nicht verabscheuen würde, würde ich sie bewundern.

Veränderung kommt auf dich zu, hatte Dad gesagt.

Veränderung wird mich umbringen.

Das wird ein langes Jahr.

Kapitel 9

Schaut mal, das komische Mädchen, das sich wünscht, es hätte ein Stück Schokoladenkuchen vom Geburtstag aufbewahrt.

Nach der Schule füttere ich Larry und fahnde nach einem Imbiss.

Nur eine Schachtel Cracker. Keine Milch. Zwei Bananen an der Schwelle des Verderbens. Was wir sonst noch haben, ist wahrscheinlich in der Tiefkühltruhe oder ganz sauer eingelegt auf Regalen in der Garage oder der Speisekammer und braucht jede Menge Töpfe und Pfannen zur Zubereitung. Wer will denn eine Dose Suppe, wenn er traurig ist? Da braucht man doch was, das gleich fertig vor einem steht, und nichts, das man erst roh im Garten pflücken muss.

Was ich machen könnte. Laura Ingalls auf ihrer kleinen Farm hat das wahrscheinlich so gemacht.

Na ja, Dad und ich hätten zum Einkaufen fahren sollen. Der Einkaufszettel hängt noch immer am Kühlschrank. Ich nehme ihn ab. Er erinnert bloß an das, was wir nicht haben.

Milch
Hundefutter
Äpfel
Eier
Bananen
Haartönung (Rotbraun Brillant)

Und so weiter und so fort.

Mom kommt aus ihrem Zimmer und macht eine Tasse Tee. Wir stellen uns Fragen über unseren Tag. Offenbar war heute bei uns beiden *alles gut*.

»Wie steht es um unsere Lebensmittelversorgung?«, frage ich.

»Wirklich, Mysti, du tust ja so, als wären wir auf einer Insel gestrandet«, sagt sie und wuschelt in meinen Haaren rum, wie man das bei einem Hund oder so machen würde.

»*Lebensmittelversorgung*, ha! Ist das aus deinem Witzbuch?«

Neueste Meldung: Wenn eine Insel ein isoliertes Gebiet ist, von dem man sich nur mithilfe eines wie auch immer gearteten Gefährts entfernen kann, dann entspricht Fargo Drive 4520 durchaus einer Insel.

Mom stiehlt sich davon in ihr Zimmer, damit sie ihr besorgtes Gesicht hinter verschlossenen Türen tragen kann.

Ja, ja, alles bestens bei uns.

Man muss bloß aufhören, an Essen zu denken – an

einen frischen, knackigen Apfel oder ein mit Käse überbackenes Sandwich oder ein Stück Schokoladenkuchen. Einfach aufhören, an irgendwas zu denken, das außer Reichweite ist, wie etwa den richtigen Look zu entwickeln, um beliebter zu werden. Aufhören, sich Zauberkräfte zu wünschen, die entweder verletzte Väter heilen oder mich in den leeren Besucherstuhl in Dads einsamem Krankenzimmer transportieren.

Bis jetzt sieht es nicht so aus, als ob die siebte Klasse als unvergessliches Jahr in meine Lebensgeschichte eingehen würde.

Es wird Zeit, so zu tun, als wäre ich ganz, ganz weit weg in einer Geschichte. Ich stelle mir vor, dass ich in diese Geschichte eintauche wie andere Leute in ein Schwimmbecken. Kopfsprung und dann schnell untertauchen. In der Geschichte von heute bin ich in Paris und kaufe mir buttrige Croissants, wann immer ich Lust darauf habe. Um die Geschichte auf Touren zu bringen, gehe ich mir diesen wunderbaren, glitzernden Turm ansehen, der immer für mich da ist, Tag und Nacht. In unserem Arbeitszimmer ist die Webcam vom Eiffelturm nur einen Klick auf dem Computer entfernt. Ich wirbele auf Dads Drehstuhl herum und warte darauf, dass das Bild hochlädt. Endlich ist die blöde Werbung zu Ende und ich habe die Stadt der Lichter live vor Augen. Es ist Nacht in Paris, mein wunderschöner Turm steht voll beleuchtet vor einem indigoblauen Himmel, leichter Regen fällt. Kleine Wassertröpfchen sprenkeln die Linse der Kamera, die den Eiffelturm filmt. Ich schließe die Augen und stelle mir vor, wie der französische Regen sich auf meinem Gesicht anfühlen würde. So was vor einem Computermonitor zu tun, ist blöde, aber das ist meine Geschichte, also egal.

Anibal Gomez würde mich für eine Säuselsuse halten, wenn er wüsste, wie sehr ich dieses Bild von Paris liebe. Und wann werde ich es ihm erzählen? Am Sankt-Nimmerleins-Tag.

Bonne nuit, sage ich, das heißt *gute Nacht* auf Französisch.

Danach setze ich mich auf die heiße Treppe vor der Haustür und warte darauf, dass etwas Geheimnisvolles vorbeikommt. Die *Frau-die-irgendwohin-geht* könnte jeden Augenblick auftauchen. Sie kommt jetzt später am Nachmittag vorbei, ein Glück für mich. Ich sitze lange da. Das *Mädchen-das-außer-Warten-nichts-zu-tun-hat.* Dann wird meine Geduld belohnt.

Hier kommt sie, die *Frau-die-irgendwohin-geht*, in grauen langen Hosen, die ungewaschen aussehen, und gelben zehenfreien Pumps. Ihre Haare sind zu einem unordentlichen Knoten gewunden. Und sie scheint ein kleines rundes Objekt aus Metall in der einen Hand zu haben. Mit großen Schritten hält sie auf ein abenteuerliches Ziel zu, schnell mache ich ein Bild von ihr. Heute sind nicht genug Elternteile da, um mir die Hölle heißzumachen, weil ich die Persönlichkeitsrechte anderer Leute verletzen könnte. Also schieße ich noch ein Foto von einem vorbeifahrenden Auto. Na und. Wen juckt's?

Ich werde ein bisschen weinerlich. Weichlich. Im Kopf schalte ich um auf ein anderes Programm.

Ich lande im *Schwesternquälen-leicht-gemacht*-Programm, das gehört zu meinen Favoriten.

Heute läuft: *Wie man Siebenjährige reinlegt, sodass sie Hundefutter essen.*

Schaut mal, das komische Mädchen, das fünf Brocken Trockenfutter in eine blanke grüne Schale legt. Zweck der Aktion ist, ihre Schwester zu provozieren.

Ich werfe also fünf Brocken von Larrys Trockenfutter in eine von Moms hübschen Schalen und tue so, als würde ich kauen. Hm. Lecker. Larry kommt sofort angerannt, als er hört, dass es was Gutes gibt, ich muss ihn wegscheuchen.

»Schmeckt salzig wie Cracker«, sage ich zu Laura, die eine Tiersendung guckt. »Und Oprah hat gesagt, man kriegt glänzende Haare davon, die leichter zu bändigen sind.«

»Gar nicht wahr.«

»Gut, dann behalt doch glanzlose, trockene Haare. Mir doch egal.«

Laura ist überzeugt davon, dass ich tatsächlich davon esse. Sie weiß, dass ich auf Oprah höre und schon einen ihrer Tipps angenommen habe. Ich wechsele alle zwei Tage meine Bettwäsche, weil ich gelesen habe, dass Oprah das auch tut. Warum soll ich nicht wenigstens eine Gemeinsamkeit mit einer Milliardärin haben?

Und wenn ich zehntausend Gesichter in meinem Leben sehe, das von Laura, als sie anfängt zu kauen, werde ich nie vergessen. Ich beiße mir in die Wange und versuche, nicht zu lachen, aber ich kann einfach nicht anders.

Eigentlich bin ich kein gemeiner Mensch, doch ich betrachte es als meine Pflicht, meiner Schwester Streiche zu spielen.

Nachdem sie den ersten Brocken Hundefutter runtergeschluckt hat, lache ich, bis ich mir fast in die Hose mache. Ernsthaft. Dann hetze ich sie den Rest des Nachmittags durchs Haus und rede ihr ein, morgen früh würde sie bellend aufwachen. Ich hab erst um Entschuldigung gebeten, als sie weinend in ihr Zimmer gegangen ist.

»Raus hier!«, brüllt Laura.

»Das war nur ein Scherz.«

»Du bist schrecklich. Du bist eine schreckliche, böse Schwester.« Sie greift nach einem zerfledderten alten Stofftier und schleudert es mir an den Kopf.

»Hat dich das nicht auf andere Gedanken gebracht? Hast du es nicht satt, auf 130 Quadratmetern eingepfercht zu sein?« Ich werfe mich auf ihr Bett. Laura versucht mich aus ihrem grünen Zimmer zu schubsen.

»Hau ab, Mysti.«

»Na, fehlt Dad dir denn nicht?«

»Hör auf!«

»Möchtest du nicht gern mal einen Tag ein Hund sein?«

»Raus hier!«

Sie ist so laut, dass ich fürchte, Mom könnte aufwachen. Ich gehe in mein Zimmer und wechsele die Bettwäsche wie eine Milliardärin. Der Saubere-Wäsche-Tag ist einfach herrlich.

Keine Ahnung, warum das nicht alle machen. Man braucht dazu nur Wasser, Seife und ein klein wenig Einsatz. Willst du ein bisschen Luxus, dann schaff ihn dir selber.

Als ich mit der Laura-Quälerei fertig bin, klingelt mein Handy und saugt ein großes Stück von meinem Luxus einfach ein.

Kapitel 10

Schaut mal, das komische Mädchen, dem klar wird, dass einem etwas Übles durchs Telefon direkt ins Ohr kriechen kann.

»Hallo?«

»Ich hab das toll gemacht!« Es ist Anibal, der sich ein Lob für seine fiese Hipster-Vorstellung abholen will.

»Das kannst du nicht ernst meinen«, sage ich. »Du warst furchtbar. Und ich habe eine Frage.«

»Was?«

»Wie genau hilft dir das Nicht-Nettsein mir gegenüber weiter? Bin ich so grauenvoll?«

Heute Morgen hab ich gehört, wie das *Mädchen-das-Pferde-mag* das Wort *grauenvoll* in einem Satz verwendet hat, anscheinend ist es das neue *krass*.

»Nein, es ist nur wichtig, dass ich nicht mit Mädchen gesehen werde. Hab ich dir doch gesagt. Es ist ein Experiment. Nichts Persönliches.«

»Ich versteh dich immer noch nicht.«

»Ich glaube, es funktioniert. Sandy Showalter ist bei mir in Heimatkunde, Mann!«

Ja, ich auch. Anibal war in die Klasse stolziert gekommen und hatte mit *Mädchen-das-im Orchester-spielt* geredet, und beide hatten dabei um die Wette gegrinst.

»Weißt du, was ich glaube«, sage ich zu Anibal. »Ich glaube, dieses Hipsterkäppi, das du dir gekauft hast, schnürt die Blutversorgung zu deinem Gehirn ab.«

»Das ist deine Meinung.«

»Also lass es bleiben.«

»Es wird funktionieren, glaub mir«, sagt Anibal. »Also: Rede morgen nicht mit mir, dann muss ich auch kein Arschloch sein. Aber meinem Ruf als Hipster hat es genützt, und von daher …«

Ich sage nichts. Eine lange Pause entsteht, dann fragt Anibal schließlich: »Bist du noch da?«

»Du weißt noch nicht mal, was mit meinem Vater los ist.«

»Was?«

»Ist dir doch sowieso egal.«

»Was?«

»Mein Dad ist im Krankenhaus.«

»Willst du mich verarschen?«

»Nee, will ich nicht.«

»Dann tut es mir leid. Was ist passiert?«

»Er ist vom Baum gefallen und hat sich den Schädel eingeschlagen.«

»Oh Mann. Ich fand deinen Dad immer so cool. Er hat uns für unser Bioprojekt an seinen Achselhöhlen riechen lassen. Mein Dad wollte da nicht mitmachen.«

»Mein Dad ist *immer noch* cool. Rede nicht von ihm, als wäre er nicht mehr da!«

»Ach, tut mir leid. Also, mach morgen ein Foto von mir, damit ich sehen kann, wie ich mit meinem Hut aussehe.« Anibal tut *gar nichts* leid.

»Mir gefällt das überhaupt nicht.«

»Mysti, alle Experimente haben Variablen und Unbekannte. Du bist die Variable. Du wirst sehen, dass ich recht habe und meine Theorie beweisen werde.«

»Und Sandy Showalter ist der Preis?«

»Wenn du es so sehen willst – ja.«

»Sandy ist cool und so und du bist cool, ihr seid beide cool, nur auf verschiedenen Planeten. Sandy ist nicht in der Umlaufbahn deines Planeten.«

»Sagst du.«

»Anibal, sieh es ein: Alle Jungs mögen Sandy. Also, ich hab größere Chancen, mit ihr zur Herbstfete zu gehen, als du.« Die Worte sind schon draußen, ehe ich Zeit habe, drüber nachzudenken, was ich da sage. Ich habe ihn herausgefordert. Anibal Gomez steht darauf, herausgefordert zu werden.

»Willst du wetten?«, fragt Anibal nach und beweist damit nur, wie recht ich habe.

»Na ja, eigentlich nicht.« Mein Gehirn ist ganz durcheinander. Ich weiß nicht, wie schnell ich zurückrudern kann.

»Wettest du mit mir darum, dass du den Planeten Sandy vor mir in deine Umlaufbahn ziehen kannst?«

»Das ist albern.«

»Du kannst es also nicht?«

»Nein, ich meine: ja.«

»Dann nimm die Wette an. Da macht mir dieses Experiment doch gleich noch viel mehr Spaß.«

»Okay, ich nehme die Wette an, aber nur, weil keins von beidem klappen wird und wir uns beim Herbstball so wie immer auf unserer eigenen Umlaufbahn befinden werden.« Damit hoffe ich, Anibal zu beruhigen. Dann wird er schon einsehen, wie tragisch unrealistisch es von ihm ist, die Zuneigung von Sandy erringen zu wollen. Hoffe ich jedenfalls.

Es klappt nicht. Anibal schwafelt über die Bedingungen unserer Wette. Sie gilt offiziell als von der Person gewonnen, die zuerst eine echte Textnachricht von und an Sandy vorweisen kann.

»Diese Nachricht muss irgendwelche Schmeicheleien oder Komplimente enthalten«, sagt Anibal.

Anibal legt auf. Ich rolle mich auf die Seite und guck auf die Fake-na Lisa. Im Moment nervt mich ihr Lächeln. Dass sie andauernd glücklich ist. Dass sie immer an meiner Wand hängt und jede meiner Bewegungen beobachtet.

Wie geht es dir denn heute, Lisa?

Oh, mir geht's gut, wie immer.

Ich steige aus dem Bett und nehme ein altes Eiffelturmposter von meiner Pinnwand und klebe es über das Ölbild. Fake-na Lisa kann die ganze Nacht durch den Turm gucken. Ich will niemanden sehen, nicht mal ihr französisches Fake-Lächeln. Ich mache die Augen zu und lasse sämtliche Geschichten aus der Ecke meines kaputten Bettgestells in meine Träume fließen. Ich lade sie alle ein. Impressionisten aus einem riesigen Kunstband. Zwei der Brontë-Schwestern. Zauberer aus Hogwarts. Hemingway, den ich noch nicht gelesen habe, der aber trotzdem zur Party eingeladen ist, weil er Dads Lieblingsschriftsteller ist. Ich bitte die Autoren, Figuren und Wörter in meinem Kopf herumzutanzen und irgendwelchen Lärm zu machen, in dem dieser erste grauenhafte Schultag untergehen kann. Aber sie sagen: *Wir wollen rein,* Mädchen-das-auf-Büchern-schläft, *aber da ist kein Platz. Dein ganzer Kopf ist gerade besetzt von Gedanken an jemanden namens Sandy Showalter. Wir kommen später wieder, wenn Sitzplätze frei geworden sind.*

Kapitel 11

Schaut mal, das komische Mädchen, das Sandy Showalter nicht mal kennt und trotzdem schwer genervt von ihr ist, weil Mr Gomez' Zuneigung ihr gilt.

Sandy Showalter.

Sie hat die Art Vornamen, den man tatsächlich auf T-Shirts und Tassen finden kann. Tassen mit *Mysti* drauf gibt es nicht. Ich hab danach gesucht. Aber *Sandy* steht überall drauf.

Sandy ist in der Cheerleadertruppe der *Beatty Middle School*. Ihr perfektes glattes Haar ist wirklich und wahrhaftig *Rostbraun Brillant*. Sie könnte das Model auf der Schachtel von Moms Haartönung sein, ehrlich. Und sie lächelt. Sie lächelt immer. Die Cheerleadertruppe läuft glätteisenglatt und pickepacke-eng wie eine ungeöffnete Packung Kaugummi in der Schule herum, alle perfekt blau-weiß eingewickelt. Alle waren sie bei Dr. Smile, also lächeln sie, sogar wenn dabei die Zahnspangen blitzen. Sie sind alle besessen von den Farben Kobaltblau und Schneeflockenweiß, den Farben der *Beatty Middle School*. An Wettkampftagen trägt die Cheerleadertruppe süße blaue Shirts und straffe Pferdeschwänze, die mit einem Wust von herunterhängenden blau-weißen Bändern zusammengehalten werden. So ziehen sie mit weißen Tafeln durch die Schule, auf denen mit blauem Filzstift Kommandos stehen wie *Go, Team* und *Gebt alles!* Und – ich bin mir da aber nicht ganz sicher – ich glaube, es gibt da so eine Regel, dass jeder Cheerleader die Flure entlang*hüpfen* muss, denn das machen sie immer. Man wird richtig hypnotisiert von den wogenden Bändern. Glänzende blauweiße Bänder auf glänzenden Shampoomodelhaaren.

Die Cheerleadertruppe macht sich keine Sorgen über abbrechende Äste und wie die das Leben derart verändern können, dass man Dosen mit Hundefutter zählt. Sie machen sich keine Sorgen, ob sie im Hipsterclub sind oder nicht. Oder wo sie in der Mittagspause beim Essen sitzen. Der Platz, den sie sich aussuchen, ist automatisch cool.

Jedem, sogar meinem Hund Larry, wird sofort klar, dass ich, Mysti Murphy, kein Material für die Cheerleadertruppe bin.

Nicht, dass ich keine von ihnen sein könnte. Man braucht dazu nur die Einwilligung der Eltern und einen Scheck über vierhundert Dollar. (Und wahrscheinlich ein gutes Glätteisen, was ich nicht habe.) Sogar das *Mädchen-das-Pferde-mag* ist eine von ihnen. Nein, Mysti Murphy könnte nicht zur Cheerleadertruppe gehören, weil das mit ziemlich viel Transport verbunden ist. Und über Fahrdienste machen sich Mädchen der Cheerleadertruppe auch keine Sorgen. Sie haben Mütter, die sie von der Schule abholen und Frozen Yoghurt mit ihnen essen gehen. Sie sind die *Frozen-Yoghurt-nach-Schulschluss-Mädchen*. Hübsche, Frozen-Yoghurt essende, blau-weiße Bänder tragende, glätteisenbesitzende, Anibal Gomez anziehende Mädchen.

»Was beobachtest du, Wayne?«, hab ich beim Mittagessen gefragt.

Er hat den Kopf gesenkt. Seine Wangen sind pink angelaufen. »Nichts.«

Diese Bänder.

Sie müssen besondere Kräfte haben, denn das ist der kürzeste Satz, den ich in meinem ganzen Leben von Wayne Kovok gehört habe.

Sandy Showalter ist nicht als gemein bekannt. Ich hab sogar gehört, wie eine Cheerleaderkollegin zu ihr gesagt hat: »Oh, dein Passwort ist wahrscheinlich *Herzchen* und dann haben alle gekichert. Trotzdem würde Sandy eher einen toten Grashüpfer auf dem Flur bemerken als mich.

Warum bringe ich mich bloß immer so in Schwierigkeiten? Warum melde ich mich zu Talentwettbewerben an und mache mit bei sozialen Experimenten. Wie komme ich dazu, mit Anibal um Sandy Showalters Freundschaft zu wetteifern? Ich hab doch null Chancen! Trotzdem finde ich ein wenig Trost in dem Wissen, dass russische Schildkröten vor echten Astronauten um den

Mond geflogen sind. *Danke, Wayne Kovok*. Wenn ein Reptil in die Umlaufbahn des Mondes gelangen kann, dann schafft es ein *Mädchen-mit-Zahnlücke* vielleicht, in die Umlaufbahn eines beliebten, hübschen, Bänder im Haar tragenden Mädchens namens Sandy zu gelangen. Und wenn Anibal gewinnt, dann bekomme ich ihn als Freund zurück. Ich hoffe, es ist möglich, dass ich auf die eine oder andere Art gewinne.

Kapitel 12

Schaut mal, das komische Mädchen, das alle drei Hüte anprobiert, die sich im Besitz der armen, tragischen Familie Murphy befinden, damit herzlich uncool ausschaut und sich gegen das Tragen von Hüten und für eine Haarspange entscheidet.

»Hast du gewusst, dass jedes Jahr mehr Menschen von herunterfallenden Kokosnüssen getötet werden als von Haien?«, fragt Wayne.

»Was?«, frage ich.

»Das stimmt«, sagt Wayne. »Viel mehr.«

Mittagspause.

Das Schuljahr ist erst ein paar Tage alt und schon haben wir auf der Loserinsel eine gewisse Routine entwickelt. Die Gamer schauen kaum auf, greifen nur blind in Chipstüten. Wayne Kovok gibt irrelevante Fakten zum Besten. *Mädchen-mit-Schal* guckt finster. Und ich stecke heimlich ein Brötchen mit Hähnchenbrust in meine Büchertasche, damit Larry später was zu essen hat, und lasse dann selber Karotten knacksen.

Knurps, knurps.

Laberlaber.

Gesicht verziehen.

Runterducken.

Und dann gibt es immer noch das *Anibal-Gomez-versucht-cool-zu-sein*-Programm.

Heute beobachtet Anibal Sandy Showalter und ihre magischen Bänder, als sie und andere Mitglieder der Cheerleadertruppe mit ihren Anfeuerungstafeln durch die Cafeteria hüpfen und dabei lächeln, als wäre das das heißeste Fashion-Accessoire überhaupt. Man kann die kleinen rosa Herzen förmlich sehen, die über Anibals blödem Hut schweben. Irgendwie tut er mir ein klitzekleines bisschen leid. Für Sandy ist er auch nur ein Grashüpfer in der Ecke.

Sandy und ihre Freundinnen setzen sich auf Cafeteriaplätze in Spitzenlage, Tische in der Nähe der Bühne. Sandy trägt durchsichtiges Lipgloss auf und nippt Saft durch einen Strohhalm. Bei ihr sieht das Leben in der Siebten aus wie ein Kinderspiel.

»Was beobachtest du?«, fragt *Mädchen-mit-Schal.*

»Nichts.«

»Darf ich dir eine Frage stellen?«

Ich mache mich auf die ätzende Bemerkung gefasst, die sie über meine Karotten loslassen wird.

»Frag nur.«

»Hm. Sollte ich in der Mittelstufe einen Handtasche dabeihaben?«

Mädchen-mit-Schal ist wie der Süßigkeitenautomat im 1-Dollar-Laden. Man steckt Geld rein, dreht den Knopf und staunt, was rauskommt.

»Nein, nein, eine Handtasche brauchst du wirklich nicht. Eine Büchertasche reicht völlig.«

»Okay.«

»Darf ich dir eine Frage stellen?«

»Ja.«

»Hast du einen Namen oder sollen wir einfach Dr. Muffel zu dir sagen?«

Wayne Kovok guckt mich an und reckt den Daumen.

»Rama Khan«, sagt sie. »Ich heiße Rama Khan.«

»Rama Khan?«

»Ja.«

Hat echt tolle Eltern, dieses Rama-Khan-Mädchen. Ihr Name klingt nach Actionheld oder Zauberspruch. Als sie nicht guckt, schreibe ich ihn in mein Notizbuch.

Rama Khan!

Als wir dann schließlich bei Heimatkunde angelangt sind, versuche ich immer noch, mir ein Kompliment über Anibal aus dem Kopf zu schütteln, das ich auf den Schulfluren gehört habe.

Oh, in Bio war er ja so süß. Er hat mir immerzu die Schnürbänder aufgemacht!

Viel weiß ich ja nicht über irgendwas, aber eines wage

ich doch zu behaupten: Wenn lose Schnürbänder einen so leicht beeindrucken, wird man als Erwachsener wohl kaum was Weltveränderndes bewirken.

Ich bin nicht stolz drauf, aber Anibals wachsendes Ansehen irritiert mich so sehr, dass ich eine nicht so furchtbar künstlerisch wertvolle Zeichnung in mein Heft kritzele, während unsere Lehrerin sich in ihre Begeisterung über unseren Heimatstaat reinsteigert, als wären wir alle gerade erst mit dem Bus hier angekommen und würden nun dringend einen Reiseleiter mit Cowboystiefeln brauchen. Ms Overstreet. Sie ist nicht der typische Twinset tragende Lehrkörper. Das habe ich schon gemerkt. Ihr Shirt mit der blauen Wiesenlupine, der Wahrzeichenblume des Staates Texas, leuchtet wie ein wolkenloser Himmel. Und ihre Fähigkeit, Fakten hervorzusprudeln, ist verblüffend.

Klar, dass Wayne Kovok an ihren Lippen hängt und Belanglosigkeiten in sich reinschlabbert wie Larry sein Wasser, wenn's heiß ist.

»Texas ist der einzige Staat, über dem die Flaggen von sechs verschiedenen Nationen geflattert haben. Aus diesem Staat kommt mehr Wolle als aus jedem anderen Bundesstaat Amerikas. Die Missionsstation Alamo ist die Wiege unserer Freiheit … und der Name Texas leitet sich von dem Wort *teysha* des Caddovolkes ab, das bedeutet: *Hallo, Freund*. Und ist es nicht toll für uns alle, unser Schuljahr so zu beginnen? Wir wollen jetzt alle *teysha* zu unseren Freunden sagen.

Blablabla.

Nix teysah für Mysti.

»Haben Sie gewusst, dass *alamo* das spanische Wort für *Pappel* ist?«, fragt Wayne.

»Sehr gut, Mr Kovok. Wie ich sehe, bist du auch ein Fan texanischer Freiheit. *Teysha.*«

Ich wünschte, mir würde jetzt sofort eine Kokosnuss auf den Kopf fallen.

Ms Overstreet beendet ihren Vortrag darüber, wie imminent bedeutend die texanische Geschichte für sämtliche gegenwärtigen und zukünftigen Texaner ist, und dass wir das Vermächtnis der Helden, das uns anvertraut ist, ehren und mit in die Zukunft tragen müssen. Denn aus der Vergangenheit zu lernen ist wichtig, wenn man wissen will, was die Zukunft bringen wird.

»Wie, Cowgirls und Cowboys, wollt ihr denn wissen, wo ihr hingeht, wenn ihr eure Vergangenheit nicht kennt?«, ruft Ms Overstreet aus.

Ich schreibe: *Die Geschichte von Anibal.*

Das könnte einfach ein soziales Experiment sein. Das könnte auch meine Art sein, ihm ganz privat eins auszuwischen. Könnte es.

Ich mache weiter und zeichne Anibal als dickes Strichmännchen der Vergangenheit in mein Heft und dann den dünnen gegenwärtigen Anibal. Mit den Fingern pike ich die Anibal-Karikatur und stelle mir vor, wie ich ihn vor seinen neuen Freunden runtermache. Ich schreibe, dass er ein blöder und einst fetter *Ihr-*

wisst-schon-Was ist und Deo aus dem Supermarkt benutzt, das *nicht* wirkt.

Schaut mal, das komische Mädchen, das mit erstaunlicher Anmut und Finesse die Menge darüber informiert, dass Anibal auf einer Matratze aus Stofftieren schläft.

»Miss Murphy, gibt es etwas, an dem Sie Ihre Mitschüler teilhaben lassen können?«, fragt Ms Overstreet.

Ms Overstreet hält einen Kaffeebecher in der Hand, der die Form von Texas hat. Das verblüfft mich vorübergehend. Mein ganzes Leben habe ich hier gelebt, und ich staune immer noch, wie viele verschiedene Sachen man aus der Form von Texas machen kann.

Ich schüttele den Kopf. *Nein.* Gesicht und Hals werden rot wie Moms Tomaten.

In diesem Moment bin ich bis ins Mark davon überzeugt, dass ich eine Figur in einem Buch bin – und mir nicht nur wünsche, es wäre wahr.

Wisst ihr, warum?

Weil das, was jetzt passiert, so viel ausgedachte Ungerechtigkeit beinhaltet, dass es nur eine Geschichte sein kann. Es riecht danach. Stinkt zum Himmel!

Ms Overstreet nähert sich meinem Tisch, dreht mein Heft herum und inspiziert es. Ihr Gesicht verzieht sich so, dass keine Faltencreme der Welt dagegen ankommen könnte.

Und dann steh ich auf einmal im Flur und warte auf die Beratungslehrerin Ms Peet, die mir die *Null-Toleranz-bei-Mobbing*-Ansprache halten soll.

Mir.

Mysti Murphy.

Ich bin die Mobberin.

Moment mal, ich hab gemobbt?

Wie kann das sein? Ich hab doch nur vor mich hingekritzelt und nichts überall im Internet gepostet. Ist das schon Mobbing, wenn man sich still in seinem eigenen Heft über jemanden lustig macht? Gemein ist es vielleicht. Ziemlich lahm wahrscheinlich. Aber wenn jetzt ein echter Mobber daherkäme, würde der Ms Peet sagen, dass ich nichts weiter als eine lausige Anfängerin bin.

Ms Peet hat eine sanfte, ruhige Stimme und schimpft mich mit dem wohl am längsten dauernden Satz des Universums aus.

»Ich weiß, dies mag vielleicht aussehen wie harmloses Gekritzel, aber damit könnte die Saat der Intoleranz gesät werden, und du musst Mr Gomez Respekt zeigen und darfst ihn nicht verurteilen und sein Aussehen lächerlich machen, verstehst du, was ich sage, Miss Murphy, wirklich, wir können unfreundliche Kritzeleien nicht tolerieren, es tut mir leid, harsch mit dir sprechen zu müssen, aber hier an der *Beatty Middle School* erwarten wir von den höheren Klassen, dass sie Vorbilder für die gerade hier gelandeten Sechstklässler sind.«

Als sie *gelandeten Sechstklässler* sagt, stelle ich mir echte Sechstklässler vor, die wie Raketen durch die Luft fliegen. *Fertig machen zur Landung!*, brüllen die Lehrer.

Dann muss ich ein Formular von Ms Pete unterschreiben, in dem steht, dass ich die Schulregeln zu Toleranz und Mitgefühl lesen werde und mich dazu verpflichte, Brücken zu bauen, statt mit Steinen zu werfen – und was sonst noch auf diesen Schildern an den Wänden überall in der Schule steht, aber offenbar nicht für üble Typen in der Cafeteria gilt, die sich über den bedauernswerten Zahnstand anderer Menschen lustig machen.

Als es endlich zum Schulschluss klingelt, renne ich zu meinem Spind und packe meine Sachen mit einer so irrsinnigen Geschwindigkeit, dass mir ein Platz in der Olympiamannschaft der *Aus-der-Schule-Sprinter* sicher sein dürfte.

Wenn es so eine Mannschaft denn gibt.

Kapitel 13

Schaut mal, das komische Mädchen, das Anibal Gomez eine Nachricht schreibt, einfach weil sie es kann.

Hey!

Mein Plan funktioniert wirklich. *Und* du bist hoppgenommen worden. War das cool.

Bist du völlig bekloppt?

Wie geht es deinem Dad?

Immer noch krank.

Sorry.

Ja, klar.

Ist echt so gemeint.

Danke.
Ruf mich an!

Mein Handy klingelt und ich rede eine halbe Stunde lang mit Anibal über blöden Kram. Echt blöden Kram, wie Poster und Schulprojekte und was im 1-Dollar-

Laden im Angebot ist. Und dann gebe ich vor, mehr über Hipster wissen zu wollen, und höre ihm zu, als er über Schnurrbärte, Styling und seine lange Suche nach dem perfekten ironischen T-Shirt redet. Er hat nämlich irgendwo online einen Artikel gelesen (*9 Arten, Hipster zu sein*), in dem so ein Shirt empfohlen wurde.

Mir wird langweilig bei so viel Gerede über Hipsterkram und Aussehen und seine Besessenheit von Sandy, aber ich nehme es hin. Ich will nur seine Stimme hören. Denn es gefällt mir zu wissen, dass seine Stimme durch nicht sichtbare Telefonleitungen direkt in mein Ohr gelangt und eine nicht sichtbare Brücke der Freundschaft erschafft.

Kapitel 14

Schaut mal, das komische Mädchen mit dem Kopf voller Sorgen und dem Bauch voller Karotten.

Der September ist da.

Leider hat niemand dem neuen Monat gesagt, dass er sich ruhig ein bisschen abkühlen kann, offiziell ist der Sommer ja vorbei. Es ist brüllend heiß, und im Haus sind nur Geräusche zu hören, weil die Klimaanlage immer noch auf vollen Touren läuft. Das Leben ohne Dad hat uns gezeigt, dass er derjenige in unserer Familie ist, der Leben in die Bude gebracht hat, denn in diesen Tagen ist es meistens still bei uns. Also, abgesehen von meinen Vorschlägen ist nichts zu hören. Zum Beispiel, Lebensmittel im Internet zu bestellen und bis an die Haustür liefern zu lassen. Wir leben ja nicht unter einem Stein oder in der technologischen Pampa. Wir haben eine Adresse und einen Computer.

»Nun ja, Mysti, ich traue Lebensmitteln nicht, die von anderen Leuten angefasst worden sind«, hat Mom gesagt, nachdem ich diese Idee aufgebracht hatte. »Außerdem haben sie in den Nachrichten gesagt, dass üble Menschen die Daten von Kreditkarten stehlen und unser Garten wird …«

Mom redete weiter, aber ich blendete sie aus. Sie kann aus meinen Ideenballons schneller die Luft rauslassen, als man *Larry* sagen kann.

Larry.

Larrys Magen knurrt jetzt oft, weil er auf Diätkost gesetzt worden ist. Ich gebe ihm ein bisschen weniger, bis Dad und ich wieder einkaufen gehen können.

»Es ist nicht für immer, Larry«, sage ich ihm. Er guckt mich mit großen braunen Augen an. Ich liebe diesen Hund, ich liebe ihn so sehr, dass ich verschweige, dass Dad keine Fortschritte gemacht hat und ich wirklich nicht weiß, wann ich meinem Hund wieder einen vollen Napf Trockenfutter geben kann.

Ich weiß nur, dass Dr. Randolph vorhersagt, zu Halloween würde es Dad besser gehen. Acht Wochen noch. Mom hakt die Tage auf dem Kalender in der Küche mit rotem Filzstift ab und unterschreibt die Papiere von einer Versicherung, sodass immer noch Geld im Fargo Drive 4520 ankommt. Und ich überlege mir, wie ich meinen Hund füttern kann, weil die Versicherungsgesellschaft kein Hundefutter geschickt hat. Das sind die wirklichen Probleme der großartigen Geschichte, in der ich mich gerade aufhalte.

»Ich kann dir im Moment nur die Hälfte geben, mein Guter«, habe ich zu Larry gesagt.

Laura schläft jetzt oft in Moms Bett. Mom verschläft

jetzt morgens fast immer. Eigentlich ist das ein Segen. Man kann sich leichter um sie kümmern, wenn ihr Kopf auf dem Kissen ruht. Wenn sie wach ist, geht man wie auf rohen Eiern. *Ein falsches Wort. Knacks. Die Tränen kommen.*

Wenn sie eine Dose Suppe zum Abendessen warmmacht, versucht sie, nicht vor mir zu weinen. Aber wenn sie allein ist, schon. Das weiß ich. Ihre Augen sind rot, wenn wir aus der Schule kommen. Sie sagt, das sei nur so, weil sie gerade mit ihrer Schwester telefoniert habe. Ich darf mir selber ausmalen, was das bedeutet, vermutlich piesackt ihre Schwester sie mit dem *Thema-über-das-wir-nicht-sprechen*, und sie weint deshalb. Und ich werde stinksauer auf meine Tante, weil sie so fies ist.

Heute ist ein Ausschlaftag.

Also ist es mir überlassen, ein Mittagessen für Laura herzuzaubern und darauf zu achten, dass sie ihre Hausaufgaben macht. Ich bereite die Kaffeemaschine vor, nehme aber den Kaffeesatz von gestern und streue ein bisschen neues Pulver oben drüber, so wie Mom es mir aufgetragen hat.

Damit strecken wir den Vorrat, bis Dad wiederkommt, hat sie gesagt.

Wir strecken uns alle.

Oder schrumpfen. Larry schrumpft.

Also zähle ich die Wochen bis Halloween.

Ich zähle die Packungen eingefrorenes Hühnchenfleisch in der Tiefkühltruhe. Dreizehn.

Ich zähle die Klopapierrollen, die noch im Flurschrank stehen. Zehn.

Ich zähle die Hundefutterdosen in der Garage. Siebzehn.

Ich zähle die Portionen Waschpulver, die für den Saubere-Wäsche-Tag nötig sind. (Auf der ungeöffneten Packung steht 44 Wäschen.)

Ich zähle.

Ich zähle.

Ich hoffe, sie malt heute nicht noch mehr Schiffe. Wenn sie traurig ist, malt meine Mom Schiffe und andere Bilder mit Wassermotiven. Keine Ahnung, warum. Das ist was zwischen Mom und ihrem Pinsel.

Und jetzt, es ist noch nicht mal acht Uhr morgens, tobt ein Wirbelsturm von Gedanken in meinem Kopf.

Ich denke.

Ich denke.

Ich denke, bis mir der Kopf wehtut.

»Hast du ihn heute gesehen?«

Ich muss im Matheunterricht mal wieder mit anhören, wie *Mädchen-das-Salamander-malt* und *Mädchen-das-Pferde-mag* alle ihre Sätze wie Fragen klingen lassen. Und dann schwärmen sie weiter von Anibal. Wenn er nur eine der beiden mögen würde, wäre die Hälfte meiner Probleme im Leben gelöst. Vielleicht sollte ich diese Komplimente sammeln und weitergeben.

»Ist er nicht einfach süß?«

»Ja, nicht?«

»Ich frag mich, woher der Name Anibal wohl kommen mag. Ob das ägyptisch ist?«

»Glaubst du das?«

»Er hat sich so verändert seit dem letzten Jahr, wo er beim Talentwettbewerb diesen blöden Auftritt hatte mit *Wie-heißt-sie-noch*? Das Mädchen, das das Gedicht vorgelesen hat?«

Ähem.

Sie drehen sich zu mir um. Ich winke. »Mysti ist der Name. Und ich habe das Gedicht *geschrieben.*«

»Oh, na …«

»Warum zeichnest du andauernd Eidechsen?«

»Es ist ein Salamander.«

»Verstehe.«

Ich haue die Faust wieder auf mein Strichmännchen. Ich sollte einfach still sein, wie immer.

Mittagspause.

Anibal und seine Freunde hatschen durch die Cafeteria. Anibal hat ein Buch in der Hand, der Titel zeigt nach außen. Damit alle ihn sehen können. *Der Fänger im Roggen. Klassiker lesen* stand auch auf der To-do-Liste für Hipster. Er kann schon so viele Sachen auf dieser blöden Liste abhaken. Erst gestern hat er endlich sein ironisches T-Shirt getragen. Darauf stand: KÄMPFE GEGEN APATHIE – ODER LASS ES BLEIBEN.

Dieses Shirt hat Rama zum Lachen gebracht. Aber all

seine Anstrengungen haben immer noch nicht das richtige Mädchen anziehen können. Das mit den blau-weißen Bändern und dem T-Shirt-Namen.

Dennoch keimt meine Hoffnung, mit Anibal zu reden, ein wenig auf, als er sich unserem Tisch nähert.

Ich setze mich gerade hin.

Lächele.

Sei bereit.

Sei ironisch.

Schaut mal, das komische Mädchen, das glaubt, seine zur Schau gestellte gute Laune könne seinen Freund an das erinnern, was ihm entgeht.

»Trau der Regierung«, sage ich, spiele auf die ironischen Shirts mit dem Sitting-Bull-Bild an und hebe die Hand zum Peacezeichen.

»Hast du diese Schuhe aus der Kleiderkammer vom Roten Kreuz?« Anibal Gomez versprüht Hohn und Elend.

»Sehr komisch. Man sieht sich, Anibal«, sage ich nervös.

Ich stopfe all meinen Abfall in eine Tüte. Ich esse nicht mal meinen Keks, und das will schon was heißen, denn es war der letzte, und ich hätte ihn Laura geben können. Ich hätte ihn Laura geben sollen.

»Hast du gewusst, dass das Rote Kreuz vor über hundert Jahren in Wien gegründet wurde?«, fragt Wayne.

»Nein, danke für diese Info, Blödmann.« Das ist wieder Anibal. Beim Ätzen voll für Chancengleichheit.

»Kennst du den?«, fragt Rama, als Anibal davonstolziert.

»Ja, er ist mein bester Freund.«

»Hm, das konnte man aber nicht merken.«

»Nun, du merkst ja auch nicht alles, oder?«, erwidere ich scharf.

Als Rama ein verärgertes Gesicht zieht, sage ich: »Ist eine lange Geschichte.«

»Ich mag Geschichten«, antwortet Rama.

»Diese würdest du nicht verstehen.«

»Vielleicht ja doch.«

Diese Rama. Keine Sekunde und sie ist beim Thema. *Schaut mal, das komische Mädchen, das sich fragt, ob sie einer kleinen, unbedeutenden Sechstklässlerin vertrauen kann.*

Rama kommt mit mir ins Mädchenklo. Das Klo vor der Schulbücherei, denn das vor der Cafeteria ist Cheerleader-Terrain, das sollte man um jeden Preis meiden.

»Warum können wir da nicht rein?«, will Rama wissen.

»Geh da rein, und du kommst mit was Neuem wieder raus, über das du dir Sorgen machen kannst. Da drin sagen sie dir: Dein Outfit steht dir super – und den Rest des Tages grübelst du, ob sie das ernst oder fies gemeint haben – und abends vor dem Zubettgehen wird dir dann klar, dass sie dich verarscht haben.«

»Kapiert. In dieses Klo gehe ich niemals«, sagt Rama. »Und wie ist das nun mit Anibal?«

»Anibal ist seit der vierten Klasse mein Freund. Er albert nur herum. Nimm es nicht so ernst. Hast du keine Freunde, die so Quatsch machen?«

»Ich hab nicht so viel Zeit für Freunde.«

Ich will sagen, dass mich das schockt, doch ich erwidere nur: »Oh.«

»Also, ich könnte tausend Freunde haben, Mysti.«

»Ich weiß.«

»Nach der Schule muss ich immer üben, das ist wichtig. Geige üben und Mathe lernen und Karate trainieren. Ich könnte haufenweise Freunde haben.«

»Hast du schon gesagt.«

»Anibal mag ich nicht. Nur das ironische T-Shirt, den Rest nicht.«

»In Wirklichkeit ist er nicht so. Weißt du noch, wie du zuerst warst?«

»Was? Wie war ich denn?«

»Wie ein Igel, irgendwie.«

»Na, ich bin neu hier.«

»Siehst du, alle haben Gründe für ihr Verhalten. Das gilt auch für Anibal. Er ist echt nett. Und klug.«

»Menschen verändern sich«, sagt sie. Ja, ja, davon könnte ich Rama ein Lied singen. Veränderungen kommen auf uns alle zu. Ihre Fußabdrücke sehe ich überall in unserem Haus.

Rama guckt in den Spiegel und zupft an ihrem Schal. »Abgesehen davon, wer braucht den schon, wenn du mich hast?«

»Ich wusste gar nicht, dass ich dich *habe.*«

»Bist du nicht ein Glückspilz?« Ihr Lächeln ist so hübsch und sanft, gerahmt wird es heute von einem Schal in der Farbe Rosenrot.

Rama geht in den Unterricht. Ich bleibe zurück und klaue eine Rolle Klopapier.

Dann hole ich das nötige Zubehör heraus, um den ersten Schritt meines Sandy-Showalter-Plans in die Tat umzusetzen.

Auf dem Flur vor dem Heimatkundeunterricht passe ich genau den richtigen Zeitpunkt ab und werfe mein eigenes Lipgloss auf den Boden. Sandy wird glauben, sie habe es fallen lassen. Anibal ist nämlich nicht der einzige Siebtklässler mit einer Theorie. Ich habe auch Theorien. Zum Beispiel, dass Mädchen wie Sandy eher Lipgloss bemerken als die Taschenbuchausgabe eines Klassikers der amerikanischen Literatur.

»Oh, Sandy?«, sage ich, als ich den Stift aufhebe.

Sandy dreht sich um und guckt mich an. Ich halte das Lipgloss hoch.

»Das hast du, glaube ich, verloren.«

»Vielen, vielen Dank!« Sandy strahlt und nimmt das Lipgloss entgegen. Dieser magische Austausch findet genau in dem Moment statt, in dem Mister Hipster in einer Wolke von *Axe*-Deo vorbeirauscht. Anibal wirft mir einen schrägen Blick zu, weil er weiß, dass ich Kontakt aufgenommen habe.

Schaut mal, das komische Mädchen, das befürchtet, dass ein Taschenbuchklassiker wahrscheinlich eine neue Heimat im Papierkorb finden wird.

Kapitel 15

Schaut mal, das komische Mädchen, das auf dem Rücksitz des längsten braunen Autos in der Geschichte der Autos sitzt.

Ein heißer Samstagnachmittag in einem supercoolen Auto – und mit cool meine ich nicht topmodern oder so. Ich meine *eisig*.

Aber es war abgemacht. Endlich abgemacht. Die Jennings fahren uns zum Krankenhaus. Nach Nörgeln und Jaulen und *Ja, es ist okay, die Nachbarn um Hilfe zu bitten, sie haben gesagt, das tun sie gerne, können wir bitte, bitte hinfahren?*

Mom fällt es schwer, Hilfe von anderen anzunehmen. Von allen – außer Dad.

Mir nicht.

Jedenfalls nicht in diesem Fall.

Bis sie sich auf das hier eingelassen hat, mussten wir kleine Zettel unter ihrer Tür durchschieben und die Tränen einer siebenjährigen Memme einsetzen. Aber am Ende hat Mom Ja gesagt. Keine Ahnung, warum das so schwer war. Die Jennings sind alles andere als übel.

»Wenn wir wieder da sind, können wir zusammen fernsehen«, habe ich gesagt, bevor ich gegangen bin. »Und ich wechsele auch die gesamte Bettwäsche.«

Ich bin mir nicht sicher, ob meine Worte hilfreich waren. Mom hat nur genickt und die braune Haustür hinter mir geschlossen.

Als wir endlich im Krankenhaus ankommen, treffen wir Dr. Randolph persönlich. Er trägt einen weißen Kittel und einen gezwirbelten Schnurrbart. Er sieht aus wie jemand, der dies und das und sonst noch was weiß.

Uns wird gesagt, dass Dad an Schläuche und Maschinen angeschlossen ist. Uns wird gesagt, dass uns das Angst machen könnte. Uns wird gesagt, dass wir ihm Mut machende Worte zuflüstern sollen.

Dad hat mal zu mir gesagt: *Du wirst immer mein Glückspfennig sein, Mysti.*

Ich hole tief Luft und bereite mich darauf vor, ihm ins Ohr zu flüstern. Ich könnte alle Fragen beantworten, die er stellen würde, wenn er wach wäre. Ich könnte sagen: *Mach dir keine Sorgen. Mom kommt besser zurecht, als du erwarten würdest. Nein, sie weint nicht. Sie hat einen Zweikilosack Reis im Schrank gefunden. Die Rüben sind erntereif. In der Schule läuft es gut. Uns geht es gut. Uns geht es allen gut. Also, mach dir keine Sorgen. Ich hab alles im Griff.*

Aber nichts davon sage ich. Ich sage nur: »Ich hab dich lieb.«

Er wirkt kleiner.

Seine Haare sind abrasiert worden wie bei einem Soldaten.

Da sind Schläuche.

Und der blöde leere Besucherstuhl, über den ich mir Sorgen gemacht habe. Die sollten dieses Ding einfach aus seinem Zimmer schaffen, wenn doch keiner kommt.

Dr. Randolph steckt die Hände tief in seine Kitteltaschen und versichert uns, dass er *optimistisch* sei, was Dads Genesung betrifft.

Dr. Randolph sagt: »Nächstes Mal, wenn eure Mutter kommt, wird euer Vater diesen Schlauch hier nicht mehr brauchen.«

Er sagt noch was anderes über Muskelkraft, aber für mich ist sein Satz da zu Ende, als er *wenn eure Mutter kommt* sagt.

Du, Mom, ich weiß ja, du hast Angst vorm Rausgehen, aber überleg mal, so ein Krankenhaus ist doch der perfekte Ort für Angst und Panikattacken.

Ich setze einen Stoffbären auf den leeren Besucherstuhl. Komischerweise wirkt der Stuhl dadurch noch leerer, also lege ich ihn Dad in den Arm. Laura sagt, das sieht blöd aus, und ich möchte sie kneifen. Meine ganze Willenskraft geht dafür drauf, freundlich zu bleiben.

»Alles in Ordnung bei euch beiden dahinten?«, will Mr Jennings wissen, als wir zurück zum Fargo Drive schippern.

»Alles bestens.« *Nein, bei mir nicht.*

Draußen mag ja September sein, aber in diesem braunen Auto ist tiefster Januar.

»Mysti, ich wollte dir noch erzählen, dass ich an einem großen Plan arbeite«, sagt Mr Jennings. »Einer Erfindung!«

Laura reibt sich die nackten Schultern. Ich danke Gott für die Erfindung von Ärmeln, und dass ich heute daran gedacht hab, welche zu tragen.

»Wovon redest du?«, fragt Mrs Jennings. »Was für Pläne?«

»Diese Erfindung, von der ich dir erzählt habe … für das Mischen von Zutaten.«

Da gibt Mrs Jennings ihm einen Klaps auf den Rücken und sagt: »Ist das genau so ein Plan wie deine anderen Pläne, Mr Edison?« Und er hustet, und sein Gebiss fällt raus, und er muss es mit der Hand auffangen, bevor es aufs Lenkrad trifft.

»Mysti, Mr Jennings träumt schon seit ich ihn kennengelernt habe von bahnbrechenden Erfindungen, aber bisher hat er noch keine einzige davon auf den Markt gebracht«, sagt Mrs Jennings. »Wer will denn einen Sonnenhut mit Uhr.«

»Oh, ich. So was hätte ich gern«, kräht Laura.

»Mrs Jennings vergisst, dass manche Leute in der Sonne einschlafen und einen Wecker brauchen«, sagt er.

»Aber natürlich, Liebling«, antwortet sie. Ich glaube, sie meint das nicht ernst.

»Mrs Jennings scheint vergessen zu haben, wie viele Versuche Mr Edison unternehmen musste, bis er die Glühbirne erfunden hat. Mehr als zehntausend waren dazu nötig. Mein liebes Kind, du musst unbedingt die Biografie von Steve Jobs lesen!«

»Diesen dicken Schinken von einem Buch wird sie nicht lesen!«, sagt Mrs Jennings. »Sie ist zu jung dazu und es würde sie ohnehin nicht interessieren. Mysti, ich habe ein paar tolle Bücher, die ich dir leihen kann. Vielleicht gefällt dir ja *Anne auf Green Gables*?«

»Dicke Schinken sind die besten Bücher! Und man ist nie zu jung oder zu alt, um sich von wahrer Größe inspirieren zu lassen!«

»Vermutlich war es eine große Inspiration, mich zu heiraten.«

»Dieses alte Mädchen zu heiraten war die beste Entscheidung, die ich je getroffen habe«, sagt er.

Und so geht es weiter. Immer hin und her. Erfindungen, Schmeicheleien und Buchtipps, bis wir wieder zu Hause ankommen. Mir gefällt das. Ich wüsste gern, wie viele Unterhaltungen Mom und Dad wohl beim Autofahren geführt hätten. Vielleicht waren sie ja auch so gewesen, ehe in ihrer Geschichte zwei Töchter, ein Hund und ein Haus voller Ölbilder auftauchten. Irgendwann in ihrem Leben muss Mom nach draußen gegangen sein. Ich habe Fotos von der Hochzeit meiner Eltern gesehen. Und sie haben ganz bestimmt nicht im Fargo Drive 4520 geheiratet.

Es ist nicht leicht, sich Mom in einem Auto vorzustellen, wie sie über die Schulter zum Rücksitz guckt und ihre beiden Töchter anlächelt. Ich strenge meine Fantasie gewaltig an und versuche, sie so zu sehen. *Frau-die-auf-dem-Beifahrersitz-mitfährt. Frau-die-Unterhaltungen-im-Auto-führt.*

Kapitel 16

Schaut mal, das komische Mädchen, das tatsächlich Der Fänger im Roggen *gelesen hat, weil ihr das Buch von ihrem Vater empfohlen wurde.*

Dein Trick mit dem Lipgloss
war ja so was von plump.

Weißt du eigentlich,
wie die Hauptfigur in
Der Fänger im Roggen heißt?

Holden Caulfield. Check!

Steht hinten drauf.

Und

Und

Dad-Zustand?

Keine Veränderung.
Doktor optimistisch.

Heißt der so?

Nein, Blödmann.
Sein Arzt ist optimistisch.

Oh

Bis später

Warte

Was denn?

Brauche Hilfe in Englisch

Thema

Schreibe ein akrostisches
Gedicht über den Sommer.
Akrostisch?

Wähle ein Wort.
Benutze es als Akronym,
das was bedeutet.

Zum Beispiel?

S-A-N-D-Y
Sie antwortet nicht DoofY!

lol

Kapitel 17

Schaut mal, das komische Mädchen, das sich über eine dicke, wohlgenährte, nicht in Läden einkaufende Baumratte ärgert, die am Gartenzaun seines Elternhauses hockt.

Blödes Eichhörnchen

Blöder Baum.

Blöde leere Keksdose.

Wenn man vier Wochen lang nicht zum Einkaufen im Laden war, begreift man erst, für wie selbstverständlich man das früher gehalten hat. Oh ja. Das Leben ist leicht, wenn man nachkaufen kann, was man gern essen möchte. Der Kühlschrank ist eine Kiste, in der man Sachen hin und her schieben und herumsuchen kann, bis man denkt: *O ja, Räucherspeck esse ich für mein Leben gern. Machen wir doch ein Rühreibrot mit Räucherspeck.* Aber dann ist irgendwann ganz viel Platz im Kühlschrank, und plötzlich reicht ein Blick, und man weiß sofort, was drin ist. Und dann denkt man: *Eier sind ja ein wichtiger Bestandteil eines Rühreibrotes, also verzichte ich wohl lieber darauf.*

Und dann guckt man irgendwann in die hinterste Ecke der Speisekammer und kontrolliert das Ablaufdatum auf einem staubigen Glas mit roter Paprika und Oliven und fragt sich, ob das wohl noch gut sein könnte. Mittlerweile sieht man Läden in einem ganz anderen Licht. Und wenn die eigene Mom dann den Inhalt aus diesem alten Glas mit Reis und einem *Sagt-jetzt-bloß-nichts-Gesicht* als Sonntagsessen auftischt, dann isst man es anstandslos.

Und wenn die kleine Schwester meckert: »Das ist eklig. Das esse ich nicht«, dann guckst du sie so richtig giftig an und verpasst ihr einen Tritt unterm Tisch.

Anschließend gehst du ins Bett und hältst den Bauch ganz, ganz still und betest zu Gott, dass ein Verfallsdatum nur so eine Art Vorschlag sein möge und keine Regel.

So was macht man, wenn man einen Monat lang nicht einkaufen war.

Am Nachmittag durchsuche ich die Küche in der Hoffnung, noch was zu entdecken, das ich bisher übersehen habe.

»Wir haben keine Cracker mehr«, brülle ich.

»Ich weiß.« Mom faltet Wäsche auf dem Sofa und guckt fern.

»Reden Sie einfach mit mir!«, sagt Jugde Judy gerade zu einem Angeklagten. Hoffentlich knöpft sie sich jemanden vor und brüllt *Das ist doch Quatsch mit roter*

Soße! Das fände ich toll. Aber vielleicht doch nicht mehr ganz so toll, weil es mich nur an etwas erinnert, das wir auch nicht mehr im Speiseschrank haben.

»Nur noch eine Schachtel *Miracoli*.«

»Ich weiß.«

»Brot ist alle.«

»Mysti, ich weiß das. Ich arbeite an einer Lösung.« Mom knüllt das Hemd, das sie in den Händen hält. Sie versucht nicht zu weinen.

»Und der Geburtstagskuchen für Laura?« Laura hat bald Geburtstag, und wenn die keinen Kuchen kriegt, wird das Leben mit ihr nicht auszuhalten sein.

»Mysti! Bitte!«

»Tut mir leid«, sage ich.

Mom nimmt das zerknüllte Hemd und faltet es so glatt wie die Laken. Wenn Dad hier wäre, würde er ihr die Schultern massieren und sagen: *Oh, Melly, das wird schon, ich mach weiter mit der Wäsche, dann kannst du ein Schaumbad nehmen.*

Ich mache das nicht, weil es voll komisch wäre.

Und ich fürchte, Moms Lösung hat was mit Rüben zu tun. Die gibt's jetzt im Garten, und wenn ich mich richtig erinnere, glaubt Mom, man könne daraus Suppe machen. Eilmeldung: *Kann man nicht.*

Okay.

»Das ist Quark!«, brüllt Judge Judy.

Ich gucke Mom an und lächele. »Quark ist auch nicht mehr da.«

Mom schlägt scherzhaft mit dem Hemd nach mir. »Nun ja, vielleicht kann ich dich ja für etwas Hundefutter interessieren. Wie ich gehört habe, hast du es deiner Schwester vorgesetzt.«

Das kleine Biest hat mich verpetzt.

»Oh, ich muss ja noch Hausaufgaben machen! Bis später!«

Drei rote Haken auf dem Kalender später sitze ich im Schulbus, der an der *Frau-die-irgendwohin-geht* vorbeifährt. Sie trägt orangefarbene Hosen und ein gelbes Top und sieht aus wie ein wandelnder Lolli, was ich als gutes Zeichen betrachte. Ich könnte sie noch länger anstarren, aber ich brauche ein Ei. Drei Eier, genau gesagt. Klopapier kann man in der *Beatty Middle School* klauen, Eier nicht.

»Kann ich mir was von dir leihen?«, frage ich Rama im Bus.

»Klar.«

»Hast du drei Eier zu Hause?«

»Hm, wahrscheinlich.«

»Ich brauche sie.«

»Wozu?«

»Ach, egal«, sage ich nervös. »Ich wollte nur wissen, ob du Ja sagst.«

Ich will ihr nicht erzählen, dass ich die Eier für einen geheimen Geburtstagskuchen brauche. Dann müsste ich ihr von Mom und dem Geheimnis und den Broschüren erzählen, denn sie würde tausend Fragen stellen. Dazu bin ich noch nicht bereit, diese Schwelle haben wir in unserer Freundschaft noch nicht überschritten.

»Manchmal bist du komisch, Mysti Murphy.«

»Was soll ich sagen, es ist eine besondere Gabe.«

»Ein Quell, der nie versiegt.«

»Aua.«

»Hast du diesen Gomeztypen vergessen?«

»Wen?«

»Du weißt schon.«

»Siehst du, ich hab ihn schon vergessen!«

»Bis morgen! Go, Team!«

Die *Beatty Middle School Bears*. Die würde ich auch bald vergessen.

Am nächsten Tag habe ich keine Heimatkunde in der letzten Stunde mit den Hippen und nicht so Hippen und muss Ms Overstreets unangekündigte Tests nicht ertragen. Ein guter Tag.

Mr Red hat allerdings an Morgen das Foltern schon übernommen, indem er unser Wissen über den Satz des Pythagoras abgefragt hat. Ich hab keinen Schimmer, wann ich diesen Satz im wirklichen Leben mal brauchen werde.

Der Nachteil am ausfallenden Heimatkundeunterricht ist, dass wir stattdessen in der letzten Stunde die Schulmannschaft anfeuern sollen. Weil ich aber eine der wenigen Schülerinnen bin, die nicht daran gedacht hat, ganz besessen von den Farben Blau und Weiß zu sein, werde ich mich auf einer Insel befinden, die Sandy Showalter und ihresgleichen weiträumig umschiffen werden.

Für alle jene, die über Nacht vergessen haben sollten, dass wir *Beatty Bears* sind, hängen alle Flure voll mit Plakaten und Spruchbändern, die uns daran erinnern. Mr Red geht in seinem Bärenkostüm den Flur entlang, den riesigen Bärenkopf hat er sich unter den Arm geklemmt. Er sieht übel aus.

Und da sind die Mädchen mit den blauen Bändern. Da gehen sie. Mit wiegendem Gang. Lächelnd. Sie halten ihre Schilder hoch und skandieren Schlachtrufe auf ihrem Weg zur Turnhalle. Wayne Kovok, ganz in Blau, folgt ihnen ganz schwindelig vor Glück wie ein Ein-Personen-Hofstaat. Wahrscheinlich mag er die Wettkampftage genauso gern wie ich die Saubere-Bettwäsche-Tage.

»Miss Murphy, gehst du nicht zu dieser Versammlung mit Jubel und Zurufen und Sportsgeist, der deine Schulsorgen gründlich vertreibt, wenn du denn Schulsorgen hast oder andere Sorgen, über die du in meinem Büro reden möchtest, in dem ich zu diesem Zweck frisch gepolsterte grüne Sessel stehen habe?« Das ist Ms Peet, die Beratungslehrerin, die sich wirklich mal mit Sprechpausen im Satz vertraut machen sollte. Ich glaube, meine Haare sind einen ganzen Zentimeter gewachsen, bis sie mit ihrer Ansprache fertig ist.

»Ich würde gern auf Ihrem neuen grünen Sessel sitzen, wenn Sie nichts dagegen haben«, sage ich. Nur so komme ich um diese Veranstaltung in der Turnhalle herum. Ich würde sowieso lieber lesen. Eben habe ich mir nämlich einen Roman ausgeliehen über Kinder, die genetisch so verändert worden sind, dass sie unter Wasser leben können, und ich würde gern ein wenig Zeit an einem Ort verbringen, wo das einen Sinn ergibt. Also gehen Ms Peet und ich in ihr Büro, und ich sag ihr, dass ich nur etwas Stille brauche, wenn das in Ordnung ist.

Ich lese mein Buch und Ms Peet tippt auf ihrem Computer, so schnell wie sie redet. Nach einer Weile höre ich brüllendes Gelächter aus der Turnhalle und würde gern wissen, was da los war. Manchmal dreht Mr Red total ab bei seiner Maskottchennummer. Es fällt mir schwer, mich auf mein Buch zu konzentrieren, also lese ich, was auf einigen der Poster an Ms Peets Wänden steht. Es sind so viele, dass ein wenig geübter Leser wie Laura wenigstens eine halbe Stunde mit dem Vorlesen zubringen würde. Am allerbesten finde ich: ICH BESTIMME, WIE ES MIR HEUTE GEHT, UND ICH ENTSCHEIDE MICH FÜR GLÜCKLICHSEIN.

In der Warteschlange an der Bushaltestelle zupft mich Rama am Ärmel, die so weise war, heute einen blauen *Beatty-Middle-School*-Schal zu tragen.

»Ich hab gesehen, wie du dich vor dem Spiel gedrückt hast.«

»Ich bestimme, wie es mir heute geht, und ich entscheide mich für Glücklichsein.«

»Ist dir nicht gut?«

»Doch. Hey, was war das für ein dröhnendes Lachen in der Turnhalle?«

»Das will ich dir nicht erzählen.«

»Warum nicht?«

»Hat mit dem Gomezjungen zu tun.«

»Hat er jemanden beeindruckt?«

»Alle, nur mich nicht.«

»Nun ja, du bist schwer zu beeindrucken, Rama«, sage ich. »Also, was war los?«

»Ich hab gehört, wie das Mädchen mit dem Pferdeshirt die ganze Geschichte erzählt hat. Anibal ist ein Vokabelvandale.«

Offenbar hat Mr Vern am Montag die Wortliste für diese Woche an die Tafel geschrieben. Das dritte Wort war *beschreiben*, aber als Mr Vern nicht geguckt hat, hat Anibal das Wort in *beschneiden* geändert. Als heute dann die ersten drei Kurse ihre Tests abgegeben haben, hat Mr Vern gepeilt, was los war – und die anderen Tests an diesem Tag ausfallen lassen. Die Hälfte aller Siebtklässler hatte Anibal einen testfreien Nachmittag zu verdanken.

Anibal der coole Hipster. Punkt für ihn.

Rama steigt aus dem Bus und hüpft nach Hause und das liegt von unserem Haus aus gesehen am anderen

Ende vom Fargo Drive. Ein Haus mit grünen Fensterläden und ein Mädchen mit dem megacoolen Namen Rama Khan waren die ganze Zeit schon da – und ich habe es nicht gewusst.

Dad fuhr unsere Straße nie in diese Richtung. Sturmwolken kamen aus dieser Richtung. Die *Frau-die-irgendwohin-geht* kam aus dieser Richtung. Ich hatte dieses unerforschte Ende unserer Straße immer für teils geheimnisvoll, teils gefährlich gehalten.

Der Wind weht Blätter in der Farbe gebranntes Sienna aus dieser Richtung durch die Straße.

Ich wünsche mir noch mehr Blätter. Mehr Blätter auf der Straße heißt, der Oktober rückt näher und Halloween und damit die Zeit, in der die roten Haken auf dem Kalender vollzählig sind und Mom es wirklich so meint, wenn sie sagt, es gehe ihr gut.

Kapitel 18

Schaut mal, das komische Mädchen auf Eiersuche.

Quietsch. Moms Tür geht auf. Mom schlurft raus, die ungewaschenen Haare sind zum Pferdeschwanz gebunden. Ihr Gesicht wird gerahmt von einem Streifen graubraunen Haars, der den Unterschied verrät zwischen dem, was ihr Gott und was die Packung ihr gegeben hat.

»Laura!«, verkündet sie voll Überschwang. Falschem Überschwang. »Herzlichen Glückwunsch zum Geburtstag! Ich sehe, dass du dein Geschenk schon hast, du Schlingelmaus.«

»Danke, Mom.«

Laura hält ein gerahmtes Zertifikat in der Hand, auf dem steht, dass ein Stern in der *Carina Dwarf Galaxie* den Namen *Laura Dawn Murphy* bekommen hat. Als ich acht wurde, habe ich das gleiche Geschenk gekriegt, und das war das einzige Mal, dass ich meinen Namen gemocht habe. Jemals.

»Mysti, kann ich mit dir reden?«

Mom sagt mir, ich soll zu den Jennings gehen und mal fragen, ob sie uns Eier leihen.

»Ich glaube, ich habe sonst alle Zutaten, die wir brauchen, nur keine Eier«, flüstert sie.

Wir wissen beide, wie sehr sie es hasst, so was zu tun, denn es ist ihr peinlich, dass sie nicht selber zum Supermarkt fahren kann. Als ob die Nachbarn nicht längst wüssten, dass eine Frau, die ihren kranken Mann nicht im Krankenhaus besuchen kann, auch keine Eier im Laden kaufen gehen kann.

»Tolle Idee, Mom!« Auch meine Begeisterung klingt falsch.

Mom gibt mir ein paar Tomaten und Lauchzwiebeln aus dem Garten zum Tauschen und schon bin ich hinten zur Glasschiebetür hinaus. Ich kurve durch den Garten, am bösen Baum vorbei und die Jennings-Auffahrt hoch. Und da bleibe ich stehen. Das Garagentor steht offen und es liegt ein interessanter Geruch in der Luft. Nicht auf die *Oh-riecht-das-lecker*-Art interessant, eher auf die *Oh-hier-hat-jemand-einen-Kübel-Nagellackentferner-verschüttet*-Art.

»Hallo, Nachbarin!«, brüllt Mr Jennings. »Wie lautet die Parole?«

Eier. Die Parole lautet Eier.

»Nichts«, sage ich.

»Immer wenn meine Frau *nichts* sagt, heißt das für gewöhnlich was«, erwidert er.

»Ehrlich gesagt wollte ich wissen, ob ich ein paar Eier leihen könnte. Die sind uns gerade ausgegangen. Ich habe Tomaten für Sie.«

»Gib mir doch mal den Hammer.«

»Was wollen Sie bauen?« Jetzt will ich unbedingt wissen, wo all die mysteriösen Geräusche und üblen Gerüche herkommen. In der Garage stehen zwei Tische mit einer Vielzahl von Teilen und Werkzeugen darauf, alles Dinge, die aussehen, als könnten sie in ein Auto, einen Computer oder auch eine Küche passen. Einige liegen auf einem weißen Tuch, so als hätte ein Chirurg sein Operationsbesteck bereitgelegt.

»Zwei große Erfindungen, Mysti. Beide vermögen harmonische Ehen und ein bequemes Nest für den Ruhestand zu erschaffen.«

»Aber ich dachte, Sie arbeiten als Mechaniker«, sage ich. »Warum fangen Sie jetzt mit Erfindungen an?«

Mr Jennings schaut mich an, als wäre das die seltsamste Frage in der Geschichte des Seltsame-Fragen-Stellens.

»Oh, mein Kind, ich hab's dir doch gesagt, du musst alles über den großen Steve Jobs lesen«, sagt er. »Er hatte diesen Drang, Neues und anderes zu erschaffen. Er hatte einen Drang in sich, der ihm sagte, dass er etwas Besonderes war. Alle Erfinder verfügen über genau diese Attribute. Man muss sie erblühen lassen.«

Indessen ist Mrs Jennings in die Garage gekommen. Sie schüttelt den Kopf über ihren Mann.

»Wie ich sehe, hält er dir seinen Vortrag«, sagt sie. »Nun ja, der ist wie die Chinesische Mauer. Nicht zu erschüttern, aber ziemlich lang und gewunden. Dein Mittagessen ist gleich fertig, Thomas Edison.«

Ich bitte sie um die drei Eier und sie dreht sich um und läuft zurück ins Haus.

»Sie wird schon sehen«, sagt Mr Jennings. »Sie wird überzeugt sein! Ich komme damit auf den Home-Shopping-Sender und dann versteht sie es.«

»Geht es um deinen zusammenfaltbaren Messbecher?«, ruft Mrs Jennings über ihre Schulter. »Daran glaube ich nicht.«

»Du begreifst gar nicht, wie viele Ehen der retten wird!«, sagt Mr Jennings, dann dreht er sich zu mir um. »Jedes Mal wenn ich diesen Schrank öffne, fallen mir tausend Plastikmessbecher auf den Kopf. Dieses zusammenfaltbare Gerät – ich nenne es den *Magischen Multimesser* – wird die heißeste Erfindung seit der des Schnittbrots sein.«

Man muss Mr Jennings einfach gernhaben. Er hat Hoffnung. In seinem Gehirn läuft wahrscheinlich immer eine ellenlange Geschichte ab.

Schaut mal, das komische Mädchen, das eine andere Figur in einer anderen Geschichte beobachtet.

Mr Jennings greift nach der dicken Biografie von Steve Jobs. »In diesem Buch ist ein Absatz, in dem der junge Mr Jobs begreift, dass er mehr weiß als sein Vater. Das war ein großer Wendepunkt für ihn. Auch mir ist es so gegangen – mit meinem früheren Chef. Es ist schwer für einen Sprössling, im Schatten eines anderen heranzuwachsen. Verstehst du, was ich meine? Man muss seine Sätze mit Fragen beginnen. Weißt du, was ich meine?«

»Ich glaube, so jemanden kenne ich.« Ich denke an Wayne Kovok. »In der Schule gilt er als Vollnerd. Vielleicht sollte ich ihm sagen, dass er dieses Buch lesen muss. Ich glaube, er könnte was damit anfangen.«

Mr Jennings zwinkert mir zu. »Lass es dir von einem Vollnerd-Kollegen sagen, Mädchen. Die Nerds von heute sind die Erfinder von morgen.«

»Wenn das fertig ist, möchte ich es mir gern ansehen«, sage ich. »Ich würde es sofort kaufen.«

»Oh, selbstverständlich, Miss Mur-«

»Okay!« Mrs Jennings unterbricht ihn. »Hier sind deine Eier, meine Liebe. Und sag deiner Mutter, sie soll einfach anrufen, wenn wir etwas tun können, dann schicke ich den großen Erfinder sofort zu euch rüber.«

Ich gehe nach Haus, ganz langsam, und denke darüber nach, wie viel Geheimnisvolles und wie viel Bewegung es um mich herum gibt. Die *Frau-die-irgendwohin-geht* macht täglich schlecht gekleidet Spaziergänge zu unbekannten Zielen. Dad liegt im Krankenhaus und versucht, täglich gesünder zu werden. Und gleich nebenan in Mr Jennings' Garage wird eine Erfindung entwickelt, die Ehen verändern wird. So gesehen ist das Experiment von Anibal Gomez vielleicht gar nicht so schlecht. Alle, die ich kenne, versuchen irgendwo hinzukommen oder besser zu werden. Mehr versucht Anibal auch nicht. Ich bin nur Teil eines Experiments, mit dem er etwas beweisen will. Ich bin eine Variable. Man kann eine Person ignorieren, wenn man weiß, dass es im Dienste der Wissenschaft geschieht, sage ich mir. Wie für alle wissenschaftlichen Experimente gibt es auch für dieses Parameter. Es gibt Regeln und einen festgelegten Tag, an dem es endet. Wenn man weiß, dass etwas irgendwann zu Ende ist, kann man damit klarkommen.

In der Küche rührt Mom die Zutaten für einen Zitronenkuchen zusammen. Bald duftet das Haus golden, und das erinnert mich daran, wie die Welt war, bevor der blöde Baum alles verändert hat.

Als ich klein war, hab ich auf der Arbeitsplatte gesessen, wenn Mom Bananenbrot gebacken hat, und beobachtet, wie der klebrig gelbe Teig im Backofen goldbraun wurde, während sie mir die Haare geflochten hat. In mir war so ein sanftes, schwebendes Gefühl, wenn ihre Hände sich durch meine roten Haare arbeiteten und gleichzeitig der wunderbare Duft von selbst gebackenem Brot zu riechen war.

Diesen Teil meiner Geschichte habe ich geliebt. Ich fand es so schön, wenn Mom diese Figur in unserem Buch gespielt hat.

»Mom, wir müssen über die Vorratslage reden. Ich hab mir gedacht, ich könnte…«

»Ich habe Geld auf eure Schulkantinenkontos überwiesen«, sagt sie. »Und ich habe eine Lösung, die uns die nächsten zwei Wochen über die Runden bringt. Du weißt schon, bis euer Dad zurückkommt.« Sie geht zum Kalender und hakt einen weiteren Tag ab.

Sie klammert sich noch immer an die optimistische Aussage von Dr. Randolph. Sie glaubt, Dads Körper weiß, dass er am 31. Oktober aufzuwachen und Süßes zu verlangen hat. Ich bin mir da nicht so sicher, denn ich habe im Internet noch mehr über Komapatienten gelesen. Wenn Dad nicht gerade die Rolle eines Komapatienten in einem Film spielt, ist nämlich fraglich, ob er sich wirklich aufsetzen wird und einen Schokoriegel haben will. Im Internet steht, dass jeder anders ist. *Erzählt mir mal was Neues.*

»Was ist deine Lösung?«, frage ich Mom.

Schaut mal, das komische Mädchen, das seiner Mutter hilft, den wenig appetitlichen Inhalt eines Notfallrationpakets auszupacken.

- 12 verschiedene Fertiggerichte
- 1 Dosenöffner
- 15 Proteinriegel
- 3 Schachteln Müsli
- 1 Glas Erdnussbutter
- 3 Tüten Trockenobst
- 1 Dose Nüsse

- 2 Schachteln Cracker
- ein 12er-Pack Saft
- 1 Kasten H-Milch, ultralange haltbar
- 1 Glas Multivitamintabletten
- 1 Schlafsack
- 1 Behälter Chlorbleiche für den Haushalt
- 1 Feuerlöscher
- Streichhölzer in einem wasserdichten Behälter
- Hygieneartikel für Frauen
- Pappbecher und -teller, Papierhandtücher und Plastikbesteck
- Papier und Bleistift
- 2 Puzzlespiele für Kinder

Die Kiste enthält weder Hundefutter noch Toilettenpapier.

»Offenbar darf man im Katastrophenfall weder pinkeln noch ein Haustier haben«, sage ich zu Mom.

»Oder sich die Haare färben!« Mom lacht. Ich schaue auf ihren Haaransatz. Dad ist schon mindestens einen Zentimeter lang weg.

»Na, daran hätte doch jemand von der Regierung denken können«, sage ich. »Leute müssen im Notfall doch aufs Klo und schöne Haare haben.«

»Schöne Haare haben in Notfällen keine Priorität«, sagt Mom mit einem kleinen Lachen in der Stimme. »Und in dem Paket war Toilettenpapier, aber ich glaube, dein Dad hat es verbraucht. Du weißt doch, wie nervös er immer war, wenn unsere Vorräte mal zur Neige gingen.«

Wie nervös er war.

Unsere Blicke treffen sich. Eben hat sie in der Vergangenheitsform über Dad geredet – so, als ob er schon weg wäre. Ich sehe, wie es in Moms Hirn rattert, schnell versucht sie zu überspielen, was sie laut ausgesprochen hat.

»Na ja, darüber lachen wir, wenn Dad in ein paar Wochen zu Hause ist. Er wird zurück sein, ehe ein echter Notfall eintritt.« Mom legt die Betonung auf das Wort *echter.* »Und der Garten wird uns versorgen.«

Hab ich es doch gewusst. Rüben sind tragender Teil des Planes.

»In diesen Crackern sind Ameisen«, sagt Laura.

»Vielleicht hatten die einen Notfall«, sage ich.

»Wie sind die über den Kreidestrich gekommen?«, fragt Laura.

Um unser Haus herum zieht sich ein dicker Kreidestrich. Sämtliche Fußleisten sind von Kreidestaub bedeckt, weil Mom irgendwo gelesen hat, dass Ameisen nicht über Kreide krabbeln. Das ist wieder ein Beispiel dafür, wie in unserer Familie Probleme gelöst werden. Es gibt die normale Art und die Murphy-Art. *Können wir den Kammerjäger bestellen, der diese nervigen Viecher beseitigt?* Auf keinen Fall. Wir tun lieber so, als würden Ameisen sich vor Kreide fürchten und als würde uns der Kreidestaub überall gar nicht stören.

»Ich glaube, ich weiß, wie die Ameisen da rübergekommen sind.«

Laura guckt mich an, zerrt mich in ihr Zimmer und kichert: »Du hast eine neue Geschichte, stimmt's?«

Hier sind so ungefähr hundert Ameisenanführer. Sie haben sich zu einer Besprechung am frühen Morgen auf dem Bürgersteig versammelt. Andy Ameise, er ist der General, sagt zu den anderen: Lasst eure Truppen antreten, Männer! Heute nehmen wir den Fargo Drive 4520 ein. Das ist eine langwierige Mission, bei der man unterirdisch durch kleine Löcher kriechen muss, aber ihr schafft das, ich weiß es.

Erste Erkundungen haben ergeben, dass sich mehrere Cheerios *unter dem Kühlschrank befinden. Das kleinste Mädchen hat einen Pfefferminzbonbon fallen lassen und der liegt in der Nähe des Garagentors. Für die Bergung wird das Spezialeinsatzteam gebraucht. Also, wer folgt mir?*

Hurra! Hurra! Hurra!, brüllen die Ameisenanführer zur Antwort. Dann machen sie sich mit ihrer Armee von Tausenden auf und umzingeln den Fargo Drive 4520. Sie kommen toll voran, kriechen wie beim Geländetraining über und unter Hindernissen hindurch, doch dann geraten die Ameisenanführer plötzlich in Panik und rufen: Umkehren! Zurück! Zurück! Da ist ein Kreidestrich, ich wiederhole: ein Kreidestrich. Zugang nicht möglich. Mission aufgeben!

Und die Ameisen formieren sich neu und marschieren zum nächsten Haus.

»Mysti, ich liebe deine Geschichten«, sagt Mom.

Ich wusste nicht mal, dass sie zuhört, weil sie ganz hinten in der Küche ist. Aber unser Haus ist ja ziemlich klein. Jedes Wort ist überall zu hören. Ausgenommen die Dinge, über die wir nicht reden. Die Gründe für ihre Angst zum Beispiel. Ob Dad wieder aufwachen, seine Schuhe anziehen und direkt zum Einkaufen in den Supermarkt fahren wird.

Und wie wir Toilettenpapier und Hundefutter ins Haus kriegen.

Ich mache meine Hausaufgaben und betrachte sinnend den noch immer nicht reparierten Riss in meiner Zimmerdecke.

Er wird länger.

Er bewegt sich.

Er wird breiter.

Ich weiß nicht, ob das von Bedeutung ist, aber ich mag nun mal keine Spinnen und dass sie durch Risse überall rein- und rauskommen können, wenn ich nicht hingucke.

Kapitel 19

Schaut mal, das komische Mädchen, das Songs hört, die ihre Seele berühren, und so lange aufbleibt und noch Nachrichten ins Handy tippt, bis ihr Elternteil ruft, dass jetzt wirklich Schluss sein muss.

Suchst du dir einen anderen
Hut aus?

Manchen Leuten gefällt er.

Ja. Ich hab gehört, wie
Mädchen über dich geredet
haben.

Wer?

Nicht SS.

Wer?

Versuch es doch mal
mit noch mehr Axe Deo.

Wer? Du machst mich
fertig! Ich ruf dich jetzt an.

Ich lasse es drei Mal klingeln, ehe ich rangehe. Soll Anibal ruhig ein bisschen schwitzen. Aber als ich seine Stimme höre und wir privat und als Freunde miteinander reden, bin ich glücklich.

»Wie geht es deinem Dad?«, fragt Anibal, und mir wird klar, dass unter dem blöden neuen Hut und dem blöden neuen, ironischen T-Shirt immer noch mein alter Freund lebt.

»Immer noch dasselbe. Nicht schlechter.«

»Coolio. So, nun erzähl mir endlich von diesen Mädchen.«

»Ich dachte, bei diesem Experiment geht es ausschließlich um Sandy.«

»Ist auch so. Aber wenn die anderen Damen meinen heißen Auftritt genießen, sollte ich davon wissen.«

»War nur ein Witz«, lüge ich.

»Ich wette, die Leute haben einiges gesagt. Du hast es bloß noch nicht gehört. Was soll's, Sandys Aufmerksamkeit kann ich irgendwie nicht auf mich lenken«, sagt Anibal.

Ich dagegen arbeitete mit voller Kraft daran, von Sandy bemerkt zu werden. Ich habe beobachtet, wie sie vergeblich versucht hat, aus Bonbonpapier ein Armband zu machen.

Alle Mädchen haben solche Armbänder. Ihre Freundinnen von der Cheerleadertruppe scheinen täglich welche zu machen und Sandy hinkt mit ihren Faltfähigkeiten hinterher. Das ist ihr einziger offensichtlicher Makel.

Also habe ich angefangen, an einem Schuhbandarmband in Blau-Weiß-Rot zu arbeiten. Die Schuhbänder habe ich aus Dads zurzeit ungenutzten Schuhen geklaut. Sie werden ersetzt, ebenso wie das geklaute Klopapier. Mein Plan ist, das Armband vor ihren Augen fertigzuflechten, damit sie merkt, wie einfach das ist. Wenn ich sie dazu bringen kann, den nächsten Armbandtrend loszutreten, dann verdiene ich doch wohl eine nette Textnachricht von ihr, oder?

»Ich verrat dir was«, sage ich. »Musik. Finde raus, was ihre Lieblingsmusik ist.«

»Wer macht sich denn was aus Musik? Hipster bestimmt nicht.«

»Songs drücken aus, was Mädchen gern sagen würden.«

»Oh. Stimmt das wirklich?«, fragt Anibal.

Ich kenne nicht viele Mädchen, aber ich spüre bis in die Knochen, dass es wahr ist, deshalb sage ich einfach zu ihm: »Ja, das ist eine allgemeingültige Wahrheit. Songs sind eine besondere Mädchensprache.«

Kapitel 20

Schaut mal, das komische Mädchen, das eine Notfallration aufgerissen hat, damit sein Hund zwei Brötchen mit Hühnerfleisch fressen kann.

Kurz vor der Mittagspause am nächsten Tag bastele ich mir im Kopf einen Song zusammen.

Ich will ein anderes Leben.

Mein Dad ist krank.

Mein Hund hat Hunger.

Meine Mutter schläft zu viel.

Und meine Schwester *lalala* hat sich letzte Nacht in den Schlaf geweint, weil sie für den ganz tollen Regionalchor ausgewählt worden ist und nicht akzeptieren kann, dass keiner sie zu den Proben fahren wird, und obwohl sie ein verzogenes Gör ist, hat mich das enorm wütend gemacht. Echt wütend – und der Grund ist das, über das wir nicht sprechen.

La. La. La.

So geht der Song. Er heißt *Mach Isolierband drum.*

Ich sag kein Wort, als ich mich auf meinen Inselplatz setze. Mit gesenktem Kopf esse ich mein Mittagessen, Spaghetti mit Fleischsoße, Notration.

»Hast du gewusst, dass die zuerst 1980 vom Militär ausgegeben worden sind und fast alle zirka 1200 Kalorien haben?«, sagt Wayne. Wayne Kovok interessiert sich sehr für mein Mittagessen. Meistens habe ich listenreich die Verpackung der Notrationen verdecken können, heute aber nicht.

»Das gehört zu meinem wissenschaftlichen Projekt«, lüge ich. »Test von Notrationen.«

Dieses Fertiggericht schmeckt total eklig. Nach zwei Bissen packe ich es wieder weg.

»Wow.«

»Wayne, du bist unglaublich«, sagt Rama.

Wayne wird völlig grundlos rot. Manchmal zischen ihm Ramas Beleidigungen einfach so um die Ohren.

Das Leben auf der Loserinsel geht weiter. Es hat mir den Appetit verdorben.

»Du bist doch auch im A-Kurs Englisch, oder?«, fragt Wayne mich.

»Jap.«

»Habt ihr gerade diesen Lyrikblock? Das kapiere ich überhaupt nicht.«

»Ich kann dir dabei helfen.«

»Lyrik ist nicht mein Ding.«

»Ich bin schockiert.«

Ich habe ein echtes Gespräch beim Mittagessen,

während Anibals Lachen durch die Cafeteria schrillt wie ein schlechter Song. Also schalte ich auf ein anderes Programm um und mache so ein Gesicht, als hätte noch nie jemand in dieser Cafeteria was Witzigeres gesagt als Wayne.

»Fehlt dir was?«, fragt Wayne irritiert.

Dann kommt Anibal Gomez an der Loserinsel vorbei und tut freundlich.

»Hey.«

»Hey.«

»Kannst du dich anstellen und mir heute mein Essen kaufen, ich hab kein Geld mit?«, fragt er.

Ich stell mich an und kaufe Anibal Gomez alles, was er nur will. Ist mir doch egal. Ist doch egal, wie Wayne und Rama gucken. *La. La. La.*

Was wir hier machen, ist eine Geheimoperation. Niemand weiß von der *Sandy-Showalter-Challenge*. Wenn die anderen davon wüssten, würden sie anders denken.

Ich hoffe, ich bin in so einem Märchen, in dem das gutherzige Mädchen bei seinem Freund sitzen darf, der sich mit ihm, nachdem er seinen Fehler eingesehen hat, bei einem Hühnchensandwich und zwei Schokomilch wieder versöhnt.

»Warum läufst du mir hinterher?«, fragt er.

»Wegen des Essens.«

»Gib her! Haltet es mir vom Leib, das komische Mädchen«, ätzt Anibal so laut, dass seine Freunde es hören können.

Schaut mal, das komische Mädchen, das spürt, wie unreifes Gelächter in heißen Wellen aus Richtung Getränkeautomat heranbrandet, wo schurkenhafte Schleimer und sabbernde Speichellecker amüsiert zugucken.

Ich stehe da in einer Pfütze aus Blödheit.

Ich schüttele die Demütigung ab, stelle mich noch mal an und kaufe ein Hühnchensandwich für Larry. Das ist zumindest ein kleines Problem, das ich lösen kann.

»Du hast…«, sagt Rama, als ich zum Tisch zurückkomme.

»Sag es nicht. Ich weiß schon.«

»Endlich kapiere ich es. Du *magst* ihn. Magst ihn, so wie man jemanden nur mögen kann.«

»Wir haben eine Geschichte. Wir sind echt gute Freunde. Er albert nur herum.« Vielleicht sollte ich ihr zeigen, was er mir schreibt. Das sind Freundschaftsbeweise.

Ich überlege, ob ich Rama das so erklären könnte, dass es einen Sinn ergibt. Nein, das ist wohl nicht möglich. Es ist eine Freundschaft der *Du-musst-es-miterlebt-haben*-Art. Von mir zu verlangen, nicht mit Anibal befreundet zu sein, ist, als würde man einen Fisch bitten, nicht zu schwimmen.

Rama sagt: »Erde an Mysti. Was denkst du gerade?«

»Ich stelle mir vor, dass sein Kopf eine riesige Melone ist.«

»Ja, das ist eine gute Strategie.«

»Melonenförmig sieht der irgendwie schon aus, findest du nicht?«

Ich kritzele in mein Heft, lasse Beleidigungen auf Anibal niederregnen und riskiere einfach, dass Ms Overstreet oder Ms Peet wie die Ninjas über die Loserinsel herfallen und mich beim Zeichnen einer *Anibalons* erwischen.

Meine Zeichnung ähnelt aber eher einem Affen, der eine Melone verschluckt hat. Na ja, hab schließlich auch nie behauptet, Zeichentalent zu haben.

Rama fragt: »Hilfst du mir nach der Schule. Ich komme immer zu spät in den Unterricht, weil ich meinen Spind nicht aufkriege.«

»Das machen die extra, um die Sechstklässler zu quälen.«

»Es funktioniert. Ich fühle mich gequält.«

»RamaKhan!«

»Was?«

»Ich sag deinen Namen gern so«, sage ich. »*RamaKhan!* Das klingt nach Superheldin. Das solltest du zu dir sagen, wenn du dich wieder wie eine gequälte Sechstklässlerin fühlst.«

»*MystiMurphy!*«

»Siehst du, ist nicht dasselbe.«

»Nicht annähernd.«

Rama geht weg und ich werfe einen Blick auf die Uhr. Dieser blöde Schultag dauert nur noch ein paar Stunden.

Schaut mal, das komische Mädchen mit der inständigen Hoffnung, die Demütigung beim Mittagessen mit der Extraportion Peinlichkeit möge bis zum Ende des Tages in Vergessenheit geraten.

Kapitel 21

Schaut mal, das komische Mädchen, das versucht, die Schlacht von Alamo zu überleben.

Ich spüre Gefahr, als ich in den Heimatkundeunterricht komme. Potenziell Übles könnte geschehen. Vielleicht habe ich einfach nur ein schlechtes Gefühl. Vielleicht bin ich einfach nur hungrig und hätte doch lieber meine Notration essen sollen. Oder vielleicht habe ich zu viele Sendungen über die Überlebensinstinkte von Tieren in der Wildnis gesehen.

Tiere nehmen Gefahr wahr und nutzen diese Fähigkeit, um sich in Sicherheit zu bringen oder zu fliehen. So spüren Tiere zum Beispiel ganz leichte Vibrationen unter der Erde. Vibrationen, die ein Erdbeben oder einen Tsunami ankündigen. Oder dass sie eine Höhle oder einen Teil des Waldes nicht betreten sollten. So was wissen Tiere einfach.

Ich glaube, mein Magen nimmt etwas wahr.

Er knurrt, als ich mich zum Heimatkundeunterricht aufmache. Er sagt mir: *Geh nicht in diese Höhle.* Ich halte das schlicht für Hunger. (Später werde ich meinem Magen sagen, dass ich mich geirrt habe und er recht hatte.)

Aber jetzt gerade schlendert Ms Overstreet durch die Gänge zwischen den Tischreihen auf und ab und versucht, uns dazu zu kriegen, uns auf die Belagerung der Festung Alamo zu konzentrieren.

»Nennt mir bitte einige der wichtigsten Helden dieser Schlacht«, sagt Ms Overstreet.

Waynes Hand schießt hoch wie eine Rakete, er rattert die üblichen Verdächtigen runter und wird mit einem Lächeln von Sandy Showalter belohnt.

Ms Overstreet greift nach ihrem texasförmigen Zeigestock und zielt damit auf die Tafel.

»Wacht auf, die Geschichte wird noch besser. Ich will, dass ihr all das hier aufschreibt und im Kopf behaltet, Cowgirls und Cowboys!«

Ms Overstreet kommt in Fahrt und kennt kein Halten. So schnell ich kann, fülle ich die Seiten meines Heftes. Ich will mich schließlich nicht in Verdacht bringen, ein Undercover-Mobber zu sein, oder?

Ich schreibe Folgendes auf:

1700 – Die Spanier bauen Alamo als Missionsstation.

Texas war zu dieser Zeit Teil von Mexiko, wollte Unabhängigkeit.

Dez. 1835 – Gruppe texanischer Freiwilliger kämpft gegen mexikanische Soldaten in San Antonio, gewinnt und besetzt Alamo.

Mexikanische Regierung sauer. Wütend wie die Hornissen.

Feb. 1836 – General Santa Anna kommt, um Rebellion zu stoppen. Zeigt's ihnen, Texaner!

Schlacht von Alamo. 145 texanische Verteidiger gegen 6000 mexikanische Soldaten.

Kämpfen heldenhaft 13 Tage lang.

Alamo wird von der mexikanischen Armee zurückgefordert.

Aber Sam Houston nutzt die Zeit, um eine größere Armee aufzustellen. Erinnert euch an die Schlacht von Alamo!

Sam Houston und seine neue Armee ziehen los und verteidigen Santa Anna in der Schlacht von San Jacinto.

Schlussfolgerung: Legt euch nicht mit Texanern an!

»Habt ihr das alles, Cowgirls und Cowboys? Warum war die Schlacht so eine Inspiration?«, dröhnt Ms Overstreet.

Ich starre auf mein Heft. Mein Heft weiß mehr über die texanische Revolution als ich. Ernsthaft, es könnte einen Test bestehen.

»Weil es kein fairer Kampf war. Es war so, als würde das Schulorchester der *Beatty Middle School* im Fußball gegen die Nationalmannschaft antreten müssen. Ziemlich unfair. Und trotzdem gelingt es dem Orchester, das seine Bratschen und Violinen festhält, das Spiel für sich zu entscheiden! Das ist das Überwältigende an der Schlacht von Alamo. Die Texaner haben trotz der verschwindend geringen Chancen gewonnen. Und deshalb feiern wir noch heute ihren Mut.«

Ihr Vortrag würde mich normalerweise echt fesseln, weil sie dieses Thema jetzt mit so was wie nerdmäßiger Besessenheit angeht. Aber in meinen Gedärmen gurgelt und rumpelt es. Auf leeren Magen Geschichte und Inspiration zu verdauen, ist schwer, sogar wenn eine Lehrerin in Cowboystiefeln auf dem Tisch steht. Also starre ich das lebensgroße Poster von Sam Houston an der Wand an. Über Houstons Kopf steht ein Zitat: *Tu das Richtige und steh dafür ein.*

»Okay, ein Test!«

Die Klasse stöhnt. Mein Magen knurrt.

Warum hast du mich in diese Höhle geführt?, fragt der Magen.

»Keine Angst, das ist nur ein mündlicher Test, ich will bloß wissen, ob ihr überhaupt irgendwas mitgekriegt habt oder ob ich mich zu meinem eigenen Vergnügen ins Zeug gelegt habe. Okay, Miss Showalter, kannst du mir sagen, wie Alamo ursprünglich hieß?«

Sandy antwortet nicht. Sie kaut an ihrem Bleistift.

Ms Overstreet wiederholt ihre Frage in einem Ton, der nur als gequält beschrieben werden kann.

Langsam und mit leicht zusammengebissenen Zähnen.

»Es war die *Mission San Antonio de Valero.*« Selbstverständlich ist Wayne Kovok Sandys Retter. Für die

Rettung aus dem Tal der Ahnungslosen erhält er ein weiteres nettes Sandy-Lächeln.

»Und in welchem Monat traf General Santa Anna in San Antonio ein und umzingelte Alamo?«, fragt Ms Overstreet.

»Im Februar 1836«, antwortet Anibal. »Er hat sie überrumpelt!«

»Gut. Und die Texaner hielten 13 Tage in Alamo aus und kämpften mitten im Winter gegen die Armee von Santa Anna«, fährt Ms Overstreet fort. »Ich möchte, dass ihr alle über diese Frage nachdenkt: Was macht einen Helden aus? Ist ein Held jemand, der eine heroische Tat begeht? Ist ein Held jemand, der in einer schwierigen Situation über sich hinauswächst und seine Anstrengungen verdoppelt?«

»Habt ihr gewusst, dass das Wort *heroisch* aus dem Griechischen kommt und *Beschützer* oder *Verteidiger* bedeutet?«, sagt Wayne Kovok.

»Ich frage mich, wie sich die Verteidiger von Alamo gefühlt haben mögen«, sagt Ms Overstreet. »Könnt ihr euch das Gefühl vorstellen? Die Angst? Den Mut? Wisst ihr, mir gefällt, was der berühmte Essayist Ralph Waldo Emerson über den Helden gesagt hat. Wollt ihr hören, was das war? Er hat gesagt, *ein Held ist nicht mutiger als ein ganz normaler Mensch, aber er ist fünf Minuten länger mutig*. Fünf Minuten länger! Seid ihr je in einer Situation gewesen, in der ihr aufgegeben habt? Was wäre gewesen, wenn ihr fünf Minuten länger diesen Schwierigkeiten standgehalten hättet? Hat jemand dazu irgendwelche Überlegungen?«

Ich drehe den Kopf zu Anibal, sein Gesichtsausdruck kommt mir bekannt vor. Das ist sein *Ich-werde-meinen-Grips-nutzen-und-Oberwasser-gewinnen*-Gesicht.

»Also, um es mit den Worten eines Songtextes von Taylor Swift zu sagen«, beginnt Anibal. Ich höre nicht, was er sonst noch sagt, denn mein Gehirn macht eine Vollbremsung bei *Taylor Swift.*

Anibal hat gerade Taylor Swift zitiert, um eine Frage in Heimatkunde zu beantworten.

Anibal Gomez hat einen Songtext in ein Unterrichtsgespräch über texanische Revolutionäre eingeschmuggelt, um ein Mädchen zu beeindrucken. Wäre ich nicht so wütend darüber, dass ich ihm diesen Tipp gegeben habe, wäre ich beeindruckt.

»Hochinteressant, Mr Gomez«, sagt Ms Overstreet. »Lasst uns eingehender über diese Frage nachdenken. Miss Murphy, was hältst du von Emersons Definition?«

Schaut mal, das komische Mädchen, das bereut, an Zitronenkuchen gedacht und der Lehrerin nicht zugehört zu haben.

»Meinst du, Mr Emerson hat recht gehabt mit seiner Beschreibung? Ist ein Held nicht mutiger als ein ganz normaler Mensch? Ist der Held nur fünf Minuten länger mutig?«

Ich habe die Aufmerksamkeit der ganzen Klasse, die fragenden Blicke aller sind auf mich gerichtet.

»Wir warten, Miss Murphy.«

Sie wartet.

Ich warte.

Ich warte darauf, dass ich durch Selbstentzündung explodiere, hier, an Ort und Stelle, im Heimatkundeunterricht.

Damit würde ich Geschichte schreiben.

»Ich stimme mit Mr Emerson überein«, sage ich schließlich, weil es nur zwei Möglichkeiten gibt: Zustimmung oder Ablehnung, und ich setze darauf, weise gewählt zu haben.

»Nun, kannst du eine ausführlichere Antwort geben?«, sagt Ms Overstreet.

Und was passiert? Mein Magen antwortet.

Kein kleines Geknurr, bei dem man über die Schulter guckt und kichert, sondern ein mächtiges, nicht zu überhörendes Knurren. Beinahe wie bei einem Tier. Ein Knurren, das im ganzen Heimatkunderaum, wahrscheinlich noch nebenan in Sozialkunde und vielleicht auch noch in Mr Reds Klasse eine Etage tiefer zu hören ist.

»Es erfordert Mut zu bleiben«, sagt Wayne schnell. »Ich glaube, das ist eine ganz ordentliche Definition von Held. Viele von den Alamo-Männern hätten gehen können. Habt ihr gewusst, dass Santa Anna die Ausgänge nicht sofort zugemacht hat? Sie hätten gehen können. Aber sie sind geblieben.«

Ich gucke zu Wayne rüber und forme ein *Danke* mit

den Lippen. In Zukunft werde ich ihn nicht mehr so hart für seine *Habt-ihr-gewusst*-Weisheiten verurteilen.

Anibal grinst über seinen vermeintlichen Sieg, warum auch nicht? Sandy lächelt nämlich von einem Ohr zum anderen und kaut an ihrem Bleistift, weil sie von Jungs umgeben ist, die sie mögen.

Kapitel 22

Schaut mal, das komische Mädchen, das sich wünscht, dieser Tag wäre nur ein Traum.

Der Magen hat gesprochen!!!

Hat er nicht.

Man nennt dich den Heimatkundeknurrer.

Wer tut das?

Nur ich.
Jetzt gerade!!!! ☺

Taylor Swift? Echt?

Hab den ganzen Tag drauf gewartet, das anzubringen! Tschaka!

Denk dir nächstes Mal selber was aus.

Knurr!

Klappe.

Dad? Zu Hause?

Immer noch im
Krankenhaus.

Mann!

Ich weiß, ich weiß.

Kapitel 23

Schaut mal, das komische Mädchen, das einen kleinen grünen Drachen auf den Rand seines Mathehefts malt und wünscht, es würde echte Drachen geben … auch als Transportmittel.

In den letzten Tagen ist Mathe für mich ein sicherer Ort gewesen. Nur ein Mensch hat mich gestern den *Heimatkundeknurrer* genannt, und wir wissen ja schon, welches Möchtegern-Hipsterhirn das ausgebrütet hat.

»Okay, macht euch bereit, jetzt kommt der *Rhombusss*!«

Mr Red.

Er versucht echt alles, um Mathe zu was Coolem zu machen. Aber am Ende ist er immer noch ein Lehrer, der auf Zahnstochern kaut und die Sportseiten liest, während wir in Tests beweisen müssen, ob wir Polygon von Pizza unterscheiden können.

Heute hat Mr Red kuchentellergroße Schweißflecken unter den Achseln, was merkwürdigerweise bei mir zu Überlegungen darüber führt, wie manche Leute in der Mittelstufe auf sich aufmerksam machen, indem sie alte Freunde ignorieren und sich wegen der neuen blöd aufführen. Ich hab Anibal nicht darauf angesprochen, dass er sich wie ein Arsch benimmt, auch wenn Rama mich immer wieder daran erinnert.

Jeden Tag steht sie da im sicheren Mädchenwaschraum, eine Hand in die Hüfte gestemmt und mit finsterer Miene:

»Immer behauptest du, der nette Anibal Gomez würde sich schon noch zeigen. Letzte Meldung: Nichts in Sicht!«, beschwert sie sich. Und ich denke an kommende Tage, an denen wir drei uns vor Lachen wälzen werden, wenn wir daran denken, wie witzig dieses erste Halbjahr war und dass ich die ganze Zeit in den Scherz eingeweiht gewesen bin.

Schaut mal, das komische Mädchen, das sich möglicherweise etwas vormacht.

Tja, da ist der Gedanke und nun bekomme ich ihn einfach nicht mehr aus dem Kopf.

»Wer kann mir sagen, welche dieser Figuren ein Rhombus ist?«, fragt Mr Red. »Irgendjemand?«

Keiner.

Mitten im Satz wird Mr Red vom Lautsprecher unterbrochen. Das sind nicht die üblichen morgendlichen Ankündigungen, denn man hat uns bereits darüber informiert, dass mittags im Ofen gebackene Geflügelfrikadellen mit Vollkornweizenbrötchen und grünen Bohnen angeboten werden. Ich habe eine Zeichnung davon in meinem Heft. Die Frikadelle hat Beine und die grünen Bohnen tanzen. Wenn ich erwischt werde, kann wohl kaum ein Lehrer daran Anstoß nehmen, es sei denn, er ist Vegetarier.

»Achtung, eine Durchsage für Schüler und Lehrer«, verkündet Rektor Blakely. »Leider haben wir ein schwerwiegendes technisches Problem mit der Klimaanlage und müssen den Unterricht für den Rest des Tages einstellen. Wir haben beschlossen, die Schüler am Mittag nach Hause zu schicken. Die Busse fahren um halb eins. Die Schüler, die nicht mit Bussen fahren, dürfen ihre Eltern anrufen. Wir haben berechtigte Hoffnung, dass sich der Schaden noch heute beheben lässt und der Unterricht morgen wie üblich stattfindet. Vielen Dank.«

Ich habe berechtigte Hoffnung, dass dieser Schaden mein Nutzen sein wird. Ich kann einen elenden Tag auf meinem Schulüberlebenskalender abhaken und den Rest des Tages lesend zu Hause verbringen. Plötzlich ist die drückende Hitze eine *Du-kommst-aus-dem-Gefängnis-frei*-Karte.

Mr Reds ganze Klasse setzt sich wie eine träge Herde in Bewegung. Witze werden gewispert. Witze über Flecken, die sich zu Oktagonen auswachsen.

Um halb eins steht die ganze Schule draußen in der glühenden Hitze. Der Himmel ist ausgeblichen und trocken und wirkt spröde wie eine Decke, die zu lange an der Leine gehangen hat. Auf der anderen Seite des Parkplatzes flimmert die Luft.

Wer ist bloß auf die Idee gekommen, uns viel zu früh

an der Bushaltestelle anstehen zu lassen? Keine Ahnung. Diese Wartezeit wäre nicht so schlimm, wenn Anibal und seine falschen Freunde nicht auch hier stehen würden mit neuen grünen Turnschuhen und einer Überdosis *Axe*-Deo.

Ich achte sorgfältig darauf, keinen Blickkontakt zu ihm aufzunehmen, aber ich spüre seine Gegenwart und rieche, wie Fiesheiten die Luft schwängern.

Schaut mal, das komische Mädchen, das nicht sagen kann, ob die Hitze auf seinem Rücken Sonne oder der bohrende Blick von Junge-der-auf-Stofftieren-schläft *ist.*

Anibal lästert über die Turnschuhe von irgendjemandem, weil die so abgetragen sind. Er nimmt den Hut ab und zupft immer wieder seine Haare in Form.

Rama stellt sich in unserer Schlange an. Mann, muss ihr heiß sein mit dem Schal um den Kopf. Warum sie ihn wohl nicht abnimmt und ihre Haare ein bisschen atmen lässt?

»Da ist Schleier-Braut«, geifert einer von Anibals Freunden. Ich höre das Echo von Anibals Lachen in der Menge. Die Beleidigungen von denen sind nicht nur dumm, sie wiederholen sich auch noch.

»He, Mysti, vielleicht solltest du dir einen Schal besorgen und ihn dir vor die Zähne hängen.« Das kommt von Anibals cleverem Freund. Ich nenne ihn *Junge-der-verschwinden-sollte*.

Wo bleibt der blöde Bus?

Wo bleibt Ms Peet mit ihren Mobbing-Buttons? Wie kann es sein, dass diejenigen, die erwischt werden sollten, irgendwie durch die Ritzen der Schulordnung schlüpfen können?

Die Ritze ist schmal.

Junge-der-verschwinden-sollte hackt weiter auf Rama rum. Er nennt sie *Osama Rama*. Au! Dann guckt er mich an. Er nennt mich den *Heimatkundeknurrer*. So viel Gelächter. So wenig Lehrer zur Stelle. So eine Ungerechtigkeit.

Rama zupft an meinem Ärmel. »Komm, wir gehen zu Fuß.«

»Ich kann nicht.«

»Ist was mit deinen Füßen?«

Es gibt da einen Witz, den Dad gern erzählt. *Was hat vier Beine und kann nicht laufen?*

Ein Stuhl.

Ein Stuhl kann nicht laufen und ich auch nicht.

Der Bus braucht siebzehn Minuten von der Schule bis zum Fargo Drive. Aber ich bin noch nie zu Fuß von der *Beatty Middle School* nach Hause gegangen.

Ich bin noch nie weiter zu Fuß gegangen als von der Bushaltestelle bis zu meiner eigenen braunen Haustür. Und genau in diesem Augenblick geht mir auf, dass ich nicht mal mit Dad im Auto aus meinem eigenen blöden Stadtteil rausgekommen bin!

»Tut mir leid, ich kann nicht«, sage ich und hab ein bisschen das Gefühl, sie im Stich zu lassen.

Aber Mom kann ich auch nicht im Stich lassen.

Rama geht los und dabei wirkt sie wie ein Abbild der Trotzigkeit. *RamaKhan!*

Anibal brüllt: »Geh mit deiner Schleier-Braut-Freundin, Mistig. Und dann geh auch gleich mal zum Zahnarzt.« Ich gucke ihn an und er blinzelt. Als ob der Schmerz durchs Blinzeln vertrieben werden würde, wenn man beleidigt wird.

Ein Schwall von Gelächter.

Jemand sagt, sie sollen die Klappe halten. Keine Ahnung, wer. Ich würde ihn am liebsten umarmen. »Wie wär's, wenn wir dir mal die Haare schneiden?«, sagt *Junge-der-verschwinden-sollte.* Eine Papierkugel trifft mich am Kopf. »Geh und leih dir einen Schal von ihr.«

Wo sind die blöden Busse?

»Ich werde dir die Haare schneiden, wenn du nicht hinguckst«, sagt *Junge-der-verschwinden-sollte.*

Ich denke wieder an diese blöden Tierfilme und weiß, dass ein Tier nicht rumsitzen und sich so was bieten lassen würde. Im Ernst, wer hat denn je ein Tier still dasitzen sehen, während es mit Steinen oder Kokosnüssen beschmissen wird? Tiere sind schlau. Tiere fliehen. Also fliehe ich auch. Ich werde versuchen, Rama einzuholen, obwohl sie schon nicht mehr in Sichtweite ist.

Kinderleicht.

So lange ist sie ja noch nicht weg, oder? Sie ist um die Ecke gebogen und ich kann sie nicht sehen, aber einholen kann ich sie doch sicher.

Ich höre die Jungs rufen, sie geben jetzt alle Hühnerlaute von sich.

Tock. Tock. Tock.

Ist mir egal. Sollen sie doch weiter in der Hitze rumstehen. Und mit dem Straßenbelag verschmelzen. Sollen die Leute danach doch bis in alle Ewigkeit über sie drüberlatschen.

Schaut mal, das komische Mädchen, das mit seiner Einbildungskraft jeden Einzelnen dieser Jungen in eine Geflügelfrikadelle verzaubert, sie in Vollkornweizenbrötchen stopft und dann mit grünen Bohnen auf ihre Köpfe eindrischt.

Ich konzentriere mich auf den Bürgersteig, bis ich hinterm Parkplatz um die Ecke gebogen bin. Ich setze einen Fuß vor den anderen. Gleich werde ich Ramas Rücken sehen. Ich werde ihr folgen bis zum Fargo Drive.

Kinderleicht.

Mann, wenn ich Sandy Showalters Telefonnummer hätte, könnte ich das alles hier sofort beenden. Ich könnte ihr sagen, wie toll Anibal ist. *Sandy, du könntest mit ihm für Heimatkunde lernen und Anibal würde dir bei deinem Naturkundeprojekt helfen. Er mag Frozen Joghurt auch so gern wie du. Und er hat ein paar jüngere Geschwister, zu denen er sehr nett ist. Er kriegt tolle Poster aus dem 1-Dollar-Laden. Ruf ihn gleich an, bevor ein anderes Mädchen aus der Cheerleadertruppe ihn wegschnappt.*

Ja, ich könnte ihre Nummer herausfinden, ihr diese Sachen sagen und danach würden wir uns zusammen schlapplachen. Sie würde mir danken und das ganze soziale Experiment wäre zu Ende. Und sogar Rama würde die gute Seite von Anibal kennenlernen.

Und wenn all das im Lot ist, kann ich mir überlegen, wie ich Mom glücklich machen kann. Glücklicher. Ich kann Anibal bitten, Essen aus dem 1-Dollar-Laden mitzubringen. Da gibt es Milch. Brot. Sachen für den täglichen Bedarf. Sogar Klopapier und Schnürbänder. Ich kann ihm mein Weihnachtsgeld geben und er kann mir immer ein paar kleine Sachen mitbringen. Viel ist das nicht, aber es wird uns sehr helfen, bis Dad wieder nach Hause kommt.

Perfekt. Perfekte Pläne.

Das Dumme an perfekten Plänen in der Fantasie ist, wieder in die Realität zurückzukommen und festzustellen, dass man sich möglicherweise verirrt hat.

Und dann wird einem klar, dass es blöd war, zu fliehen wie ein Tier, schließlich denken Tiere ja nicht lange über irgendwas nach, oder? Nein, wahrscheinlich rennen sie einfach nur in einen anderen Teil des Waldes, suchen sich einen schattigen Platz und nennen den ihr Zuhause.

Verirrt.

Verirrt in meiner eigenen blöden Stadt.

Okay, denk nach, Mysti. Du fährst jetzt ein Jahr lang mit dem Bus die Strecke. Du musst dir was einfallen lassen. Du musst nach Hause kommen, bevor Mom in Panik gerät.

Mom.

Sie wird am meisten leiden, wenn ich mich verirre. Oder entführt werde. Und Laura allein mit Mom? Das ist ein furchtbarer Gedanke. Mom wird Laura nie wieder in die Schule gehen lassen. Sie werden beide von Leitungswasser und Rüben leben müssen. Sie werden diese WER HAT DIESES KIND GESEHEN-T-Shirts tragen, bis mein aufgebügeltes Foto verblasst.

Mein nicht tierisches Gehirn stellt als Erstes eine Art Liste aller Gründe, warum das alles nicht meine Schuld ist, zusammen.

Wenn Texas nicht so heiß wäre, wäre die Klimaanlage nicht kaputtgegangen.

Und dann wären die Schüler nicht früher nach Hause geschickt worden.

Und der Busfahrplan wäre nicht total durcheinandergeraten.

Und wenn die Busfahrpläne nicht durcheinandergeraten wären, hätte es keine lange Schlange von Idioten gegeben, die nichts als Gemeinheiten im Sinn haben.

Und Gemeinheiten bringen einen dazu wegzugehen.

Es wäre nicht nötig, zu Fuß zu gehen, wenn man eine Mutter hätte, die Auto fährt, oder wenn der liebe alte Dad nicht krank wäre.

Und Dad wäre nicht krank, wenn dieser blöde Baum nicht gewesen wäre.

Diese Liste stelle ich im Kopf auf. Der gemeinsame Nenner von sengender Hitze und einem alten Baum ist Mutter Natur. Und da die Natur von Gott erschaffen wurde, schaue ich zum Himmel und gebe letztlich dem die Schuld an allem. Gerade als ich eine Entscheidung zwischen Beten und Fluchen treffen will, höre ich eine Stimme, die mir zuruft: »Mysti, du hast dich nicht verirrt. Du bist nur verwirrt.«

Kapitel 24

Schaut mal, das komische Mädchen, das weiß, dass Tiere in der Wildnis einander helfen.

Das ist nicht die Stimme Gottes, die ich da höre. Es ist die Stimme eines Mädchens mit einem Schal, das eine Hand in die Hüfte stemmt.

»Was redest du da?«, sage ich. »Ich weiß, dass ich mich nicht verirrt habe!«

»Na, dann sei nicht so eine Schnecke. Hier draußen ist es heiß.«

»Wie ist deine Telefonnummer?«, frage ich Rama. Meine ganze Panik hätte sich in Luft aufgelöst, wenn ich ihre Telefonnummer gehabt hätte.

Auf dem Weg nach Hause tauschen wir Telefonnummern aus. Dann versuche ich mir den Weg zu merken. Ich stelle fest, dass alle Straßen in meiner Nachbarschaft ganz clever alphabetisch geordnet sind. Atlanta. Boston. El Dorado. Fargo.

Fargo!

Beim Gehen kicke ich eine Eichel vor mir her. »Lass die Blödheit von denen nicht an dich ran.«

»Wenn ich eine berühmte Ärztin bin, werde ich die nicht von Krebs heilen.«

»Einverstanden!«

Als wir in den Fargo Drive einbiegen, spüre ich die Nachwirkungen der Angst und Verunsicherung noch immer in den Knochen. Näher bin ich echter Gefahr noch nie gekommen. Meine Beine sind voll nervöser Energie. Sie wollen ruhen und rennen – gleichzeitig.

»Wo warst du?«, fragt Rama.

»Was?«

»Dein Gesicht. Du hast ausgesehen, als wärest du ganz weit weg.«

»Na, jetzt bin ich wieder da.«

»Willst du mir beim Sticken zusehen?«

»Sticken?«

»Als Übung fürs Operieren.«

»Du wirst also tatsächlich Chirurgin und heilst Krebs?«

»Du sagst das, als wäre es was Seltsames.«

»Nein, nicht seltsam. Ungewöhnlich. Es rockt.«

Rama geht ins Haus, und ich bleibe auf ihrer Veranda sitzen, bis sie mit ihrer Mutter wieder nach draußen kommt.

Wie Rama trägt Mrs Khan einen hübschen Schal und eine besorgte Miene.

»Du bleibst also hier draußen?«, fragt Ramas Mutter.

»Eine Weile, wenn das in Ordnung ist«, antwortet Rama. »Das ist Mysti.«

Ich sage Hallo.

»Sag Bescheid, wenn dir zu heiß wird«, sagt Ramas Mutter. »Schön, dich kennenzulernen, Mysti. Rama, wir gehen um vier zum Unterricht.«

Sie macht die Tür zu und Rama verdreht die Augen.

»Tut mir leid, dass ich dich nicht reingebeten habe. Sie will nicht, dass die *wirkliche Welt* in unser Haus kommt und unsere Kultur durcheinanderbringt.«

»Wie könnte ich denn eure Kultur durcheinanderbringen?«

»Keine Ahnung, aber wenn ich jemanden zum Übernachten einlade, könnte das was mit meiner Religion machen«, sagt Rama. »He, was ist die *Krosse Krabbe* und warum brauchen die da so viele Geschäftsführer?«

»Was?«

»Auf *Facebook*. Alle sagen, sie arbeiten als Burgerbrater in der *Krossen Krabbe*.«

»Du bist auf *Facebook*?« Zuerst der Schock, als ich mich verirrt habe. Jetzt noch der Schock, dass Rama Khan auf *Facebook* ist.

»Da ich keine Übernachtungspartys machen kann und dazu gezwungen werde, samstags zur Mathenachhilfe zu gehen und eine begnadete Geigerin zu sein, hab ich mit meiner Mutter ausgehandelt, dass ich mir das zwei Stunden pro Woche angucken darf.«

Eigentlich will ich sagen *Boah, das ist echt krass,* aber ich sag's nicht. Ich stelle mir ja ständig vor, ich wäre in Paris, oder ich denke mir grauenhafte Lieder über mein Leben aus, da steht es mir wohl kaum zu, andere zu verurteilen.

»Rama, bist du vertraut mit dem Serienklassiker *SpongeBob*?«

»Nein.«

»Das ist ein Zeichentrickfilm, Doofi.« Während Rama eine gelbe Blume auf einen weißen Stoff stickt, vermittele ich ihr das Grundwissen zur Serie und erläutere ihr, *tbh* bedeutet *to be honest*, und die persönliche Theorie von meinem Dad darüber, warum Leute alles über ihr Leben auf *Facebook* posten (weil sie nämlich keines leben). Rama scheint ganz besessen davon zu sein, *Facebook* und die Abkürzungen zu begreifen. Ich versuche ihr zu erklären, dass *Facebook* überhaupt nicht mehr cool ist, aber sie will das nicht hören.

»Die schreiben nicht mal echte Wörter richtig. *Girl* schreibt man doch mit *i*.«

»Dann guck es dir nicht an.«

»Hilfst du mir, das zu kapieren? Ohne dich über mich lustig zu machen?«

»Wer sagt denn, dass ich mich über dich lustig machen würde?« *Nur hinter deinem Rücken.*

Schon bei unserer ersten Begegnung hat mich Ramas Intelligenz eingeschüchtert, da ist es ganz schön zu wissen, dass sie nicht perfekt ist.

»*RamaKhan!*«

»*RamaKhan!*«

Und ratet mal, wer kurze Zeit später vorbeigeht. Die *Frau-die-irgendwohin-geht* schippert den Fargo Drive hinunter. Heute trägt sie eine gelbe Cordjacke, Karottenjeans und eine riesige Sonnenbrille mit weißem Gestell.

»Was hältst du von ihr, Rama?«

»Nun ja, ein Hipster ist sie nicht!«

Wir wälzen uns vor Lachen.

Ramas Mutter steckt wieder den Kopf zur Tür hinaus, ich sehe das als Zeichen, damit aufzuhören, die Kultur ihrer Tochter zu gefährden. Ich gehe also weiter zum Fargo Drive 4520 und betrachte unser Haus. Es wirkt übermäßig braun und übermäßig einfach.

Drinnen ist es so still und ruhig und niemand zum Reden da. Niemand, zu dem man sagen kann: *Weißt du was, ich bin zu Fuß nach Hause gegangen. Wie findest du das?* Moms Tür ist groß und geschlossen, also schleiche ich auf Zehenspitzen daran vorbei, damit sie schlafen kann. Ich dusche nicht mal, was ich eigentlich am liebsten tun möchte.

Ich verstecke mich im Büro und stelle Nachforschungen darüber an, wie man sich in seiner eigenen Nachbarschaft nicht verirrt.

Und das recherchiert man so: Man sucht online und sammelt Karten und Wegbeschreibungen und prägt sie sich ein wie für einen Test in der Schule. Man kann nur bestehen oder durchfallen. Also strengt man sich beim Lernen richtig an. Wenn man fertig ist, weiß man, wie weit entfernt die Orte liegen, an die man gehen muss.

Und man weiß, wie lange es dauert, dort hinzukommen. Man sagt sich, dass man sich jetzt nach der gründlichen Vorbereitung nicht mehr so zu fürchten braucht. Man fühlt sich ein bisschen besser. Die Beine sind nicht mehr ganz so zittrig.

Von unserem Haus bis zur *Beatty Middle School*: knapp 2 Kilometer, fünfundzwanzig Minuten zu Fuß.

Von unserem Haus bis zum Supermarkt 1,4 Kilometer, zwanzig Minuten.

Und dann schaut man auf die Karte, wie weit es bis zum persönlichen Traumort ist, obwohl man dahin nicht zu Fuß gehen kann. Nur wenn die Träume Füße haben.

Von unserem Haus nach Paris: 7931 Kilometer, eine Ewigkeit.

Schließlich druckt man all diese Informationen aus, nimmt sie mit in sein Zimmer und schiebt sie zwischen die Bücher, die das Bettgestell halten. Und man hofft, dass die Informationen nachts beim Schlafen ins Gehirn sickern.

Kapitel 25

Schaut mal, das komische Mädchen, das dem einzigen Menschen Nachrichten schreibt, der sich nicht über sie lustig machen würde, weil er sich schon in der Mittelstufe auf eine ferne Zukunft vorbereitet.

Hallo

Hallo!

Was machst du?

Hausaufgaben. Und du?

Auch. Lernen.

Hab 'ne Frage.

?

Ich finde, du solltest diesen Gomez vergessen.

Was geht dich das an?

Du bist meine Freundin.

☺

☺

Trotzdem. Vergiss ihn einfach. Sogar Wayne sagt das.

Wayne!!!

Ja, Wayne. Also vergiss ihn.

Du solltest ihn
kennenlernen.

Kann sein. Ich finde, du
solltest Wayne mögen.

Wayne!?

Laut Facebook-Status
liest er.

LOL. Klar, tut er das!

Was bedeutet: *jemanden
anbaggern*? Sandy
macht so was.

OMG!

Vergiss diesen Gomeztypen!
Vergiss Möchtegern-
Hipster.

Gute Nacht!

Das mit Anibal versteht Rama nicht. Anibal versteht Rama nicht. Das ist die Wahrheit. Immerzu höre ich Dad sagen, dass Menschen so unterschiedlich sind wie Äpfel und Apfelsinen. Anibal und Rama sind die Äpfel und Apfelsinen meines Lebens.

Anibal versucht so gut er kann, sich zu verändern. Er versucht, nicht mehr der Anibal vom letzten Jahr zu sein, der rund war und wegen seines Gewichts gehänselt wurde. Der Anibal, mit dem keiner wirklich reden wollte. Nur ich. Ich bin immer noch dieselbe und will immer noch mit ihm reden. Aber er ist weg und was ganz anderes geworden. Ich bin nicht so total bescheuert, dass ich mit seinen Methoden einverstanden wäre. Rama versucht auch, sich zu verändern und zu verbessern. Sie rennen alle beide auf die Veränderung zu. Für sie ist die kein Furcht einflößendes Monster.

Also, wie lange kann ein Mensch denn wirklich ganz gleich bleiben? Sogar die Erde ist doch so eingerichtet, sich mit jeder Jahreszeit zu verändern. Winzige grüne Knospen entwickeln sich zu wunderschönen handtellergroßen Blättern, die sich später rot und braun und golden färben. Aus ängstlichen Mädchen werden Mädchen, die mehrere Kilometer zu Fuß gehen können. Mütter, die malen, übermalen immer wieder Wände und Leinwände, die völlig in Ordnung sind, weil sie etwas Neues darstellen wollen.

Wir sind alle Wesen, die sich verändern.

Nun, da ich im Bett liege, ganz sicher unter meiner weichen, warmen Decke, will ich niemals weg von hier. Hier ist ein Ort, an dem es keine Probleme gibt. Nur der Riss in meiner Decke. Der ist das einzige Problem. Ein Riss, der breiter wird, weil das Haus sich vielleicht auch verändern will. Es gibt also keine Probleme.

Nur die Probleme, die man im Kopf mit sich herumschleppt. Die krabbeln ungebeten in deinen sicheren Ort. Dieses Problem ist so blöd, dass es nicht mal einen Namen dafür gibt. Denn wie soll man dieses irritierende Gefühl nennen, das dir sagt, du musst dich verändern, ob du nun willst oder nicht? Wie nennt man diese unsichtbaren Dinge, die anscheinend auf dich zumarschieren – also halte dich besser bereit? Was ist das?

Larry wälzt sich auf die andere Seite und knurrt leise. Ich lasse den Arm aus dem Bett fallen und streichele ihn.

»Ich weiß, mein Junge, ich weiß. Ich brauche nur ein Zeichen. Wenn ich ein Zeichen kriege, gibt mir das genug Schwung zum Weitergehen. Wir können nicht beide Knurrer sein.«

Ich sag euch, wenn ich nicht bald etwas tue, werde ich immer mehr wie Mom werden und immer weniger wie Dad. Mehr wie jemand, der zu Hause bleibt und die Welt malt. Weniger wie ein Mensch, der die Welt sieht.

Im Moment steht an, einen Plan zu machen. Erster Schritt: Befreunde dich mit Sandy, indem du ihr das geflochtene Armband schenkst. Halte dich an Rama und Wayne!

Und achte darauf, mittags genug zu essen, damit der Heimatkundeknurrer in Vergessenheit gerät. Sei wie ein Tier und höre auf deine Instinkte, aber denk nicht, dass du dich verirrst. Und mach es so, wie Rama vorgeschlagen hat: Gehe Möchtegern-Hipstern aus dem Weg.

Mehr muss ich nicht machen.

Schaut mal, das komische Mädchen, das sich gerade so wackelig fühlt, als würde es mit den Füßen auf zwei

Booten stehen. Sie muss sich schnell entscheiden, in welche Richtung sie springt, sonst wird die Strömung die Entscheidung treffen, und sie stürzt platschend ins Verderben.

Kapitel 26

Schaut mal, das komische Mädchen, das sich einredet, alles werde schon klargehen, solange es Brötchen mit Hühnerbrust und Möchtegern-Hipstern aus dem Weg geht.

Du kannst einem Möchtegern-Hipster-Freund nicht aus dem Weg gehen, wenn die böse Heimatkundelehrerin dich für ein Projekt mit ihm eine Zweiergruppe bilden lässt. Mann, eine Demütigung nach der anderen, dieser Kurs will all meine Hoffnungen töten.

Heute kommt Ms Overstreet von hinten ins Klassenzimmer.

Ihre Stiefel klappern beim Gehen auf dem Fußboden, und das klingt so: *neuerfieserPlanneuerfieserPlan.*

»Die nächste Aufgabe in unserem Unterricht, die ihr in Zweiergruppen erledigen werdet, wird ganz bestimmt fantastisch werden«, sagt sie. »Eure Mission, wenn ihr euch denn dafür entscheidet, wird sein, Alamo nie zu vergessen. Um das zu erreichen, werdet ihr Alamo erschaffen!«

Sie kommt an ihrem Pult an und lächelt verhalten verschwörerisch. Ich weiß, dass sie das nicht tut, um ihre Zähne zu verbergen. Sie hat perfekte Zähne wie die meisten Schurken. Sie lässt den Blick durch den Klassenraum schweifen, ruft Namen auf und setzt die Leute paarweise zusammen, die am wenigsten Lust haben, miteinander an einem Projekt zu arbeiten.

Bösartig.

Sie muss wissen, dass der arme Nicht-*Clearasil*-benutzende, Posaune spielende Wayne Kovok für Sandy Showalter schwärmt.

»Sandy Showalter und … Wayne Kovok.«

So macht sie weiter.

Sie verkündet: »Wie wäre es mit Mysti Murphy und … Anibal Gomez.«

Ms Overstreet ist der Meinung, Anibal Gomez und ich können an einem Projekt über die texanische Revolution zusammenarbeiten.

Ich teile diese Meinung nicht.

In der Vergangenheit hätte man mich vor Aufregung grinsen sehen, ich hätte an all die Gespräche gedacht, die wir bei der Zusammenarbeit haben würden. Heute ist das anders.

»Aber Ms Overstreet …«, entgegne ich.

»Nein, neue Partner vergebe ich nicht, Mysti«, sagt sie in einem Ton, der unterstellt, ich hätte schon durch das Heben der Hand ihre Fähigkeit zu unterrichten infrage gestellt. Ob Ms Overstreet je Siebtklässlerin war?

Ich bezweifele es. Ihre Erinnerungen an alles, was dafür zum Überleben nötig ist, sind gelöscht.

»Alle Projekte müssen in drei Wochen fertig sein. Ihr werdet sie paarweise der Klasse vorstellen. Eure Aufgabe ist, die bedeutendsten Helden der texanischen Revolution in einem kleinen Buch oder einer PowerPoint-Präsentation vorzustellen. Und ein Modell von Fort Alamo zu bauen. Die letzten fünfzehn Minuten jeder Unterrichtseinheit stehen euch zur Zusammenarbeit zur Verfügung. Die Zeit läuft ab … jetzt.«

Natürlich bin ich es, die den ersten Schritt auf Anibal Gomez zugeht.

»Hey.«

»Hey.«

Was kann bei einem tollen Gespräch wie diesem schon schiefgehen.

Eine Menge.

»Du kannst das eigentlich alles allein machen«, sagt Anibal.

»Kommt gar nicht infrage.«

»Es verletzt meine Gefühle, mich mit der Schlacht von Alamo zu beschäftigen. Das waren meine Leute.«

»Ein Grund mehr mitzumachen. Tu's für deine Leute.«

»Du fängst an und ich überleg es mir.«

»Was stellst du dich so an?«

Ms Overstreet kommt an unserem Tisch vorbei und fragt, wie es bei uns läuft.

»Gut«, sagt Anibal. »Kauf mir morgen Mittagessen und ich arbeite ein bisschen mit.«

»Darauf falle ich nicht noch mal rein.«

Ich *bin* wieder drauf reingefallen.

Aber wenn ihr meinen Trick kennen würdet, dann würdet ihr nicht so die Augen verdrehen wie Rama. Sie weiß nicht, dass ich es Anibal auf meine ganz besondere Weise heimzahlen werde. Ich will ihm ein ganz einzigartiges Sandwich zubereiten.

»Ich hol dir was zu essen, setz dich nur hin.«

Gleich nachdem ich ein Brötchen mit Geflügelfrikadelle gekauft habe, bohre ich drei Brocken von Larrys Hundefutter ganz tief in die Frikadelle und lege die obere Hälfte des Brötchens wieder drauf. Jetzt habe ich mein letztes Geld fürs Mittagessen ausgegeben, aber das macht mir nichts aus.

»Hier ist dein Brötchen.«

»Hier sind die Liste und ein paar Sachen, die meine Mutter aus dem 1-Dollar-Laden mitgebracht hat.« Anibal reicht mir eine Liste mit berühmten Personen der texanischen Revolution und eine Riesenpackung Eisstiele, dann sagt er, ich soll mich woanders hinsetzen, seine Freunde kommen.

Drei Dollar und fünfundsiebzig Cent von meinem Essenskonto für ein paar Sachen und einen Zettel, den ich auch selber hätte schreiben können. Und natürlich ein Menü mit dem Namen *Larrys Rache*.

Wenn das kein Schnäppchen war.

Schaut mal, das komische Mädchen, das zusieht, wie ein ahnungsloser Junge Hundefutter isst.

Später geht er an der Insel vorbei und einer seiner blöden Freunde haut Wayne auf den Hinterkopf.

»Sorry, Doofvok«, sagt Anibal.

Wenn du unbedingt ein Arschloch sein willst, musst du halt auch Arschloch-Futter essen, will ich sagen. Tue ich aber nicht. Ich habe schön still zugesehen, wie er jeden blöden Krümel aufgegessen hat, und dann habe ich Rama von meinem Trick erzählt. Ausnahmsweise zaubern die Worte *Anibal* und *Gomez* nun ein Lächeln auf ihr Gesicht.

»Komm mit«, sage ich zu ihr, denn ich brauche ihre Hilfe bei der Sandy-Showalter-Armband-Überraschung.

Wir werfen unseren Müll weg und steuern den Cheerleader-Waschraum an.

»Warte!«, sagt Rama.

»Wenn du nicht mit reinkommen willst, kein Problem.«

»Was soll das alles?«

»Es geht darum, etwas zu beenden, das niemals hätte anfangen sollen.«

»Deutlicher, bitte«, sagt Rama. Ich erwäge, ihr von Anibals Schwärmerei für Sandy zu erzählen, und dass sie das eine Hipster-Accessoire ist, das er immer noch nicht hat. Ich erwäge, alles über das soziale Experiment auszuplaudern und dass ich einverstanden damit war, öffentlich gedemütigt zu werden. Doch schon die richtigen Worte im Kopf aneinanderzureihen, lässt die ganze Sache so erbärmlich klingen, wie sie nun mal ist. Und ich kann wirklich nur hoffen, dass sie Anibal mögen wird, wenn all das hier vorbei und abgehakt ist. Also sage ich bloß: »Ich werde Sandy Showalter dieses Armband schenken, weil ich glaube, dass sie es gut findet.«

»Du hast mir noch nie ein Armband geschenkt.«

»Wenn du ein Armband haben möchtest, schenke ich dir ein Armband.«

»Ja, wenn Mädchen wie Sandy so was tragen, will ich auch eins.«

»Seht euch bloß mal diese Rama an, die mit dem Strom schwimmen will.«

Vier Minuten hängen wir im Cheerleader-Waschraum rum, bis überhaupt jemand reinkommt. Ich tue, als würde ich meine Haare in Ordnung bringen, Rama beschäftigt sich mit den Falten ihres Schals. Als Sandy reinkommt, habe ich mich schon sechs Minuten gestylt und kann mein Spiegelbild echt nicht mehr ertragen. »Rama, ist das nicht ein cooles Armband?«

»Jaa.«

»Meine ältere Kusine in New York sagt, Schnürbandarmbänder sind total angesagt.« Ich halte ihr das blau-weiße Armband hin und hoffe, dass das Neonlicht des Waschraums die Silberfäden zum Glänzen bringt. »Ist ganz leicht, sie zu machen, besonders in den Farben der *Beatty Middle School.*«

»Ist das hübsch!«, sagt Rama mit gespielter Begeisterung.

Sandy lächelt. »Das ist ja schön. Darf ich mal sehen?«

»Behalte es. Ich kann mehr davon machen«, sage ich. »Ich kann dir zeigen, wie …«

Aber Sandy ist schon raus aus dem Waschraum, bevor ich den Satz beenden kann.

Nur die Zeit wird zeigen, ob mein trauriger Versuch, nett zu sein, die Welt irgendwie verändert hat. Im Moment ist klar, dass Rama nicht daran glaubt, denn sie hat die Hand in die Hüfte gestemmt und schüttelt den Kopf.

»Sag nichts.«

»Kennst du überhaupt irgendjemanden in New York?«

»Nee.«

Dieses Wochenende mache ich Rama ein blödes Armband. Gleich nachdem das allerschönste Himmelsschauspiel des Jahres über unser Haus geflogen ist. Das passiert morgen und sie weiß nicht mal davon. Aber mein eigentliches Geschenk für Rama ist etwas, bei dem kein Elternteil fürchten muss, ich könnte damit ihre Kultur beschädigen. Vielleicht hab ich keinen Kahn voller Fakten parat wie Wayne Kovok, aber eines weiß ich: Jeder hält gern inne und guckt sich ungewöhnliche Dinge an. Besonders wenn sie über das eigene Haus schweben.

Kapitel 27

Schaut mal, das komische Mädchen, dem das Universum den Weg weist.

Samstag vor Sonnenaufgang ist außer mir noch keiner wach. Nicht mal Larry.

Als es so weit ist, gehe ich raus in den Garten. Man hört sie kommen. Geräusche kündigen sie an.

Schhhhuu. Schhhhhuu.

Ein Schwarm von Heißluftballons schwebt über unser Viertel. Jedes Jahr fliegen sie in diese Richtung. Sie heben in einem Park meilenweit entfernt von hier ab, dann gleiten sie über die Dächer der Stadt hinweg. Sie sind wie lautlos am Himmel auftauchende Überraschungsgeschenke.

Auf diesen Tag freue ich mich immer wie auf Weihnachten. Das ist eine Sache in meinem Leben, die sich *nicht* geändert hat.

Ich schalte mein Handy ein und rufe Rama an.

»Darf ich Rama sprechen?«

»Hast du Eier im Haus?«

»Was?«

»Oh, ich dachte, das wäre unser geheimer Code.«

»Ja, klar. Haha! *Eier*. Ich hab was für dich.«

»Ein Armband?«

»Was Besseres. Geh raus in den Garten und schau zum Himmel.«

»Fällt er runter?«

»Geh schon!«

Ich kann hören, wie sie geht, die Tür aufmacht und wieder schließt.

Dann höre ich sie: »Wow! Das ist fantastisch.«

»Ja, nicht?«

Ich setze mich ins trockene Gras, und dann strecke ich mich neben dem Gemüse aus, damit ich die Ballons beobachten kann.

Schhhhuu. Schhhhuu.

Ich liebe dieses Geräusch.

Einer hat Streifen wie ein Regenbogen. Ein anderer trägt den Stern der texanischen Flagge. Und da ist der mit dem Darth-Vader-Kopf, das ist immer Dads Favorit. Und einer mit riesigem Hummelmuster – und ich schwöre, der Typ im Korb hat mir zugewinkt. Ich winke zurück.

Schhhhuu.

Jetzt sind mindestens fünfzig Ballons am Himmel zu sehen, jedenfalls kommt es mir so vor. Wenn sie einfach still dahinschweben und die Heißluftflamme gerade nicht in Aktion ist, könnte man fast glauben, sie wären nicht echt, sondern direkt auf den Himmel gemalt. Sie gleiten still. Schweben friedlich. Nicht in dieser Welt voller Probleme, sondern darüber, wo sie es nur mit dem Wind zu tun haben. Und sie fliegen nicht schneller, als er bläst.

»Ich glaube, mir hat ein Typ zugewinkt«, sagt Rama.

»War es der Hummelballon?«

»Ja!«

»Der hat mir auch zugewinkt.«

Bestimmt hat er gesehen, wie Ramas Schal sich vom Gras abhebt. Wahrscheinlich gibt sie ein hübsches Bild ab, so wie sie da liegt.

Ganz lange sagen Rama und ich nichts. Beobachten nur den Himmel, der mit Farb- und Reklamemustern gesprenkelt ist, und lauschen dem heiseren Geräusch, immer wenn ein Ballonfahrer heiße Luft in den Ballon lässt.

»Wie lange geht das so?«, fragt Rama.

»Eine gute halbe Stunde.«

»Ich wünschte, ich wäre da oben.«

»Menschen würden klein und unbedeutend aussehen.«

»Es gäbe keine schreckliche Mathenachhilfe.«

»Nur Wolken. Und wir könnten sehen, wohin die *Frau-die-irgendwohin-geht* unterwegs ist.«

»Okay, ich lege jetzt auf. Meine Mutter muss das unbedingt sehen.«

Ich wünschte, Mom und Laura würden auch rauskommen, aber die sind jetzt beide in ihrer eigenen Welt.

Sie schlafen oder ziehen sich Zeichentrickfilme rein. Und das ist okay.

Denn da ist es und ich allein sehe es.

Mein Zeichen.

Mein Zeichen voranzugehen schwebt über mir: der Reklame-Ballon des Supermarkts. Ich lache beinahe laut los. Die Frau im Korb hat einen dicken Pferdeschwanz und ein nettes Lächeln. Wir winken beide gleichzeitig. Die *Frau-die-lächelt* verstreut Papierschnipsel. Sie gehen wie weiße Schmetterlinge auf den Fargo Drive nieder. Ich warte darauf, dass einer zu mir kommt. Ein Gutschein.

Fünf Dollar Ermäßigung auf einen beliebigen Artikel im Laden. Nur heute.

Der Ballon hängt über mir in der Luft. Ich möchte am liebsten auch in dem Korb sein und die Aussicht von oben genießen. Möchte der Frau für den Gutschein danken. Ich wette, das Leben sieht von dort oben leicht aus. Ruhig. Sicher.

Und dann sinkt der Supermarkt-Ballon langsam und hängt schließlich nur noch knapp über den Baumwipfeln. Langsam und sachte sinkt er über dem Fargo Drive. Er sinkt!

Jetzt scheint er die Bäume zu streifen. Irgendwas muss da schieflaufen. Echt schief. Wird er auf unserer Straße landen oder auf der Kreuzung? Ich kann nicht fassen, dass er runterkommt, leicht wie eine Feder.

Mein Handy klingelt. »Siehst du das auch?«

»Ja, ich sehe, dass er in der Nähe von deinem Haus runterkommt. Ist mit den Leuten alles okay?«

»Er sinkt langsam. Kein Baum in der Nähe«, sagt sie. »Warte, er landet auf der Kreuzung, mittendrauf!«

Ich lege auf und renne in den Vorgarten. Ein enorm großer Lastwagen rauscht unsere Straße entlang. Auf der Seite prangt der riesige Aufdruck Ballon-Begleitfahrzeug. Und dann beobachte ich aus der Entfernung, wie der Stoff des Ballons weich auf die Straße sinkt, eine Lage auf die andere. Und ein letztes *Schhhhuu*.

Wenn ein Ballon sicher auf dem Fargo Drive landen kann, dann kann ein Mädchen bis zum Supermarkt laufen. Fragt nicht, warum das plötzlich so klar ist. Ist es einfach.

Das ist mein Zeichen.

Kapitel 28

Schaut mal, das komische Mädchen mit einer Mission und einem Gutschein über fünf Dollar. Nur heute gültig!

Ich hab es durchdacht. Das Gespräch könnte folgendermaßen laufen.

Wir haben keine andere Alternative, wir können nur die Jennings bitten, uns hinzufahren, werde ich sagen. Mom hat nicht um Hilfe bitten wollen, irgendwie grübelt sie zu viel, finde ich. Das *Thema-über-das-wir-nicht-sprechen* hat sich völlig mit ihrem Stolz verheddert. In den Broschüren über Agoraphobie, die in Moms Schublade versteckt sind, wird beschrieben, dass es eine übliche Reaktion ist.

Häufig wollen Patienten versuchen, diesen Zustand selbst in den Griff zu bekommen, sie lehnen Hilfe und Behandlung ab.

Lass mich drüber nachdenken, wird Mom sagen.

Und ich werde antworten: *Mom, ich habe Hunger!* Und das wird es sein, das sie aus dem Bett holt.

Ich betrete ihr Zimmer.

»Mom, ich gehe in den Supermarkt«, sage ich. Heute

Morgen hat sie sich unter der Bettdecke zusammengerollt und nippt ab und zu an ihrem Kaffee, der aus drei Tage altem Kaffeesatz gebrüht ist. Sie weiß nicht, dass meine Turnschuhe mit meinen Füßen drin schon mal zwei Kilometer gelaufen sind. Sie wird ausflippen, aber ich bin vorbereitet.

»Okay«, sagt sie. »Nimm aber dein Handy mit.«

»Wir brauchen wirklich Hundefutter. Und ich könnte dir frischen Kaffee kaufen.« Ich hab schon angefangen, meine Argumente dafür vorzutragen, allein zum Supermarkt zu gehen, als mir aufgeht, was sie gesagt hat.

»Okay«, sagt Mom. »Ich hole mein Portemonnaie.«

Mom holt ihr Portemonnaie.

Moment mal, Mom holt ihr Portemonnaie?

War's das? Kein Streit? Keine Diskussionen? Kein *Wir können von Rüben leben, die ersten Siedler hatten auch keinen Supermarkt*?

Damit habe ich nicht gerechnet.

Mom sieht mich mit einem Blick an, den ich nicht kenne. Eine Art Loslass-Blick ist das.

»Sims mir, sobald du beim Laden ankommst«, sagt sie. »Ich gebe dir auch den Notrufknopf mit, den kannst du drücken, wenn du Hilfe brauchst.«

»Falls ich hinfalle und nicht wieder aufstehen kann?«

»Nun, wenn du ihn drückst, kommt die Polizei oder die Feuerwehr oder der Krankenwagen, also …«

»Die kommen nicht, mir passiert nichts.«

»Komm und drück mich.«

Ihre Arme umfangen mich und ich fühle mich wie in einem sicheren, warmen Kokon. Eine Minute lang will ich diesen winzigen sicheren Ort nicht verlassen. Oder unser Haus. Aber da ist sie. Eine kleine Stimme. Oder vielleicht ist es mein Magenknurren. Das Bauchgefühl. Was auch immer, es ist ein Geräusch der Dringlichkeit, verbunden mit dem Wunsch nach Essen. Mom hat keinen Widerstand geleistet, wie ich es erwartet habe. Ich frage mich, ob das ein gutes Zeichen ist. Noch eine andere Art von Zeichen. Ein Zeichen dafür, dass die Veränderung auch Mom erreicht hat.

Schaut mal, das komische Mädchen, das die ganze Angst spüren und trotzdem vorangehen wird.

Als ich den Fargo Drive 4520 verlasse, stiefelt die *Frau-die-irgendwohin-geht* schnell die Straße entlang. Da sie ja so was wie ein Profi bei diesem Zu-Fuß-Gehen ist, passe ich meinen Schritt ihrem an. Zu zweit ist es sicherer.

Sie sieht natürlich wieder unglaublich aus. Ihre Haare quellen unter einer pinkfarbenen Baseballkappe hervor, sie hat sich eine von diesen ganz großen Einkaufstaschen über die Schulter geworfen. *Meine Haare* sind zu einem straffen Ninja-mäßigen Pferdeschwanz gebunden. Der Rucksack sitzt auf dem Rücken. Münzen und Dollarscheine aus Moms Portemonnaie stecken in meiner Tasche. Münzen und Dollarscheine, die ich gegen echte Milch, Klopapier, Hundefutter und Kaffee eintauschen werde.

Die Welt scheint sowohl riesig groß als auch voller Tausender kleiner Details zu sein.

Meine Haut kribbelt vor Angst, ist in höchster Alarmbereitschaft vor Gefahr und üblen Individuen.

Sehen wir den Tatsachen ins Gesicht: Ich habe Angst.

Große Angst.

Ich versuche, mutig zu sein, fünf Minuten am Stück. Noch fünf Minuten länger. Und dann noch mal fünf. Ich rede mir gut zu. Weiß, dass ich mich nicht verlaufen werde, weil ich mir den Weg eingeprägt habe. Ich werde mir jeden Orientierungspunkt und jedes Straßenschild merken – und wenn es mich umbringt.

Mein Vorankommen lässt sich an den großen Zementplatten messen, aus denen der Bürgersteig am Fargo Drive besteht. Zwölf Rechtecke. Dann Ausschau halten nach üblen Leuten, wilden Tieren und außergewöhnlichen Wetterereignissen. Abstürzenden Ballons und Möchtegern-Hipstern. Denk an die Verhaltensregeln, wenn du es mit Fremden und ihren Versprechungen zu tun bekommst.

Ein Fremder sollte dir nichts versprechen. Das ist nur ein Trick, mit dem er dich für sich gewinnen will.

Denk daran, dass du deine Stimme einsetzen sollst.

Deine Stimme ist deine mächtigste Waffe. Benutze sie.

Denk an die Verhaltensregeln, die das Schreien betreffen.

Es gibt viele davon.

Bei Zementstreifen fünfzehn gehe ich an einem kleinen Jungen vorbei, der im Vorgarten mit seinem Ball spielt. Er ist allein. Kein Elternteil in Sicht und ich will ihn beschützen. Oder ihm eine Warnung zurufen.

Immer mehr von Moms Verhaltensregeln sprudeln in mir hoch, bis in meinem Kopf ein irrer Lärm herrscht. Der Bann wird nur von einem Schild an einem Zaun gebrochen.

VORSICHT! BISSIGER HUND!

Ich bin vorsichtig. Niemand ist vorsichtiger als ich.

Fünfundzwanzig Streifen, dann habe ich die Bray Road erreicht. Auf der Bray Road herrscht viel Verkehr, sie ist vierspurig, man darf 50 km pro Stunde fahren. An der Bray Road biegt die *Frau-die-irgendwohin-geht* nach links ab und ich gehe nach rechts. Auf dem Bürgersteig laufe ich weiter bis zur nächsten Kreuzung. Ich treffe eine Joggerin mit schwarzem Top und bohre die Hände tief in die Taschen. Sie nickt. Nichts Übles in Sicht.

Auf der anderen Straßenseite liegt ein großes, leeres graugrünes Grundstück. Das ist zu verkaufen. Ich erinnere mich, dass ich an diesem Maklerschild vorbeigefahren bin, als ich auf dem Rücksitz des grünen Toyota gesessen habe und Dad mich irgendwohin gefahren hat, aber ich hatte nicht auf den Namen geachtet. Der Makler heißt Wilson Carver, falls das von Interesse sein sollte. Er hat dunkle Haare, tolle Zähne, einen rotweinfarbenen Schlips, und man kann ihn anrufen, wenn man am Kauf eines Baugrundstücks von 8000 Quadratmetern interessiert ist.

Wir sehen uns dann auf dem Rückweg, Mr Carver.

Ich erspähe den Zebrastreifen, der mich von all den in Läden käuflichen Köstlichkeiten trennt. Er ist wie das Signalfeuer einer Landebahn. Ein paar Schritte weiter, dann bin ich weg von der stark befahrenen Straße mit den schnellen Autos, die Fremde durch die Gegend transportieren. Fremde, die sich nicht mit mir anlegen sollten, sie würden es bereuen. Meine Hilferuf-Stimme ist legendär. Hoffe ich zumindest.

Ich betrete das Einkaufszentrum und zeichne im Kopf einen genauen Lageplan. Supermarkt. Friseur. Tankstelle. Reinigung. Schmuckladen.

Noch fünf Minuten mutig sein. Und so schlimm ist es gar nicht.

Da gibt es auch eine Reihe von Kleiderläden. Die Schaufensterpuppen in einem tragen bunte Schals und riesige Ringe auf ihren falschen Fingern. Sieht ziemlich französisch aus, finde ich. Ich würde gern bleiben und sie eine Weile bewundern, aber hinter mir ist ein Auto, das ganz langsam fährt. Ich spüre seine Hitze wie heißen Atem, höre das Quietschen von Reifen. Wenn ich mich umdrehe, werde ich ein schmuddeliges Gesicht sehen. Mit Bart. Verspiegelte Sonnenbrille. Goldzahn. Hakenhand. Ein übles Individuum, das Kinder entführt.

Denk dran: Geh nie mit Fremden mit. Kratze, beiße

und trete mit den Beinen um dich, aber geh niemals mit, wenn du je wiedergefunden werden willst.

Ich stelle mir vor, wie ich all das auf einmal mache.

Schaut mal, das komische, wilde Mädchen, das kratzt und beißt und überlebt.

Dann ist ein Auto ganz dicht neben mir und ich schwitze und brodele wie ein Wasserkessel auf dem Herd. Ich tu mein Bestes, mich möglichst unauffällig umzudrehen und zu gucken. Und da sehe ich, dass dort nur eine langsam fahrende alte Dame mit blauen Haaren ist, die hinterm Lenkrad eines großen blauen Autos sitzt. Um die muss ich mir wohl keine Sorgen machen. *Puh.*

Noch fünf Minuten mutig sein.

Mein Herz schlägt schneller. Ich mache eine Frau aus, die ein Kleinkind in einem Buggy auf den Eingang vom Supermarkt zuschiebt.

Mütter mit Kinderwagen sind sicher.

Eine Gruppe Teenager quert den Parkplatz und hält auf den Friseur-Laden zu. Sie lachen. Unbeschwert. Sie haben keine Sorgen. Haarschnitte sind ein Luxus, den sich keine Familie, die von Rüben lebt, leisten kann.

Der Witz des Tages. Nur, dass es wahr ist.

Die Tür öffnet sich automatisch für die *Frau-mit-Buggy-die-den-Supermarkt-betritt*, ich folge ihr auf den Fersen. Ein kühler Luftzug umfängt mich und lädt mich zum Reinkommen ein.

Ich simse Mom und sie antwortet mit einem lächelnden Smiley. Ich kann sie mir vorstellen am Küchentisch. Sie wird dasitzen und auf die Salz- und Pfefferstreuer starren, bis ich wieder zu Hause bin, ihre Fingerknöchel werden ganz weiß sein, weil sie sich an die Tischplatte klammert.

Kurz darauf lege ich an der Kasse alle Teile auf das Band. Ein Sack Hundefutter, so groß wie mein Rucksack. Vier Äpfel. Ein Viererpack Klopapier. 3 Liter Milch. Eine kleine Schachtel Waschpulver. Eine Packung *Wintergreen*-Kaugummi. Und eine Tüte *M&Ms* für Laura, weil sie nur glauben wird, dass ich zu Fuß hierhergegangen bin, wenn ich ein im Laden gekauftes Andenken mitbringe.

Ich gucke all diese Sachen an und frage mich, ob ich sie wirklich zurück zum Fargo Drive tragen kann, ohne dass mir die Arme abreißen.

Schnell stelle ich die riesige Milchflasche in den Limonadenkühlschrank gleich neben dem Zeitschriftenstand. Der Saubere-Bettwäsche-Tag ist mir wichtiger als frische Milch.

Ich stopfe alles, was reinpasst, in meinen Rucksack und schleppe den Rest in weißen Plastiktüten Richtung Heimat. Auf dem leeren Grundstück betrachte ich Wilson Carver mit seinem Papplächeln. Als ich an der Bray Road entlanggehe, zähle ich vierzehn Autos. Und ich weiß Bescheid über den Hund im Fargo Drive. Ich bin ganz ruhig, als ich den kleinen Jungen sehe, der immer noch mit seinem Ball im Vorgarten spielt.

Auch er ist auf ganz wundersame Weise sicher im Fargo Drive. Oder vielleicht ist das kein Wunder. Vielleicht hat er einfach keine Angst.

Das ganze Abenteuer hat eine Stunde gedauert.

Ich stelle eine Einkaufstasche an der Tür von Fargo Drive 4520 ab und schließe die Tür auf. Kaum zu glauben, dass das meine Hand ist, so voller tiefer roter Striemen vom Schleppen der mit Lebensmitteln gefüllten Tüten.

Hier sehen wir die Hand von Mysti Murphy, Mädchen-das-Essen-kauft.

Auf dem Küchentisch stelle ich meine im Laden gekauften Trophäen zur Schau. Alles – nur nicht das Kaugummi. Das versteckt sich in meiner Tasche und ist für Rama.

»Oh … äh …«, sagt Mom nervös. »Alles in Ordnung mit dir? Wie soll ich sagen … Oh, Mysti …«

»Du musst nicht mal ein T-Shirt mit meinem Gesicht drauf drucken lassen, weil ich nämlich nicht verschüttgegangen bin«, sage ich mit so viel Sarkasmus, wie ich nur aufbringen kann.

»Na ja, ich hab dich eben lieb, meine Schuld.«

Mom setzt sich vorsichtig auf einen Küchenstuhl und hält sich am Tisch fest. Ihr Gesicht verrät, dass in ihrem Kopf der Gruselfilm mit dem Titel *Gefährliche Dinge, die meiner Tochter hätten zustoßen können* läuft. Ich packe die Äpfel weg. Wickele das Klopapier aus. Fülle Larrys Napf mit Trockenfutter.

Dann schneide ich einen frischen, knackigen Apfel in Scheiben und lege drei Teile vor Mom hin. Ehrlich, frisches Obst schmeckt noch besser, wenn man es selber eingekauft hat.

»Warum schläft Laura?«

»Sie hat sich erkältet.«

»Dann mach ich ihr Tee.«

Mom sitzt am Tisch und zupft an den blauen Platzdeckchen, während ich einen Becher Wasser in der Mikrowelle heiß mache. Sie ist irgendwo ganz weit weg, also lasse ich sie da und bringe Laura den Becher Tee.

»Klopf, klopf. Tee und *M&Ms*, liebe Schwester.«

»Wie war es? Gruselig?«

»Ein bisschen. Ist wirklich anstrengend, auf so viele Sachen zu achten.«

»Du siehst müde aus.«

»Deswegen schläft Mom wohl so viel.«

»Genau.«

»Kommt ein Skelett zum Zahnarzt und macht den Mund auf. Da sagt der Zahnarzt: *Ihre Zähne sind in Ordnung, aber das Zahnfleisch macht mir Sorgen.*«

Nicht, dass ich aus eigener Erfahrung irgendwas über Zahnärzte wissen würde.

Was sagt Dracula zum Zahnarzt?

Was denn?

Bitte nur anspitzen.

Kapitel 29

Schaut mal, das komische Mädchen, das seinen Freund vermisst.

Ich wünschte, ich könnte mit dir reden.

☺

Wir müssen an diesem Projekt arbeiten.

Ich hab dir Sachen dafür mitgebracht.

Eine Namensliste und Eisstiele?

Ja.

Das hätte ich auch selber besorgen können.

Ich hab Basketball.

Ich hab auch was zu tun.

Mach es einfach. Ist leicht.

Blödmann!

Dad?

Besser, aber noch nicht
wieder zu Hause.
Bist du noch da?

Ja. Weiß nicht, was ich
sagen soll.

Ich auch nicht.

Hast du den Film
CREATURES gesehen?

Aber klar, ich gehe doch
ständig ins Kino.

☺

Kapitel 30

Schaut mal, das komische Mädchen, in dem sich viel mehr Genialität verbergen könnte, als es vermutet hätte.

Es ist ein kalter Morgen. Die Sonne dringt kaum durch die dicke Wolkendecke. Es ist, als wolle sie nicht aufstehen. Am liebsten würde ich zu ihr sagen: *He, Sonne, mir geht es genauso, aber wir müssen beide hoch.*

Ich mache Mom frischen Kaffee, denn ich bin im Laufe des Wochenendes zweimal im Supermarkt gewesen. Unsere Vorräte umfassen jetzt Räucherspeck, Thunfisch, ein paar Schachteln *Miracoli* und Bananen. Ich schwöre, solange ich lebe, werde ich Bananen nie wieder für etwas Selbstverständliches halten. Im Ernst. Bei mir wird niemals eine Banane verrotten.

Nachdem der Kaffee dann durchgelaufen ist und Laura gefrühstückt hat, schaffe ich es, mein Heimatkundeprojekt in eine riesige Mülltüte zu packen.

Mom ruft den Flur runter: »Tschüss, Mysti!«

Ich wünschte, sie würde aufstehen und die Tür hinter mir zumachen. Sie glaubt vermutlich, ich schließe sie selber ab.

Klick.

Ich gehe zur Bushaltestelle.

»Was ist das?« Ramas Schal ist aquamarinblau.

»Schulprojekt. Setz dich neben mich.«

»Mach ich das nicht immer?«

»Nun, ja, aber heute brauche ich deinen Schutz, damit das hier nicht kaputtgeht.«

»Betrachte dich als geschützt.«

RamaKhan!

Nun sag ich nicht, dass ich Anibal Gomez nachäffen und mein Aussehen und mein Verhalten auf einmal total verändern will, aber über ein Umstyling habe ich durchaus nachgedacht. Seit dieser Ast abgebrochen ist, drängelt die Veränderung sich in mein Leben. Da wird es langsam Zeit, dass ich mich mit ihr anfreunde – und am Außenrum was mache, das meinem Gefühl innen drin entspricht. Soweit ich weiß, kam Anibal auf diese Weise zu dem Entschluss, sich seinen ersten Hut zu kaufen.

Während der Arbeit an dem Alamo-Projekt mit diesen Eisstielen, alten Pappstücken und Moms Farben habe ich mich gefragt, wie ich neben den historischen Sachen dabei auch noch ausdrücken könnte, was aktive, gewollte Veränderungen bedeuten.

Wenn man sich so eine Frage stellt, muss man sich auf eine Sturzflut von Möglichkeiten gefasst machen.

Ein bisschen komisch ist es dann schon, das Projekt vor Schulbeginn runter in Ms Overstreets Klassenraum zu tragen, aber ich mache es. Jetzt sitze ich mit einem geheimnisvollen Lächeln im Gesicht (mit geschlossenem Mund selbstverständlich) in meiner Klasse, weil das Projekt fertig und spektakulär originell geworden ist. Keiner wird mein Alamo vergessen.

Während der morgendlichen Bekanntmachungen sitze ich lächelnd da.

Hühnchen-Orange mit Reis.

Schaut mal, das komische Mädchen verscheucht seine Erinnerungen an Geflügeldemütigungen und Scham.

Wer will beim Wissenschaftswettbewerb mitmachen? Nehmt euch ein Merkblatt, auf dem die Einzelheiten stehen. Es gibt tolle Preise dieses Jahr!

Schaut mal, das komische Mädchen denkt, dass dies eine subtile Art der Schulleitung ist, auch Nicht-Nerds zum Mitmachen zu ermutigen.

Heute ist der Geburtstag von Bart Bartson!

Schaut mal, das komische Mädchen denkt, dass die Eltern des armen Bart Bartson bei der Namensgebung ihres Sprösslings einen kolossalen Mangel an Kreativität bewiesen haben.

»Heute wollen wir mal über Parallelen sprechen«, verkündet Mr Red in der Mathestunde. »Ich sehe überall welche. Sie sind faszinierend!«

Schaut mal, das komische Mädchen findet Mr Reds überschwängliche Begeisterung für Mathe bewundernswert, jedoch nicht ansteckend.

In der Mittagspause bin ich zu nervös, um was zu essen. Ich kaue an einem Streifen *Wintergreen*-Kaugummi herum.

»Hast du gewusst, dass Kaugummi eigentlich nur eine Art synthetisches Gummi oder Polymer ist, das 1860 zum ersten Mal in den Handel kam?«, fragt Wayne.

»Nein, das habe ich nicht gewusst«, sage ich. »Wie läuft's mit der Lyrik?«

»Mann, in diesem Gedicht, über das wir schreiben müssen, kommt ein Stern vor. Hast du gewusst, dass der Stern selbst schon tot ist, wenn du dir beim Anblick einer Sternschnuppe was wünschst? Dein Wunsch kommt also in Wirklichkeit ein paar Millionen Lichtjahre zu spät«, sagt Wayne.

»Weißt du was, Wayne? Du bist wahrhaftig unvergesslich«, sage ich.

»Danke für das Kompliment.«

»Das *Unvergesslich* meint sie nicht positiv«, sagt Rama.

»Ich fasse es aber positiv auf, ob es nun so gemeint ist oder nicht!«, antwortet Wayne darauf.

Die Qualität der Alamo-Modelle, die heute in Heimatkunde präsentiert werden, geht von *das könnte von meinem Hund sein* bis *Mann, ich glaube, das haben deine Eltern gemacht.*

Aber das gilt nicht für das *Mysti-sans-Anibal*-Projekt. *Sans* ist Französisch und heißt *ohne*.

Von außen hat mein Modell kein bisschen Ähnlichkeit mit dem Fort Alamo. Genauer gesagt sieht es der Pyramide aus Glas und Metall ähnlich, die als Eingang zum Louvre-Museum in Paris dient. Perfekt ist das nicht. Ich glaube aber, die Dimensionen sind ziemlich gut getroffen. Die Farbe ist ein blasses Ockergelb, das auf Pizzakarton aufgetragen ist. Mit Superkleber habe ich über hundert schwarze Haarklammern auf den Seiten verklebt, um die 603 rhombusförmigen und 70 dreieckigen Glassegmente der Original-Pyramide zu kopieren. (Wenn Mr Red doch hier wäre und mit eigenen Augen sehen könnte, wie viel Mathematik ich in diesem Projekt angewendet habe!) Es schaut wirklich cool aus, wenn die Sonne auf das Metall scheint.

»Äh, Miss Murphy und Mr Gomez, bitte kommt nach vorn ans Pult und erklärt mir, warum ein Modell des Louvre-Museums in meinem Heimatkundeunterrichtsraum steht«, sagt Ms Overstreet.

Ich gehe zum Lehrerpult. »In Texas hat es französische Siedler gegeben.«

»Sprich weiter«, sagt Ms Overstreet.

Und das mache ich.

»Das war 1685 unter der Herrschaft von König Ludwig XIV. Sie sollten irgendwo in Louisiana ein Fort errichten, aber wegen eines Fehlers bei der Navigation sind sie stattdessen in Texas gelandet. Als sie ihren Irrtum bemerkten, haben sie das Beste draus gemacht«, sage ich.

Anibal steht mit den Händen in den Taschen und offenem Maul da. Ms Overstreet trommelt mit den Fingern aufs Pult. Der Brillant auf ihrem Ehering hat die Form von Texas. Mann, sie hat wohl den Richtigen zum Heiraten gefunden.

»Wenn man an einem Projekt ganz allein arbeiten muss, kann man doch nur das Beste draus machen – wie die Franzosen, hab ich mir gedacht. Also habe ich etwas daraus gemacht, das ich gern in meinem Zimmer haben würde«, antworte ich.

»Wenn man eine Aufgabe nicht in angemessener Weise erledigt, wird das mit einer schlechten Zensur benotet, eine 6 für euch beide, das ist doch klar?«

Schaut mal, das komische Mädchen, das sein Pariser Wahrzeichen für rundherum perfekt hält, sowohl als Projekt als auch als Erinnerung daran, dass clevere Mädchen es blöden Jungs auf interessante Art heimzahlen können.

Ich setze mich auf meinen Platz.

Das Modell von der Louvre-Pyramide zieht eine Menge Bewunderung auf sich. Ich atme sie ein wie ein luxuriöses französisches Parfüm.

Parfait.

Manchmal ist es genau das Richtige, das Unerwartete zu tun.

Wenn es mit ordentlicher Vorbereitung getan wird.

Und Hoffnung.

Ich warte, bis die Stunde vorbei ist und alle aus der Klasse gegangen sind, dann bin ich am Zug.

»Gibt es etwas, über das du sprechen möchtest, Mysti?«, fragt Ms Overstreet.

»*Oui*. Das heißt *ja* auf Französisch«, sage ich.

»Das weiß ich.«

Ganz vorsichtig hebe ich das pyramidenförmige Modell an. Voilà, darunter ist mein Projekt.

»Nur damit Sie wissen, dass ich an Alamo gedacht habe, Ms Overstreet.«

»Das sehe ich«, antwortet sie überrascht. »Und warum hast du eines der größten historischen Denkmäler von Texas versteckt?«

»Mein sogenannter Partner sollte es nicht sehen. Es ist so was wie ein Scherz.«

»Deine Schulbildung ist kein Scherz, Mysti.«

»Ich weiß. Es wird nicht wieder vorkommen.«

»Ich bin mir immer noch nicht sicher, ob du die Aufgabe korrekt erledigt hast«, sagt sie. »Ich muss darüber nachdenken.«

Ich stülpe die Pyramide wieder über Fort Alamo. Sie passt perfekt.

Nach der Schule malt die Cheerleadertruppe nicht weit von der Warteschlange für den Bus Plakate. Also werfen Anibal und seine Schergen mir Pappstückchen ins

Haar. Ich beiße mir auf die Lippen, damit ich ja nichts sage.

»Wohnen da Vögel in diesem Nest?«, fragt einer von Anibals Schergen.

Meine Haare. Mehr fällt denen nicht ein. Die sind total unoriginell. Ich nutze meine Stimme, die ja immerhin meine *mächtigste* Waffe ist, tu so, als wäre ich das *Mädchen-das-Salamander-malt*, und brülle: »Ja, *angry birds*! Haut ab!«

»Irre!«

Dann gehe ich mit Rama in der kühlen Nachmittagsluft zu Fuß nach Hause.

»Du bist irre«, sagt sie.

Wenn *sie* das sagt, macht es mir nichts aus.

»Ich fasse das als Kompliment auf.«

»Irgendwie war das auch so gemeint.«

Für Mysti Murphys Verhältnisse war dies ein ziemlich großartiger Tag. Natürlich weiß ich nicht, ob ich in Heimatkunde eine anständige Note kriege, eine Sechs aber bestimmt nicht. Hauptsache, Anibal Gomez denkt gerade, er hat eine Sechs.

Tschaka! Leg dich nicht mit Mysti an!

Dafür, dass ich es Anibal auf intellektuelle Art heimgezahlt habe, hat sogar Rama Beifall gespendet.

Tschaka! Und dann war der Heimweg frisch, kühl und problemfrei.

Doppeltschaka!

Aber so ist das nun mal im Leben.

Man schafft es, einen Bereich im Leben freizu*tschaken,* und dann muss man sich wieder mit den anderen Bereichen beschäftigen, in denen es nicht so glattläuft.

Ich habe nämlich völlig vergessen, dass diese Woche Halloween ist. Genauer gesagt: morgen. Morgen ist Halloween.

Unserem Kalender zufolge sollen morgen magische Dinge geschehen. Magische Dinge, die Dads Kopf heilen und im Fargo Drive 4520 alles wieder anlaufen lassen. Essen. Einkaufen. Lebensmittel. Eis. Lange Hosen. Im grünen Toyota mitfahren. Und Schluss mit Moms tiefschwarzer *Ratet-mal-wie's-mir-geht-*Angst.

Unserem Kalender zufolge würde das passieren.

Unserem Kalender zufolge.

Kapitel 31

Schaut mal, das komische Mädchen, das seinem Dad vorgestellt wird. Teil zwei.

Ich sitze an unserem Küchentisch und erkläre Laura das Leben. Aus der Verwirrung in ihrem Gesicht kann ich schließen, dass ich vermutlich bis Sonnenuntergang hier sitzen werde. Echt, die sich umarmenden Salz- und Pfefferstreuer scheinen es besser zu kapieren als sie.

»Dad muss sich noch lange erholen«, sage ich.

»Was heißt das?«

»Er kommt nicht nach Hause.«

»Aber das verstehe ich nicht. Er ist doch wach, oder?«

Da ich wusste, dass Mom mir nicht die Wahrheit sagen würde, bin ich vorhin ans Küchentelefon gegangen und habe gelauscht, als sie mit Dr. Randolph gesprochen hat.

»Es wird nicht so bald wieder alles beim Alten sein, Mrs Murphy«, hatte Dr. Randolph gesagt. »Jetzt kommt der Teil des Prozesses, den wir *aus dem Koma kommen* nennen.«

»Was soll das heißen?«

»Nun, das Erinnerungsvermögen Ihres Mannes ist beeinträchtigt. Seine Muskeln und motorischen Fähigkeiten müssen wiederhergestellt werden. Erholung braucht Zeit. Ich weiß, Sie sind es leid, mich sagen zu hören, dass wir abwarten müssen, aber genau das ist es, was wir tun sollten.«

Dr. Randolph erklärt noch eine ganze Menge Medizinisches: Dad geht es besser, aber es wird noch eine ganze Weile dauern, bis alles wieder normal läuft. Und Dad wird nicht bald nach Hause kommen. Nicht morgen. Nicht an einem bestimmten Tag. Dr. Randolph rät uns zu zwei Dingen: Dad zu besuchen und Geduld mit seiner Genesung zu haben.

Ich denke immer noch darüber nach, was das bedeutet, als mir Laura gegen die Schulter boxt: »Also, was hat der Arzt gesagt?«

»Dass Leute nicht einfach so aus dem Koma aufwachen, nach Hause kommen, einkaufen gehen und ihre Autos in der Auffahrt waschen.«

»Dann kommt er nicht nach Hause?«

»Nicht so bald, soweit ich das verstanden habe. Also sei nett zu Mom und lass deine Socken nicht überall rumliegen.«

»Ich bin immer nett. Hör auf, mich rumzukommandieren.«

»So richtig nett«, sage ich. »Da kommt sie.«

»Was macht ihr Mädchen?«, fragt Mom.

»Wir sitzen hier einfach rum«, sage ich.

»Könnt ihr mir während des Rumsitzens vielleicht beim Essenmachen helfen?«

Ihr helfen? Am liebsten möchte ich sagen, dass wohl eher *sie* mir helfen wird. Ein von Mom zubereitetes Essen ist nämlich eine Seltenheit. Aber ich sage nichts.

Ich koche Wasser für die Spaghetti und öffne dann eine Dose Thunfisch, die ich später hineinrühren werde.

Mom schneidet zwei Äpfel in Scheiben.

Laura stellt drei Teller auf den Tisch und faltet die Servietten zu perfekten Dreiecken.

Laura und Mom setzen sich an den Tisch, während ich alles andere tue.

So machen *wir* Essen.

Aber als Mom sich zum Essen hinsetzt, sieht sie todmüde aus. Sie ist so erschöpft, dass sie die Salz- und Pfefferstreuer mitten auf dem Tisch anstarrt und sagt: »Nun ja, ich weiß nicht, warum ich gedacht habe, jemand im Koma würde einfach aufwachen, sich aus dem Bett wälzen und nach Hause fahren. Wie konnte ich nur so dumm sein?«

»Das ist nicht dumm, Mom«, sagt Laura. »Keiner von uns hat Erfahrung mit Komas.«

»Also, ich dachte wirklich, er wäre so was wie acht Wochen verreist.« Mom lacht nervös. »Und jetzt, na, ich bin dankbar für alles, aber …«

Sie lässt den Satz unbeendet und schaut in den Raum – auf nichts Bestimmtes.

Ich hab gewusst, dass dieser Tag kommen würde. Ein Kalender an der Wand, an dem man die Tage abzählt, bis unser *normales Leben* wieder zur Tür hereinkommt? So läuft das doch nicht. Ich möchte ihr sagen, dass all diese roten Häkchen nichts weiter als rote Häkchen der Hoffnung waren. Und nicht rote Häkchen der Gewissheit. Aber sie kann jetzt *auf mich* zählen. Ich werde durch die Tür vom Fargo Drive 4520 rein- und rausgehen und die Sachen besorgen, die wir brauchen. Das werde ich tun und noch mehr. Aber ich habe keine Gelegenheit, das zu sagen, weil ich die Gelegenheit nicht ergreife. Ich warte damit nämlich bis zur letzten Minute und da geht Mom bereits den Flur entlang. Bis ich beschließe, vom Tisch aufzustehen, hat sie ihre Tür schon leise hinter sich geschlossen. Das Klicken ihrer Tür macht ein Geräusch mit zwei Silben.

Jetzt nicht.

Also räume ich die Küche auf und zertrampele einen Haufen Ameisen auf dem Fußboden. Irgendwie sind sie über die Kreidelinie gelangt. Dann gehe ich in mein Zimmer und lese bis zum Einschlafen in Dads alter Ausgabe von *Der alte Mann und das Meer*. Ich habe dieses Buch unter meinem Bett rausgezogen, jetzt steht es schief. Ich muss ein anderes Buch finden, das den Bettrahmen stützen kann.

Ehe ich michs versehe, ist morgen und Zeit, Dad zu besuchen. Tag und Nacht sind einfach ineinandergelaufen.

Mr Jennings' Auto wartet mit laufendem Motor vor unserem Haus. Und dann stehen wir vor Dr. Randolph, der seine Aufmerksamkeit auf Laura richtet, weil sie vermutlich noch ängstlicher aussieht als ich.

»Es wird nicht schlimm, meine Süße. Dein Vater spricht noch immer etwas langsamer, als du es gewohnt bist. Sei also geduldig, okay? Rede einfach über das, was du am liebsten magst. Drück seine Hand. Sprich mit ruhiger Stimme. Verstanden?«

Dr. Randolph ist superoptimistisch. Das mag ich an ihm. Er konzentriert sich nicht auf das, was nicht geht, sondern auf das, was möglich ist. Ich werde Rama von ihm erzählen.

Reden.

Drücken.

Zuhören.

All das können wir.

Laura und ich betreten sein Zimmer. Es riecht ganz frisch und blumig. Dad sitzt aufrecht im Bett, gestützt von einem großen Kissen. Sobald er uns sieht, steigen ihm Tränen in die Augen. Auf seinem Gesicht ist ein vertrautes Dad-Lächeln zu sehen. Laura wirft sich auf ihn und drückt ihn ganz doll. Dad streicht ihr sanft durch die langen braunen Haare. Dann fährt Laura ihm mit der Hand durchs Haar. Es wächst wieder nach an den Stellen, die für die Operation abrasiert worden sind.

»Meine Mädchen.« Seine Stimme krächzt wie die eines alten Mannes. »Wie geht es euch?«, fragt er.

Laura ist ein Müllwagen voller Informationen. Sie redet nur über sich selbst, ihre Bilder, ihre Lehrer, wen sie nicht mag in der Schule und wer sie in der Pause ärgert. Ehrlich gesagt erfahre ich ein paar neue Sachen über sie. Sie hat einen Schulpreis gewonnen, weil sie nett zu einem neuen Klassenkameraden gewesen ist. Und im Flur der zweiten Klassen war so ein mysteriöser Gestank, dass der Hausmeister kommen, jedes einzelne Schließfach untersuchen und einen Ventilator aufstellen musste, um die schlechte Luft rauszupusten.

»Es hat so verfault gerochen, dass die Lehrer dachten, da wäre ein Tier gestorben, aber es hat sich herausgestellt, dass Ari Goldmann nur ewig eine Banane in seinem Schließfach hat liegen lassen«, sagt Laura. »Ari ist verliebt in mich. Die anderen Jungs haben mir erzählt, dass er das gesagt hat, aber ich bin nicht verliebt in ihn. Ich mag Albert ganz gern. Ach je, hab ich dir erzählt, dass Albert die Unterwäsche von seiner Mutter im Rucksack hatte? Er hat gesagt, dass er seinen Rucksack immer im Hauswirtschaftsraum abstellt, und da muss die zufällig reingefallen sein. War das peinlich!«

»Wie geht es dir, Mysti?«, fragt Dad, als Laura endlich mit dem Vortrag ihrer Autobiografie innehält.

»Gut.« Ich klinge wie Mom. Künstlich.

»Mysti macht zu Hause alles, Dad. Sie holt das Essen, macht die Wäsche und hat eine Sechs für ihr Heimatkundeprojekt gekriegt.« Ich kneife Laura in den

Arm. Wie Anibal Gomez weiß auch Laura nicht, dass ich zwei Projekte fertiggestellt habe.

»Alles ist gut, Dad. Ich hab keine Sechs gekriegt«, sage ich.

»Bin stolz auf dich«, sagt Dad. Er drückt meine Hand und ich erwidere das Drücken. Ich halte die Tränen zurück, bis mein Kopf hämmert, weil ich nicht vor ihm weinen will. Und ich weiß, dass meine Tränen die erbärmlichen Tränen einer Säuselsuse sind, die vergessen hat, sich um ihren Dad zu sorgen, und mehr Zeit darauf verwendet hat, Armbänder und Modelle von Pariser Museen zu basteln. Wenn ich einen Funken Vernunft hätte, würde ich mich kneifen.

»Weißt du einen Witz?«

Oh Mann, das wird schwer. Wie soll man sich einen Witz aus dem Ärmel schütteln, wenn man sich am liebsten in die Toilette verziehen und fünf Minuten heulen möchte?

Schaut mal, das komische Mädchen, das im Begriff ist, seine Superkräfte zu mobilisieren.

»Wie nennt man einen Welpen? ... Baby-Bell.«

Das ist ein total blöder Witz, aber ein anderer fällt mir im Moment nicht ein.

»Wirklich stolz auf dich«, sagt Dad wieder. Ich küsse seine Wange und verspreche, ihn jeden Tag anzurufen. Und da fällt mir auf, dass er ein gerahmtes Foto von mir und Laura auf seinem Nachttisch hat.

»Von eurer Mutter«, sagt er.

Zu Hause deutet alles darauf hin, dass Mom ein Intensivreinigungsprogramm durchgezogen hat. Die Luft riecht nach Glasreiniger und auf dem Teppich sind Staubsaugerspuren. Sie ordnet das Einzige, was sie ordnen kann, und das ist unser Haus.

Ich gehe zum Bücherregal im Wohnzimmer und stehle ein gerahmtes Bild von Dad. Ich trage es in mein supersauber gemachtes mom-fiziertes Zimmer und stelle es auf meinen Nachttisch.

»Was läuft, Dad? Gefällt es dir hier? Toll.«

Dann hole ich das Hochzeitsalbum von Mom und Daddy und sehe mir sämtliche Seiten ganz genau an. Es ist, als würde ich eins von Lauras alten Bilderbüchern ohne Text angucken. Eine Bilder-Geschichte mit einem glücklichen Ende. Da sind meine Großeltern, die inzwischen gestorben sind. Da ist Dad vor einer Kirche. Meine Großmutter, die einen Spitzenschleier über Moms Kopf legt. Rosa Blumen. Ein Bild von Eheringen auf einem Kissen. Eine dreistöckige Torte, die vor orangefarbenen und rosa Blumen nur so trieft. Und schließlich Mom und Dad, die sich am Altar küssen und sich darauf vorbereiten, bis in alle Ewigkeit glücklich und zufrieden zu leben.

Ob sie wohl wussten, dass Veränderungen auf sie zukommen würden?

Ich berühre das Bild von Mom. Sie ist tatsächlich da in der Kirche. Sie ist an einem Ort, der nicht der Fargo Drive 4520 ist. Auf dem ganzen Planeten gibt es kein anderes Bild wie dieses. Keines mit Mom vor einem anderen Hintergrund.

Mann, für mein Leben gern würde ich ein paar Minuten in diese Seiten steigen und mit meinen Eltern zusammen sein. Sehen, wie es war vor dem *Thema-über-das-wir-nicht-sprechen*. Wie gern würde ich in eine Zeit zurückreisen, als sie tatsächlich irgendwo hingegangen ist – um ein weißes Kleid zu kaufen und einen rothaarigen Typen zu heiraten.

»Was guckst du da an?«, fragt Mom. Ich hab sie nicht mal auf den Flur kommen hören und bin froh, dass das Album zum Teil von meiner Bettdecke verdeckt wird.

»Nur ein Buch über Ereignisse in der Geschichte von Texas.«

Kapitel 32

Schaut mal, das komische Mädchen, das nahendes Grollen und Zittern des Universums spürt.

Am Samstagmorgen marschieren die Ameisen in unsere Küche ein wie Santa Annas Armee: zu Tausenden. Ich gebe Laura die Anweisung, die Kreide aus der Garage zu holen, und sie malt mit Feuereifer um die Fußleisten herum. Mom schläft natürlich noch. Laura und ich frühstücken vor dem Fernseher. Die Luft ist kühl und voller Herbst. Ich mache sämtliche Fenster im Haus auf. Dann beschließe ich, dass heute Saubere-Bettwäsche-Tag für alle ist, also renne ich rum wie ein wild gewordenes Dienstmädchen, bis der Duft der trocknenden Wäsche das ganze Haus erfüllt. Alles soll genau richtig sein, so will ich es, denn wenn ich vom Einkaufen komme, soll alles bereit sein für meine Überraschung: Heute ist der Tag, an dem ich mir die Haare schneiden lasse. Ich habe davon geträumt. In dem Traum hatte ich kurze Haare und ich trug ein französisches Barett. Im Traum sah ich glücklich aus. Als ich aufgewacht bin, war ich glücklich. Statt auf Veränderung zu warten, werde ich dafür sorgen, dass sie eintritt. Das ist meine neue Strategie.

Am Nachmittag sage ich Mom, dass ich wieder in den Supermarkt gehe, und frage, ob sie etwas haben möchte.

»Ich weiß nicht.«

Ich sage: »Kekse. Und Laura hat die letzte Milch getrunken. Und wäre heute nicht ein toller Tag, dein fantastisches Bananenbrot zu backen?«

Okay, ich schmiere ihr ordentlich Honig ums Kinn – wegen der Überraschung. Ich versuche, sie dazu zu bringen, etwas zu tun, was sie glücklich macht. *Frisches Brot.* Was ist schon dabei?

»Nun ja, das klingt gut. Aber ich dachte, ich bestelle heute Abend vielleicht Pizza.«

»Echt? Das machst du?«

»Ich bemühe mich, weißt du. Ich glaube, diesen kleinen Schritt kann ich machen«, sagt sie. Oder vielleicht will sie auch nicht mehr kochen. Wer weiß.

»Zieh dir aber deinen Mantel an.« Sie guckt mich nicht mal an, als sie das sagt.

Der Mantel.

Der gefürchtete orangefarbene Mantel.

Der, der einen Menschen auf magische Weise in einen beweglichen Warnkegel verwandelt. Der Mantel, den man wahrscheinlich vom All aus sehen kann. Sein Neonorange bringt Autos zur Vollbremsung.

Ich will sagen, dass es wirklich nicht so kalt draußen ist und ich doch keinen Mantel brauch. Schon gar keinen total hässlichen Mantel. Aber wenigstens zeigt sie mildes Interesse an meiner Sicherheit.

Der Preis für Freiheit und Kekse ist der scheußliche, grauenhafte, jedes Modeempfinden beleidigende orangefarbene Mantel. Ich ziehe also los.

Ich laufe der *Frau-die-irgendwohin-geht* über den Weg, und ob man es glaubt oder nicht, sie hält tatsächlich einen Moment inne.

Weil ich *so* orangefarben bin.

Mannomann, all ihre verrückten Outfits werden von meinem ausgestochen. Meins sieht noch verrückter aus.

Ich erlaube mir, das Schild *Vorsicht! Bissiger Hund!* zu beherzigen, und erlebe nur einen einzigen gruseligen Moment, als ich so was wie Schüsse höre. Aber zur allgemeinen Information: Ein über eine dicke Eichel fahrendes Auto macht ein ähnlich knallendes Geräusch.

Als ich in die Bray Road einbiege, erwäge ich ernsthaft, den orangefarbenen Mantel hinter einen Busch zu schmeißen. Aber wenn diesem Mantel irgendwas passiert, wird Mom mich nie wieder nach draußen lassen, obwohl dieser Mantel selbst für die Begriffe mancher Leute übel ist.

Ich winke Wilson Carver und seinem strahlenden Maklerlächeln zu.

Ja, Sie finden diesen Mantel echt toll, nicht wahr, Mr Carver? Wie bitte? Sie mögen meine Haare, so wie sie jetzt sind? Na ja, die Sache ist die, alte Zöpfe müssen mal abgeschnitten werden. Das befreit!

Heute Morgen, als ich in den Spiegel geguckt und mir die Haare gebürstet habe, sahen sie so richtig gut aus. Wie die Haare von einem Mädchen in der Highschool. Aber der Rest von mir sah noch immer so tragisch nach Siebtklässlerin aus. Deshalb bin ich jetzt, als ich Wilson Carver hinter mir lasse und auf die Ladenzeile zusteuere, umso begeisterter davon, sie mir abschneiden zu lassen. Ich habe ziemlich lange darüber nachgedacht. Vielleicht seit Anibals Schergen ihre blöden Drohungen ausgestoßen haben. Ich habe im Bett gelegen, mein Fort-Alamo-Modell angestarrt und hin und her überlegt, wie ich mich behaupten und verhindern kann, dass mir Kaugummi in die Haare geschmiert wird.

Pferdeschwanz? Leichtes Ziel. Leicht zu packen.

Baseballmütze? Leicht zu klauen und im Klo runterzuspülen.

Haarschnitt. Ziel vernichtet und ... ziemlich hip?

Jetzt beim Überqueren des Parkplatzes vor dem Supermarkt denke ich: *Schaut mal, das komische Mädchen mit der Vorstellung, sein Äußeres solle zu seinem Inneren passen. Wenn ein Junge seine Welt mit einem Hut verändern kann, kann ein Mädchen seine Welt mit einem Haarschnitt verändern.*

Einen Augenblick lang bin ich von Kopf bis Fuß ein menschlicher Warnkegel, der vor dem riesigen Poster einer sehr, sehr rothaarigen Fremden mit messerscharfem Bobschnitt steht. Ganz das Gegenteil von hip. Aber ich sehe das als Zeichen dafür, dass dies der richtige Haarschnitt für mich ist. Am Kinn länger, hinten kurz. Von vorne sehe ich dann anders aus als von hinten. Das wird die Idioten von der *Beatty Middle School* durcheinanderbringen und es zur Herausforderung machen, mir Sachen an den Hinterkopf zu schmeißen.

Im Laden schreibe ich meinen Namen auf ein Blatt Papier.

»Hast du einen Termin?«, fragt die Frau.

»Nein.«

»Dann nimm Platz.«

Bald liegen riesige Büschel roter Haare auf dem Boden. Meine alten roten Haare.

»Diese Frisur passt richtig gut zu deinem Typ«, sagt Yvonne, meine Stylistin.

Das bestärkt mich in der Entscheidung, meinen Look zu verändern. Eine echte Haarstylistin glaubt an meine Wahl, und ich fühle mich so gut, dass ich beinahe lächele, bis ich höre, wie die Stylistin hinter mir zu einer grauhaarigen Oma sagt: »Diese Frisur passt richtig gut zu Ihrem Typ.«

Menschen können einen an völlig unerwarteten Orten enttäuschen, beim Friseur zum Beispiel.

Ich stehe vom Stuhl auf. Mein Kopf fühlt sich leichter an. Um meine Füße herum sieht es aus, als habe ein Bär sich diese Stelle zum Fellwechsel ausgesucht. Vorsichtig steige ich über den Haufen hinweg.

Bis dann, lange Haare.

Mein Körper prickelt vor Aufregung, als ich mit unseren Lebensmitteln und diesen Halloweenkeksen mit der orangefarbenen Zuckergussfüllung im Supermarkt durch die Kasse husche.

Ich schwebe nach Haus, keine langen, schweren Haare ziehen mich runter. Sogar die Einkaufstaschen fühlen sich heute leicht an.

Ich gehe am Haus der Jennings vorbei und ein seltsamer chemischer Geruch steigt mir in die Nase. Ehe ich michs versehe, stehe ich in der Auffahrt und spähe in die Garage, wo immer noch an der nächsten großartigen Erfindung gearbeitet wird.

Vielleicht bin ich neugierig.

Vielleicht zögere ich auch eine eventuelle Strafpredigt von Mom heraus.

Vielleicht habe ich auch Neufrisur-Bedenken.

»Sie sollten sich vielleicht lieber entfernen, Madam«, sagt Mr Jennings. »Gefährliche Dämpfe.«

»Was hat die hervorgebracht?«

»Mächtige Mixturen.«

»Ist es bald fertig?«

»Nur so viel: Ich habe ein Schreiben an das Patentamt abgeschickt«, sagt er mit einem Augenzwinkern.

Ich will gerade gehen, als Mr Jennings mir zuruft: »Wie ich sehe, erfindet Miss Murphy sich neu mit einer neuen Frisur.«

Mein Gesicht wird heiß und rot.

»Das findet meine aufrichtige Zustimmung«, sagt er. »Sehr elegant.«

»Wirklich?«

»Wirklich.«

Ich lasse die Einkäufe fallen und laufe zum Spiegel.

Schaut mal, das komische Mädchen, das nicht sicher ist, die richtige Entscheidung getroffen zu haben.

»Was ist mit dir passiert?« Laura steht in meiner Tür – und mustert mich.

»Gefällt es dir?«

Mit der langsamen, behutsamen Bewegung ihrer Lieblingswildkatze berührt Laura meinen Nacken, wo der Schnitt »gestuft« ist. Wenigstens hat Yvonne das so genannt.

»Fühlt sich gut an. Weich.«

Ich fasse mir in den Nacken. »Ja, aber wie sieht es aus?«

»Und wir sparen eine Menge Geld für Shampoo.«

»Du sagst mir nicht die Wahrheit, oder?«

»Hast du an die Kekse gedacht?«

»Kein Keks, ehe du nicht sagst, wie du es findest.«

»Ich finde, man muss sehr mutig sein, um so eine Frisur zu tragen.«

Mutig? Ich weiß nicht. Ich habe es für eine gute Idee gehalten. Jetzt scheint es so, als ob Stylistinnen darauf geschult werden sollten, mehr Fragen zu stellen, ehe sie Kunden drastische Haarschnitte wählen lassen.

Waren Sie in letzter Zeit großen Belastungen ausgesetzt? Fühlen Sie sich einsam, weil Ihnen Ihr bester Freund fehlt? Sind Sie gerade dabei, die Wette »Bemerkt mich Sandy Showalter« zu verlieren, und bilden Sie sich ein, diese Taktik würde funktionieren? Wenn die Antwort auf eine dieser Fragen Ja ist, sollten Sie sich die Haare vielleicht nur ein wenig kürzen lassen.

Zur Abendessenszeit ist mir dann klar, dass ich mich auf den Hagel von Beleidigungen vorbereiten sollte, der in der Schule auf mich einprasseln wird. Denn das werden sie ohne jeden Zweifel. Laura ist genau der richtige Mensch für diese Aufgabe.

»Okay, Laura, ich will, dass du dir die schlimmste Bemerkung ausdenkst, die in der Schule jemand über meine Haare machen könnte.«

Laura lässt sich Zeit und inspiziert mich von allen Seiten.

»Nun mach schon.«

»Kreativität kann man nicht erzwingen.«

»Gut.«

»Ich sage es aber nicht laut, weil du mich dann schlagen wirst.«

»Das mache ich nicht. Leg los, du darfst mich beleidigen, ohne dass es Folgen hat.«

Laura klaut sich ein Blatt Papier und einen Bleistift und kritzelt eine Beleidigung, dann flitzt sie wie ein Feigling raus in den Flur.

Was ist denn mit dir passiert, Mysti, hast du zwei Haarschnitte gekriegt, oder was?

Das ist nicht so schlimm.

»Für dich stehen Halloween-Oreos auf dem Küchentresen bereit.«

Ich gehe den Flur hinunter und will Moms Tür aufmachen und sehen, wie sie reagiert.

»Mysti, geh da nicht rein«, brüllt Laura.

»Warum nicht?«

»Sie hat geweint und sich ihr Hochzeitsalbum angeguckt.«

Hab ich das Hochzeitsalbum nicht wieder zurück aufs Regal gestellt? Hab ich es für alle sichtbar liegen lassen?

Ich mache ihre Tür trotzdem auf.

»Ich bin wieder da.«

»Liebes Mädchen«, sagt sie. »Bitte mach die Tür gut zu, Mysti. Ich hab ganz schlimme Kopfschmerzen.«

»Willst du später Judge Judy gucken?«

»Oh, ja.«

Hier ist der Witz, den ich ihr erzählen wollte.

Was ist weiß und kriecht den Berg hoch?

Eine Lawine mit Heimweh.

Mom bleibt in ihrem Zimmer und es wird weder Pizza bestellt noch Bananenbrot gebacken. Als es dämmert, mache ich alle Fenster zu. Laura und ich essen Kekse und Milch zum Abendbrot, weil keiner von uns schon wieder Spaghetti und Thunfisch haben will.

Am Montagmorgen vor der Schule kriegt Laura fünf Dollar dafür, mir noch mehr Beleidigungen an den Kopf zu werfen, damit meine Haut so dick wird wie bei einem Elefanten. Sie knallt mir verbale Granaten an den Kopf, die ein weniger starkes Mädchen als mich zusammenzucken lassen würden.

Wen willst du denn darstellen?

Dafür kriegst du einen Strafzettel von der Modepolizei.

Hattest du einen Zusammenstoß mit der Gartenschere?

Hast du dir von deinem Hund die Haare schneiden lassen?

Großer Auftritt: Miststück Murphy.

Oha, das Letzte tut weh. (Wie kann es sein, dass Anibal Gomez und seinen Schergen das nicht schon längst eingefallen ist?)

Laura schlägt mir vor, so viel Schwarz wie möglich zu tragen.

»Deine Haare haben jetzt was Besonderes. Da solltest du dich auch entsprechend anziehen, dann wirkt es so, als hättest du es mit Absicht gemacht«, sagt sie.

»Ich *habe* es mit Absicht gemacht!«

»Hier ist ein schwarzes Shirt, das ich aus Moms Schrank geklaut habe«, sagt sie. »Hier ist ein Plastikarmband, das ich mit schwarzem Filzstift für dich angemalt habe.« Das Armband stinkt nach *Edding*. Ich gestehe mir noch einen schnellen Blick in den Spiegel zu. Was da reflektiert wird, ist zwar kein Model, aber auch nichts total Unansprechendes.

Schaut mal, das komische Mädchen, das sich im Spiegel betrachtet und hofft, dass ein Unbekannter spontan die Attraktivität seiner roten Haare wahrnimmt.

Wir packen unser Mittagessen ein (Brot mit Erdnussbutter und ein Müsliriegel) und steuern auf die Haustür zu.

»Tschüss, Mädchen«, sagt Mom auf dem Weg zur Küche. »Ich wünsche euch einen schönen Tag.«

»Tschüss, Mom.«

»Danke, dass ihr euch was fürs Mittagessen zurechtgemacht habt und alles«, sagt Mom.

Kein Kommentar von ihr zu meinen Haaren.

Sie muss sie scheußlich finden. Daran kann ich jetzt auch nichts mehr ändern.

An der Bushaltestelle registriere ich einige Blicke und auf der Fahrt zur Schule auch. Rama zuckt zusammen, dann hält sie die Daumen hoch, so als wäre sie in meine Umstylingaktion vom Wochenende eingeweiht gewesen.

»Nice, Mysti«, sagt Rama.

»Echt?«

»Würde ich dich anlügen?«

»Nein. Du würdest es mir sagen, wenn ich aussehen würde wie vom Rasenmäher überfahren.«

»Ich bin immer brutal ehrlich«, sagt sie. »Deshalb magst du mich so sehr.«

»Die Brutalität deiner Ehrlichkeit ist sowohl deine beste als auch deine schlechteste Eigenschaft, kommt ganz drauf an, wer's abkriegt.«

»Ich fasse das als Kompliment auf.«

»Ich wusste, dass du das tun würdest.«

Meine Klassenkameraden versuchen, nicht auffällig zu glotzen, aber die Kunst der Subtilität beherrschen sie nicht. Sogar ich weiß, wie man Seitenblicke wirft.

Beim Mittagessen sagt Rama: »Es gefällt mir immer besser. Vielleicht sollte ich dasselbe mit meinen Haaren machen.«

»Wie soll es irgendjemand mitkriegen, wenn du einen neuen Haarschnitt hast?«, frage ich. »Würdest du ihn *mir* denn zeigen?«

»Du weißt doch, das würde gegen meine Religion verstoßen. Aber kann schon sein«, sagt sie und zupft an ihrem Schal, der heute einen wunderhübschen Magentaton hat. »Warte mal, Mysti. Da kommt sie.«

»Wer?«

Sandy Showalter bleibt an unserem Cafeteriatisch stehen. An der Loserinsel.

»Deine Haare sehen hübsch aus. Fährst du jetzt ganz auf den Franzosen-Style ab oder so?«

Sandy Showalter hat mir ein Kompliment gemacht.

Moment mal, Sandy Showalter hat mir ein Kompliment gemacht?

Darauf bin ich nicht vorbereitet, also zucke ich nur mit den Schultern.

Sandy lächelt und wandert zurück in ihren natürlichen Lebensraum.

»Es geht los«, sagt Rama.

»Was?«

»So machen die das. Jetzt werden sie dich mögen. Leute mögen das Neue. Das Neue ist aufregend, bis es das Alte ist. Und dann: *puff.*«

»*Puff?*«

»Hab ich alles schon gesehen. Weißt du, was *flatterhaft* bedeutet?«

»Na klar weiß ich das.«

Schaut mal, das komische Mädchen, das das Wort flatterhaft *für unheimlich unterbenutzt hält.*

»Wart's nur ab, du wirst schon sehen. Sei auf der Hut.«

»Sandy ist nicht übel.«

»Sei nur einfach auf der Hut.«

»Okay, kapiert. Ich bin absolut auf der Hut.«

»Ich warte auch immer noch auf mein Armband.«

»Ich warte auf eine ganze Menge.«

Mädchen-das-Pferde-mag und *Mädchen-das-Salamander-malt* kommen vorbei. Wie aus einem Munde sagen sie: »Schöne Haare.«

Ich weiß nicht genau, was Ramas düstere Prophezeiung bedeuten soll, aber ich muss schon sagen, das Kompliment der beiden tröstet mich darüber hinweg.

Puff!

Meine Hoffnung wächst.

Auf dem Flur spricht mich Anibal Gomez an: »Wegen unserem Heimatkunde-Projekt, also, ich hab gehört, was du gemacht hast, aber wir müssen da noch mal ran.«

»Du bist unglaublich.«

Er lächelt, als hätte ich ihm ein Kompliment gemacht. Jungs kriegen es nicht immer mit, wenn man sich über sie lustig macht.

Er sagt: »Danke.«

Ich spiele die ganze Zeit mit Lauras Armband während Ms Overstreets Diskussion über wichtige Leute der texanischen Revolution. Schwarzer *Edding* hat auf mein Handgelenk abgefärbt. Als der Unterricht vorbei ist und es klingelt, drängt Ms Overstreet mich in die Ecke.

»Bleib bitte noch einen Moment, Mysti.«

Ich bleibe.

Sie redet.

»Weißt du, es ist ja in Ordnung, wenn du mit deinem Aussehen experimentierst und manchmal sogar mit deiner Einstellung zur Schule und Hausaufgaben«, sagt Ms Overstreet. »Aber manchmal ist das auch ein Zeichen.«

»Ein Zeichen?«

»Dafür, dass du etwas Schwerwiegendes und Ernstes durchmachst.«

»Ms Overstreet, ich mache die siebte Klasse durch. Das ist sehr schwerwiegend und ernst.«

»Versuch nicht mit Witzen abzulenken«, sagt Ms Overstreet. »Das ist nicht mein erstes Rodeo.«

Ich habe nicht die geringsten Zweifel, dass Ms Overstreet schon bei vielen Rodeos dabei war.

»Darf ich jetzt gehen?«

»Meine Tür ist offen.«

Ehrlich gesagt ist sie jetzt gerade zu. »Ich habe nur eine Frage.«

»Du kannst mich alles fragen, Mysti.«

»Warum hat Texas keine U-Boot-Flotte mehr?«

»Die ist am Tag der offenen Tür untergegangen.«

Dieser Beitrag wird mit dem klassischen overstreetschen Kopfschieflegen quittiert, leichte Verärgerung mit einem Anflug von Augenrollen. Ich bin nicht so blöd, dass ich nicht kapiere, worauf Ms Overstreet hinauswill, deshalb sage ich: »Danke fürs Nachfragen.«

Dafür ernte ich ein Lächeln.

Hoffentlich versteht sie, dass ich mich im Heimatkundeunterrichtsraum wohler fühle, wenn ich Witze reiße, als wenn ich dort die schwerwiegenden und ernsten Probleme des Lebens bespreche. Denn wenn wir dieses Fass erst aufmachen, dann müssen wir vielleicht die ganze Nacht durchreden wie gefühlsduselige Säuselsusen, und Mr Maynard, der Hausmeister, würde uns schließlich mit seinem Wischmopp rausfeudeln. Und vielleicht würde ich unter anderen Umständen auch bleiben und reden. Wenn ich nicht nach Hause und mich vergewissern müsste, ob ich Mom eventuell mit meinem Haarschnitt in einen Zustand stummer Panik versetzt habe. Ich würde bleiben und mal gucken, ob Ms Overstreet bereit ist, die Nacht durchzumachen. Würde ich wirklich.

Kapitel 33

Schaut mal, das komische Mädchen, das an der Kreuzung zwischen der Mir-fehlen-die-Gespräche-mit-dir-Straße und dem Du-nervst-mich-Weg steht.

Ich bin in meinem Zimmer und starre auf das Display meines Handys, ich habe eine Nachricht.

Noch nie bin ich so ein Mensch gewesen, der auf den Namen des Absenders guckt und überlegt: Soll ich auf diese Nachricht antworten? Nein, ich antworte allen und auf alles. Ich bin wie die Hunde in diesem Experiment von Pawlow, über das Laura und ich neulich Abend einen Film auf dem Naturkanal gesehen haben. Jedes Mal, wenn Dr. Pawlow eine Klingel betätigt hat, bekam der Hund Futter. Also ist der Hund immer auf das Klingelgeräusch zugelaufen.

Ich bin der pawlowsche Hund der Mobiltelefone.

Ein Ton und schon komme ich angerannt.

Hey, M.

Hey.

Wir machen das Projekt
noch mal, ok?

Nee.

Warum nicht.
Wird Spaß machen!!

Beim ersten Mal hast du
nicht mitgemacht.

Nun übertreib nicht. Hab
ich wohl. Sei kein Arsch.

Ich?

Ja.

Kipp das Sandy-Ding
und ich helfe.

Eifersüchtig!

AUF KEINEN FALL.

Du nervst.

Ich schaue mein Handy an und antworte nicht. Wenig später schickt Anibal eine Reihe von Fragezeichen. Ich mache gar nichts. Ich will kein Hund sein, der auf etwas zurennt, nur weil er eine Klingel hört. Ich will irgendwo hingehen, weit weg von hier. Vielleicht einfach nur zum Supermarkt, ein französisches Brot kaufen. Das könnte ich vor dem Bildschirm essen, während ich die Webcam vom Eiffelturm verfolge. Ich würde so tun, als hätte ich mein Handy im Flugzeug nach Paris liegen lassen. *Oh, du hast angerufen. Sorry, ich war derweil mit den Franzosen Abendessen.*

Kapitel 34

Schaut mal, das komische Mädchen, das merkt, wie es bemerkt wird.

Es ist der Tag danach und leider hat er viele Gemeinsamkeiten mit gestern.

Laura will nicht aufhören, über meinen Haarschnitt herzuziehen, obwohl ich ihr gesagt habe, dass der Deal nur für einen Tag galt. Also wird das für sie ein Tag mit Murmeln unterm Laken.

Mom hat nichts über meine neue Frisur gesagt, aber das liegt größtenteils daran, dass sie sich den ganzen Nachmittag und Abend in ihrem Zimmer verkrochen und ihre elterlichen Pflichten erfüllt hat, indem sie uns vom Bett aus Anweisungen zuruft.

»He, hört auf, euch zu streiten, und macht eure Hausaufgaben. He, kann mal jemand die Geschirrspülmaschine ausräumen? He, holt mal einer die Post rein?«

He, machen wir gleich.

Ich gehe also einen weiteren Tag ohne elterlichen Kommentar zu meiner *coiffure* (*Frisur* auf Französisch) in die Schule.

Aber in den Fluren der *Beatty Middle School* sieht die Lage besser aus.

Rama Khan, das *Mädchen-mit-seegrünem-Schal* stürzt sich auf meine Schulter und zerrt mich auf dem Weg in die Cafeteria aus der Menge. »Streng geheime Information. Wayne hat im Jungsklo ein Gespräch belauscht.«

»Alarmier die Presse. Ich höre andauernd Mädchen auf dem Klo reden. Warum unterhalten Mädchen sich eigentlich von Kabine zu Kabine? Das ist komisch.«

»Es ging um Anibal Gomez und die Schergen. Anibal ignoriert dich *mit Absicht*.«

Schaut mal, das komische Mädchen, das darüber nachsinnt, dass Ignorieren höchst selten zufällig geschieht.

»Na ja.«

»Mysti, die Schergen zwingen ihn dazu, es zu tun, wenn er ihr Freund und cool sein will. Sie treten sogar alle zusammen beim Talentwettbewerb auf.«

»Die haben Talent?«

»Wer weiß. Und mach keine Witze. Das ist ernst.«

Vielleicht ist es die frische Herbstluft, die mich anstachelt. Vielleicht auch die neue Frisur. Vielleicht kann ich Rama Khan vertrauen.

»Das weiß ich schon lange, Dr. Khan.«

»Was?«

Wahrscheinlich habe ich in meinem Leben schon 1001 Buch gelesen. Ich weiß also, dass dies der Teil der Geschichte ist, in dem jemand wie *moi* tief durchatmen und damit ungeheure Erleichterung darüber zeigen muss, dass die Wahrheit endlich, endlich ans Licht kommt. Ich habe nie viel von diesen Geschichten gehalten. Ich habe noch nie im Leben vor einem anderen Menschen diesen ungeheuer erleichterten Atemzug getan.

»Jetzt kann ich es dir eigentlich auch erzählen«, sage ich und hole tief Luft. »Anibal hat mir *vorher* gesagt, dass er mich am Anfang des Schuljahres ignorieren würde, bis ihm Hipsterstatus und die Aufmerksamkeit von Sandy Showalter sicher sind. Genauer gesagt, bis er ihre Telefonnummer hat und der Austausch von freundlichen Textnachrichten erfolgt ist.« Mir wird klar, wie erbärmlich das klingt, vermutlich habe ich es Rama deswegen nicht früher erzählt. Rama ist plötzlich stehen geblieben, mit der Hand in der Hüfte und offenem Mund. Mann, mit diesem Blick könnte man einen Bagel aufschneiden.

»Du warst damit einverstanden?«

»Eigentlich hab ich ihm nur einen Gefallen getan.« Erbärmlich hoch 2.

»Mysti, du bist wirklich seltsam, weil …«

»Weil sogar eine Sechstklässlerin die Probleme sieht, die so was mit sich bringt? Erzähl mir was Neues. Es ist sowieso bald vorbei. Die Herbstfete war unsere Deadline. Dann ist Schluss damit. Dann kannst du Anibal besser kennenlernen. He, guck mal, heute ist Scherzkekstag!«

»Mach keine Witze, Mysti. Du machst immer nur Witze.«

Na klar mach ich das. Witzemachen ist, als besäße man den Deflektorschild eines Superhelden in Zeiten, in denen man sich fühlt wie eine Schildkröte ohne Panzer. Hat sie etwa Wayne Kovoks Vortrag über die Lebenserwartung von Schildkröten ohne Panzer vergessen? Vielleicht hat sie an dem Tag nicht zugehört, an dem er ihn uns gehalten hat. Siebtklässler brauchen Deflektoren, ebenso wie Schildkröten Panzer brauchen.

»Lass das, Mysti.«

Rama Khan findet das nicht lustig, mit ihrem Ton kann sie sogar meinen Schild durchdringen. Das ist der echte, wahre Grund dafür, dass ich sie mag. Sie ist keine Säuselsuse. *Heute noch mache ich ihr ein Armband.*

»Auf dem Nachhauseweg erzähle ich dir alles. Und ich werde auch zugeben, dass ich dir recht gebe: Ich bin erbärmlich, okay?«

»Sagst du dann auch, dass du beim Talentwettbewerb mitmachst?«

Jetzt bleibe ich stehen wie angewurzelt.

»Talentwettbewerb? Du bist wohl nicht ganz dicht? Letztes Jahr warst du noch nicht hier, ich will also nachsichtig sein, aber das mache ich bestimmt nicht noch mal.«

»Meine Mutter will, dass ich mitmache und Geige spiele.«

»Na, dann mach doch mit.«

Wir setzen uns an der Loserinsel und versuchen Blickkontakt zu Wayne herzustellen. Aber der ist in Trance.

Diese Bänder. Diese blau-weißen Bänder.

Ihr Glanz hat eine unerklärliche Anziehungskraft.

Da ist die ganze Cheerleadertruppe, die sich durch die Schlange zur Essensausgabe hüpft. Bis in die Fingerspitzen voller Teamgeist. Sie sind zusammen, nur eine fehlt. Die eine ist Sandy Showalter. Ich bin jetzt genauso besessen davon, sie in der Cafeteria zu entdecken, wie Anibal Gomez, und das mag ich gar nicht an mir.

Ich flüstere Rama zu: »Lass uns Wayne mal ein bisschen aufmischen.«

»Guck mal, ich hab Hummus mit zum Mittagessen«, verkündet Rama.

»Oh, ich hab Erdnussbutter und Gelee«, sage ich zu ihr.

Immer noch kein Wort von *Hast-du-gewusst*-Wayne. Man sollte doch glauben, dass er irgendeine Weisheit zu Hummus parat hätte.

»Hast du gewusst, dass Mädchen den fünfhebigen Jambus *lieben*?«, frage ich. *Wayne hasst Lyrik.*

»Fünfhebigen Jambus kapier ich nicht«, blafft Wayne. »Es war nicht vorgesehen, dass ich Lyrik verstehe!« Er knallt sein Buch auf den Tisch, das ironischerweise den Titel *Lyrik verstehen* trägt.

Und dann mischt das Universum uns auf.

Da ist sie: Sandy Showalter. Sie erscheint neben einer älteren Version von Sandy Showalter. Kennt ihr das, wenn man eine Frau anguckt und weiß, dass sie wahrscheinlich mal hübsch war, aber mittlerweile ist ihre Schönheit ziemlich verblasst? So sieht diese Frau aus. Ein wenig verblasst.

»Wie wär's denn da drüben?«, sagt die ältere Sandy Showalter, und ich sehe ihren blanken, rotlackierten Fingernagel auf die Loserinsel zeigen.

»Hm, wir können da sitzen, wo ich sonst auch sitze«, sagt Sandy.

Aber zu spät. Die Frau hat sich schon einen Platz auf der Insel gesichert.

»Hallo, alle zusammen«, sagt die ältere Sandy. »Wie geht's euch denn heute? Seid ihr alle mit meiner Tochter Sandy befreundet?« Sandys Mom lächelt und erweckt damit all ihre verblasste Schönheit. Das schafft man mit einem guten Lächeln.

»Das ist Mysti und das Wayne«, sagt Sandy zu ihrer Mutter. »Tut mir leid, aber ich weiß nicht, wie du heißt.«

»Rama«, sagt Rama.

Wayne und ich tragen den *Mal-sehen-wer-röter-werden-kann*-Wettkampf aus und er gewinnt mit Abstand. Er nimmt *Lyrik verstehen* zur Hand und versucht zu verstehen, nur hält er das Buch verkehrt herum. Wahrscheinlich denkt er, die blöde Lyrik will ihn veralbern.

»Hi, Sandy«, sage ich. »Hi, Sandys Mom.«

»Mysti hat dieses supercoole Projekt in Heimatkunde gemacht«, sagt Sandy. »Den Eingang vom Louvre-Museum.«

»Ich hab nicht gewusst, dass es in Texas einen Louvre gibt«, antwortet Sandys Mutter.

»Mysti, so was hätte ich auch so gern. Vielleicht kannst du mir ja zeigen, wie man das baut. Ich steh total auf Paris.«

Ich zupfe winzige Bissen von meinem Brot und frage mich, warum sie mit mir spricht, als wäre ich normal. Das ist nicht leicht zu ergründen, wenn man unterm Tisch von jemandem mit einem neapelgelben Schal getreten wird.

»Aber sicher, Sandy, das mache ich gern.«

»Wollen wir Telefonnummern austauschen?«, fragt sie.

Tritt.

Und ich sage: »Klar.«

Wir tauschen Nummern aus. Ich habe Sandy Showalters Nummer. Kann es da noch weit sein bis zu freundlichen Textnachrichten? Nein.

»Sandy hat mir erzählt, dass es bald einen Herbsttanz gibt«, sagt Sandys Mutter.

»Mom, du bist peinlich!« Sandy beherrscht die Kunst des Augenverdrehens wie keine Zweite.

Mir geht auf, dass ich dankbar für Moms Fahrverweigerung bin. Dieses Kapitel können wir abspeichern unter *Peinlichkeiten mit Mom in der Schule – Dinge, die Mysti Murphy nie erleben wird.*

Sandy isst ihren Salat. Ihre Fingernägel sind blau und weiß lackiert. Auf den Daumen hat sie winzige Bärentatzen aus Glitter. Ich erwische Wayne dabei, wie er heimlich auf ihre Fingernägel guckt. Alle sind still, nur Sandys Mutter nicht.

Sandys Mutter ist, was Dad eine *Plaudertasche* nennen würde. Sie hat viele Informationen über Sandy mitzuteilen, die wie Pingpongbälle auf die Insel prasseln. Wir erfahren Dinge wie, dass Sandy eine tolle Tänzerin ist, einen kleinen Bruder hat, der sich gerade den Arm gebrochen hat, und dass sie dieses Wochenende in den Baumarkt gehen müssen, um sich künstliche Weihnachtsbäume anzusehen.

Wir essen in Zeitlupe, nur Wayne nicht. Er ist nahezu katatonisch. Die alte und die junge Showalter verlassen den Tisch mit einem letzten Winken und Bänderwerfen von Sandy.

»Sie sind jetzt weg, Wayne. Du darfst atmen.«

Er schnappt sich Essenstüte und Buch und geht.

»Ich würde sagen, das war interessant«, sagt Rama. »Aber sei auf der Hut. Du weißt, wie diese Leute sind.«

»Rama, auf der Hut sein ist anstrengend.«

»Vergiss nicht, nach der Schule erzählst du mir deine ganze erbärmliche Geschichte und gibst zu, dass ich eine erhabenere Form von Freundin bin.«

»Das ist mehr, als ich versprochen habe.«

»So wird es sein. Vertrau mir. Du wirst schon sehen.«

Nach der Schule gehen wir zu Fuß nach Hause und ich erzähle ihr alles. Ich versuche mich an die Tatsachen zu halten. Ich erzähle ihr, dass Anibal und ich uns noch Nachrichten schreiben und miteinander telefonieren. Ich erzähle ihr, dass er wegen Dad Besorgnis gezeigt hat. Ich lasse ihn menschlich wirken. So, als wäre er ganz anders, als er sich aufführt, das totale Gegenteil, was mir einiges an verbaler Gymnastik abverlangt. Ich muss die Wörter *einfühlsam* und *mitfühlend* benutzen, Wörter, die mir nicht leicht über die Lippen kommen. Ich unterschlage meine Befürchtung, dass er sich wirklich sehr verändert haben könnte, auf eine Weise, die ich nicht mal beschreiben kann. Ich lasse aus, dass sie in einem recht hat. Wahrscheinlich ist sie tatsächlich eine erhabenere Art Freundin. Das sage ich ihr nicht, weil ihr das so sehr in den ohnehin schon selbstbewussten Kopf steigen könnte, dass sie ihren Schal verlängern müsste.

»Du siehst also, Rama«, schließe ich, »Anibal ist kein hundertprozentiger Mistkerl. Mit ihm ist es in etwa so wie mit einem Eisberg.« Das ist mein Versuch, schlauer zu sein als das Mädchen mit gleich zwei Karriereplänen, indem ich einen Wayne-Kovok-Halbwissensbrocken einwerfe, den ich vor zwei Tagen aufgeschnappt habe.

»Eisberg?«

»Zirka achtzig Prozent von einem typischen Eisberg

verstecken sich unter Wasser. An der Oberfläche sehen wir also nur einen Bruchteil von ihm. Und du hast nur einen Bruchteil von Anibal Gomez gesehen.«

So. Viel weiß ich nicht, aber das hier bringt's.

»Gut, versuch's ruhig mit Wayne-Wissen. Beeindruckt mich gar nicht.«

»Aber es passt. Was in der Tiefe steckt, zählt doch wirklich bei einem Menschen.«

»Ich glaub nur nicht, dass Anibal Gomez tief ist. Der ist hundert Prozent Oberfläche.«

Natürlich hat Rama da nicht unrecht. Aber in wenigen Minuten werde ich Anibal texten und morgen werden Anibal und Rama zusammen Mittag essen – und dann wird der Eisberg schmelzen.

Kapitel 35

Schaut mal, das komische Mädchen, das Wahrheiten erfährt, die es nicht wahrhaben will.

Geschafft!

Hä?

Mittagspause.

Hab ich gesehen. Na und?

Na und?

Na und!

Ich hab die Handynummer von SS.

Na und.

Ich bin nur eine Nachricht vom Sieg entfernt!

Was soll's.

Isst du jetzt mit mir? Willst du meine Freundin Rama kennenlernen?

Nee, bestimmt nicht, Loser!

??warum nicht??

Das wird nie passieren.

Ich schalte mein Handy aus. Mir ist schlecht. Nicht mal die Sandy-Showalter-Entwicklung kann mich aufheitern. Irgendwie fühle ich mich, als wäre ich eben mit einem Eisberg kollidiert. Mein erster Instinkt drängt mich, Rama anzurufen. Aber das mache ich nicht. Ich will nicht, dass sie meinen Schmerz in Worte fasst. Sie wäre nicht gemein, das weiß ich, aber die Worte würden mich trotzdem verletzen.

Kapitel 36

Schaut mal, das komische Mädchen, das hofft, niemand hat gesehen, wie es gegen die Haustür gerannt ist, weil es gelesen und nicht geguckt hat.

Es gab einmal eine Zeit, in der Anibal Gomez von zwei Jungs aus der fünften Klasse total fies behandelt wurde. Andauernd haben sie ihn Loser genannt. Sie waren Zwillinge, diese Jungs. Die Snyder-Zwillinge. Sie standen in dem Ruf, sich so zu benehmen, als gäbe es nur sie auf der Welt. Und auf dem Schulhof. Alles und jedes gehörte ihnen, sie brauchten nur zuzugreifen. Wenn man ihnen im Weg stand, Pech gehabt. Wenn ihnen nicht gefiel, was du anhattest, Pech gehabt. Sie brüllten übles Zeug durch die Gegend, so laut sie konnten.

Hau ab hier.

Wer hat dich denn angezogen?

Mann, bist du blöd.

Und sie nannten Leute gern *Loser*.

Anibal Gomez wurde besonders gequält von den Snyder-Zwillingen. Sie klauten seine Bücher. Rissen seine Hausaufgaben in Stücke. Hänselten ihn. Schrieben *Loser* auf seinen Spind. Und danach sagte er zu mir: *Mysti, ich werde niemals Loser zu Leuten sagen, nicht mal wenn das sachlich korrekt wäre, also wenn sie ein Spiel verloren haben oder so.*

Zum Glück sind die Snyder-Zwillinge auf eine andere Schule gekommen und haben ihren bombastischen Wortschatz nicht in die *Beatty Middle School* eingeschleppt.

Das war damals.

Dies hier ist jetzt.

Ein Beweis dafür, dass Menschen sich verändern. Genau jetzt – schwarz auf weiß – nennt er mich Loser.

Ich rassele gegen unsere Haustür. Eigentlich weiß ich, dass es keine gute Idee ist, beim Laufen Nachrichten zu lesen. Aber das hier ist was anderes. Ich reibe mir die schmerzende Stelle an der Stirn und schließe dann die Haustür auf. Larry rennt auf mich zu, mit wedelndem Schwanz.

Aber der Rest des Hauses ist still.

Zu still.

Laura ist noch nicht zu Hause, weil sie es irgendwie geschafft hat, sich nach der Schule zum Spielen mit Rebecca zu verabreden. Ein weiteres Zeichen dafür, dass Mom weniger Interesse an uns hat.

Auf Zehenspitzen gehe ich den Flur entlang und werfe einen Blick in Moms Zimmer.

»Mom?«

Die Laken sind ein unordentlicher Haufen. Kein laufendes Duschwasser. Keine Mom, die auf der Terrasse malt. Keine Spur von Mom in der Küche, abgesehen von einem exakt gefalteten Geschirrhandtuch.

»Mom?«

Mein Herz rast und ich versinke in Sorgen. Nichts ist überraschender als eine Mutter mit Agoraphobie, die verschwunden ist.

Schaut mal, das komische Mädchen in einer Geschichte, deren Handlung eine schockierende Wendung nimmt: Die Mutter, die nie das Haus verlässt, ist weg.

»Mom? Bist du da?«

Ich gehe in den Garten. Bestimmt ist sie draußen und erntet Gemüse.

»Mom?«

Ich schaue in die Wandschränke. Nichts.

Ich gehe in die Garage, wo sie vielleicht die Sachen in der Gefriertruhe alphabetisch ordnet.

»Mom?«

Mein Herz hämmert. Mir ist mulmig. Jetzt brauche ich wirklich meinen Dad. Ich vermisse ihn so. Das Gefühl brandet wie eine Welle über mich hinweg.

»Hier bin ich, Schatz.«

Mom sitzt auf dem Fahrersitz des grünen Toyota.

Moment mal, Mom sitzt auf dem Fahrersitz des grünen Toyota?

»Mom?«

»Ja.«

»Ich hab dich gesucht.«

»Nun, ich bin hier.«

»Warum?«

»Ich dachte, nur so.«

Sie macht die Autotür auf. »Hast du Hausaufgaben?«

»Ja.«

»Ich mache das Abendessen.«

»Warum?«

»Was meinst du damit? Ich mache immer das Abendessen.«

»Eigentlich nicht, Mom. In letzter Zeit nicht.«

»Ich glaube, in letzter Zeit habe ich viele Dinge nicht getan.«

Ich könnte mein Hirn entrollen und sie wissen lassen, *was* sie alles nicht getan hat. Die Liste ist lang.

Schaut mal, das komische Mädchen, das Zurückhaltung übt.

»Na, dann geh und mach deine Hausaufgaben. Und kauf Hühnchen, wenn du nächstes Mal einkaufen gehst, okay? Und bitte auch frischen Spinat.«

»Klar.« Ich gehe schnell in mein Zimmer.

Ich mache die blöden Mathehausaufgaben und dann gehe ich zur Haustür raus und sitze einfach nur da. Man hätte doch denken können, dass Mom irgendwas, was Gutes oder Schlechtes, über meinen Haarschnitt sagen würde. Irgendwas. Aber da kommt nichts. Mom ist zuverlässig unverlässlich in letzter Zeit, was hab ich denn erwartet? Einen Kuchen?

Aber es ist nicht ihre Schuld, dass Anibal die größte Enttäuschung weit und breit ist. Er ist der wahre Schurke in der Geschichte meines Lebens.

Und so sitze ich auf unserer kalten Veranda, bis Laura nach Hause kommt, weil ich wirklich nicht drinnen sein will. Nicht mal, um mir den gefürchteten orangefarbenen Mantel zu holen, den ich jetzt echt gebrauchen könnte. Ein Wind kommt auf und kühlt mich aus bis auf die Knochen, mein Schal aus langen Haaren fehlt mir. Ich habe einen Knoten im Bauch und versuche ihn loszuwerden und mich auf gute Sachen zu konzentrieren, zum Beispiel darauf, dass Sandy Showalter meine Handynummer hat und auch ein Fan der Franzosen ist. Und dass Rama wirklich ihre *RamaKhan*-Kräfte anwirft und eine Freundin ist, die mich ermutigt, auf der Hut zu sein.

»Was machst du hier draußen?«, fragt Laura, als sie die Stufen hochhopst.

Dieses Kind hat immer noch so viel Gehopse in sich. Ach, wenn das mit zwölf doch nicht verschwinden würde!

»Denken.«

»Willst du alleine denken oder möchtest du Gesellschaft?«

»Du kannst bleiben, ist in Ordnung.«

»Was ist denn los?«

»Mom. Sie macht Abendessen.«

»Huu-raa! Ich hab die Spaghetti satt – ist nicht böse gemeint.«

Später sitzen wir alle drei am Tisch und essen mal wieder Thunfisch mit Spaghetti.

Wir waschen zusammen ab, während Laura die Wäsche faltet. Und Mom berührt meine Haare, nur die dicken Strähnen, die mein Gesicht umrahmen. Ihre Hand hinterlässt eine Traube glitzernder Seifenblasen an den Spitzen.

»Das gefällt mir«, sagt Mom. »Sehr schick.«

»Ich dachte, du hättest es nicht bemerkt.«

»Ich bemerke alles, Mysti. Das ist mein Problem.«

»Verstehe ich nicht.«

Mir ist noch nie der Gedanke gekommen, dass *Bemerken* zu dem Problem führen könnte, über das wir nicht reden. Am liebsten würde ich eine Broschüre aus Moms Nachttisch hervorkramen und nachgucken, was da über Angst und Bemerken steht.

Sie starrt aus dem Küchenfenster. »Ich bin wohl zu sensibel. Das würde dein Vater sagen.«

»Nein, er würde sagen: *Melly, nun reiß dich mal zusammen, du musst das überwinden, sonst gibst du die Angst an deine Töchter weiter.*«

Mom lässt den Teller fallen, den sie gerade gespült hat. Scheppernd fällt er in die Spüle. So, jetzt hab ich es geschafft. Ich wollte, dass sich noch jemand so schlecht fühlt wie ich. Ich glaube, mein blöder Wunsch ist in Erfüllung gegangen.

»Weißt du was, ich habe Kopfschmerzen. Mach das hier fertig und geh zu Bett.«

»Ja, Mom.«

Mein Kopf tut auch weh. So wie immer, wenn ich auf keinen Fall weinen will.

Nachdem man einen Menschen verletzt hat und der geht, ist immer noch die Wolke des Verletztseins im Raum zu spüren. Wie bei schlechtem Geruch braucht es eine ganze Weile, bis sie sich verzogen hat. So empfinde ich das jetzt.

Schaut mal, das komische Mädchen, das es nicht schafft, die Küche ganz sauber zu machen.

Kapitel 37

Schaut mal, das komische Mädchen, das dringend ein ehrliches Gespräch braucht.

Hallo, RamaKhan.

Hey, MM.

Mmmmmmm.

☺

Frage.

Antwort.

Hast du je das Gefühl, dass die Welt dir Dinge zeigt, die du nicht sehen willst?

Was sonst.

Das war tiefsinnig.

Ich trage Schals. Mit Schal sieht die Welt anders aus.

Wir werden nach Paris fahren und beide Schals tragen.

Gute Idee.

Gute Nacht, Freundin.

RamaKhan4ever

Kapitel 38

Schaut mal, das komische Mädchen, das Gefahr läuft hinzufallen, weil es mit einem Fuß in seinem Garten und dem anderen in der Welt steht.

Nun ja, wenigstens hat Mom gemerkt, dass Laura krank ist. *Kreidebleich-mit-Waschlappen-auf-der-Stirn-zusammengerollt-auf-der-Couch*-krank.

Im Fernsehen läuft natürlich eine Tiersendung, aber sie guckt nicht hin. Mom sitzt auf dem Fußboden, sie hat die Haare mit dem orangefarbenen Schal zusammengebunden und streichelt Lauras Arm.

»Was ist los?«

»Sie hat Fieber«, sagt Mom. »Wir haben kein *Paracetamol* mehr. Aber es fängt gleich an zu regnen.« Ihr Blick sagt alles. *Ich brauche dich.* Ich mag diesen Blick. Vielleicht liebe ich ihn sogar.

»Ich hole einen Regenschirm«, sage ich. »Kein Problem.«

»Nimm den Notfallknopf mit. Und zieh den Mantel an. Und ruf an, wenn du da bist.«

»Für den Mantel ist es nicht kalt genug.« Der gefürchtete orangefarbene Mantel kommt nicht mit raus.

»Tu's für mich.«

»Na gut.«

»Guck keinen an, präge dir Nummernschilder ein, und geh auf die andere Straßenseite, wenn du ein wildes Tier siehst.«

Schaut mal, das komische Mädchen, dem klar wird, dass seine Mutter vorangehende Kapitel der Geschichte verschlafen hat, in denen die Heldin bereits unbeschadet von Einkäufen zurückgekehrt ist.

»Aber, Mom!«

»Das kam in den Nachrichten«, sagt sie. »Wildschweine.«

»In unserer Straße sind keine Wildschweine.«

Bis jetzt waren wilde Tiere noch nie auf der Liste der Dinge, vor denen wir auf der Hut sein mussten. Aber wer weiß. Wenn sich alles noch mehr verändert, sehen wir vielleicht auch noch viel seltsamere Dinge im Fargo Drive.

Nicht weiter schlimm, denn ich habe ein gutes Gefühl bei ihren Worten, so als würde sie aus ihrer depressiven Benebelung herauskommen und sich wieder in unsere Sicherheitsmama zurückverwandeln. Sicherheitsmama ist besser als schlafende Mom.

»Spinat und Hühnchen auch noch, oder?«

»Hühnersuppe und Orangensaft würden Laura auch guttun.«

»Und Kekse«, krächzt Laura. »Ich will Zookekse.«

Dieses Kind lässt sich niemals eine Gelegenheit zum Naschen entgehen.

Das Grundstück an der Bray Road sieht aus wie Ödland.

Grau.

Gruselig.

Übel.

Man kann sich vorstellen, wie Zombies sich aus diesem Boden erheben, alle mit demselben Gesicht. Wilson Carver, Zombiegrundstücksmakler.

Die ganze Straße runter ist alles Grün zu Braun geworden, die Bäume haben alle auf einmal die Blätter abgeworfen und die schmutzwasserfarbenen Wolken fangen an zu tröpfeln. Es könnte ein Gemälde sein.

Ich ziehe die Kapuze vom gefürchteten orangefarbenen Mantel hoch und halte auf die Kreuzung zu. Dann, ein lauter Donnerschlag. Ungewöhnlich für November. Ich würde Angst kriegen, wenn ich Zeit hätte, mir wegen des Wetters Sorgen zu machen.

Den Weg kenne ich so gut, dass ich schon bald den Supermarkt betrete und einen Einkaufswagen durch die Gänge schiebe, so als wäre das etwas, das alle Zwölfjährigen mit schicken Haarschnitten und schlimmen Mänteln tun.

O ja, ich hab gewusst, dass Honeycrisp Äpfel im Sonderangebot sind!

Mein Einkaufswagen füllt sich mit einem schönen großen Behälter Hühnersuppe und einer Riesentüte Cracker, weil die gleich neben der Suppe standen. Dann weiter zu den anderen Sachen auf meiner Liste. Zookekse. Tee und Honig. Hühnchen. Spinat. Zwei Packungen *Paracetamol* für alle Fälle.

O ja, ich brauche dieses Haarspray für meine neue Frisur.

Das Mädchen an der Kasse sagt: »Wenn du für nur zehn Dollar mehr einkaufst, kannst du einen Truthahn gratis bekommen.« Auf ihrem Namensschild steht *Alleluja*.

»Heißt du wirklich so?«

»Ja, so ist es«, antwortet sie. »Ich bin eben ein wahrer Segen. Und wie ist das jetzt mit diesem Truthahn?«

Wenn später die Aufnahmen der Überwachungskamera des Supermarkts angeguckt werden, wird man ein verblüfftes rothaariges Mädchen sehen, das an einem kalten Tag im November bei Weihnachtsmusikberieselung versucht, zu einer Entscheidung wegen eines Truthahns zu kommen.

Schaut mal, das komische Mädchen, dem kostenlose Lebensmittel angeboten werden, woraufhin – da es kein echtes Argument dagegen findet – es in die Tiefen des Ladens zurückflitzt, um Waren für zehn Dollar zu holen.

»Das ist doch nicht für dich?«, fragt Alleluja, als sie die Schachtel mit dem *Rotbraun-Brillant*-Haarfärbemittel einscannt.

»Für meine Mutter.«

»Truthahn an Kasse fünf«, ruft Alleluja, die Kassiererin, in ein Mikro. Ein Typ packt die Lebensmittel in eine Tüte und legt dann einen riesigen tiefgefrorenen Truthahn mit einem gelben Plastikgriff dran in meinen Einkaufswagen.

»Darf ich das zu Ihrem Auto bringen?«, will er wissen.

»Nein, danke.«

Das Dumme an Supermärkten und Kreditkarten ist, dass man erst merkt, wie viel man gekauft hat, wenn man es trägt. Und dann fragt man sich, ob es denn wirklich so schlau war, einen tiefgefrorenen Truthahn anzunehmen.

Eigentlich hatte ich nur daran gedacht, wie schön es wäre, diesen potenziell köstlichen Truthahn mit Dad zu essen. Letztes Jahr haben wir uns nur so ein kleines gummiartiges Putenbrustdings leisten können, das Mom in der Brotbackform in den Ofen geschoben hat. (Natürlich muss ich mich fragen, ob es letztes Jahr auch so ein Gratis-Truthahn Angebot gegeben hat.)

»Gehst du jetzt mal langsam raus?«, fragt eine Frau. Offenbar versperre ich den Ausgang. Ich nehme die beiden Tüten mit den Lebensmitteln, stopfe eine weitere Tüte in den Rucksack und packe den Truthahn am Tragegriff.

Ich gehe.

Ich friere.

Und ich bin nass.

Ich weiß, wie es ist, wenn man sich *voranschleppt.*

Ich schleppe mich voran.

Schon beim Weg quer über den Parkplatz tun meine Arme so weh, als wollten sie abfallen wie Truthahnkeulen. Blöder Gratis-Truthahn. Der Regen tröpfelt gleichmäßig elend vor sich hin. Meine Haare sind vorne klatschnass und kleben an den seltsamsten Stellen meines Gesichts. Weil ich aber keine Hand freihabe, sie wegzuwischen oder mir wieder die Kapuze über den Kopf zu ziehen, schleppe ich mich weiter.

Ich träume von einer dampfenden Tasse Tee mit Honig und einem schönen Tierfilm. Dann das Quietschen von Autoreifen. Superhelle Scheinwerfer. Eine Hupe.

»Kannst du nicht gucken?«, brüllt jemand.

»Tut mir leid, Mann«, antwortet ein anderer.

Ein roter Lieferwagen steht keine Handbreit hinter mir.

»Hey, alles in Ordnung mit dir? Tut mir leid. Junge, bin ich froh, dass du dieses Neonorange trägst. Dieser Mantel ist ein Lebensretter, oder?«

Ich stelle den Truthahn kurz ab, um ihn besser greifen zu können.

Der gefürchtete orangefarbene Mantel hat mir eben das Leben gerettet.

Moment mal, der gefürchtete orangefarbene Mantel hat mir eben das Leben gerettet?

Kann nicht sein.

»Das bleibt unter uns, Truthahn.«

Ich schleppe mich weiter Richtung Bray Road und versuche, mich auf jede einzelne Zementplatte zu konzentrieren.

Der Regen fällt schneller, aber das ist mir egal.

Ich kann fast schon den Duft von Moms Gartenkräutern in der Füllung des butterglänzenden Vogels riechen. Ich stelle mir unseren Tisch vor, der mit dem guten Porzellan gedeckt ist, das wir nie benutzen. Das Tischtuch mit den blauen Blümchen. Und das Beste von allem ist, dass Mom total aus dem Nebel auftaucht, der sie in ihr Zimmer verbannt und davon abhält, sich die Haare zu waschen.

Denn ich will unbedingt, dass sie sich die Haare wäscht.

Mysti, das ist genau das, was ich gebraucht habe!, wird sie sagen.

Dann wird Dad aus dem Krankenhaus anrufen.

Oh, Mysti, du bist meine Heldin! Lasst mir was übrig, ich komme nämlich nach Hause!

Sogar Laura wird mich mit ihren großen blauen Augen angucken und versprechen, einen Monat lang mein Zimmer sauber zu machen, weil ich alle ihre Essensträume habe Wahrheit werden lassen.

»Meine Geschmacksnerven sind wieder lebendig!«

Schaut mal, das komische Mädchen, das bald einen bislang nie gekannten Frieden in den Fargo Drive 4520 einziehen lassen wird, als Folge davon werden ihm nun endlich die dringend notwendige Behandlung beim

Kieferorthopäden und ein Besuch im Einkaufszentrum gewährt werden.

Obwohl mir kalt ist und mir die Arme abfallen könnten, weil der Truthahn so schwer ist, lächele ich.

Glücklich.

Hoffnungsvoll.

Aber als ich am Zebrastreifen stehen bleibe, fährt ein riesiger Truck durch eine Pfütze, und ein Tsunami aus Regenwasser durchnässt mich bis auf die Haut. Und als wäre das nicht schlimm genug: Durchs Fenster kann ich Anibal Gomez sehen, der mich anguckt und lacht. Das ist der kalte Schauer, der mich in die Wirklichkeit zurückholt, raus aus der warmen Geschichtenwelt. Der Welt, in der ich vorgebe, eine Autorin zu sein, die eine zwölfjährige Figur beobachtet, die mir sehr ähnlich sieht – inklusive Zahnlücke und so weiter – und allzu leicht immer wieder in bedauerliche Verwicklungen gerät.

Wenn sie zum Beispiel einen Truthahn durch den Regen schleppt.

Wie hoch ist denn wohl die Wahrscheinlichkeit, dass Anibal mit seiner Familie zu genau der Zeit vorbeifährt, in der ich ganz orangefarben bin und einen Truthahn am Arm habe?

Genauso hoch wie die, dass ein Heißluftballon in unserer Straße landet vermutlich.

Anibal guckt und lacht. Nun ja, ich hab immer gewusst, dass Leute sich gern ungewöhnliche Dinge ansehen.

Und ich bin sicher, dass ich ungewöhnlich aussehe.

Zu Hause renne ich dann, so schnell man das mit einem gefrorenen Truthahn kann, aus der Kälte nach drinnen.

Mom gibt Laura die Medizin, dann bringt sie mir ein sauberes, trockenes Handtuch, das sie im Wäschetrockner angewärmt hat. Mann, manchmal versteht sie mich. Sie legt es mir über den Rücken.

»Mysti.«

Mehr hat sie nicht gesagt. Nur meinen Namen.

Hier ist ein Mädchen, das hört, wie sein Name auf eine ganz besondere Art ausgesprochen wird.

»Die haben Gratis-Truthähne verschenkt.«

Mom sieht den Truthahn an, sie streichelt ihn beinahe zärtlich.

»Oh, wird das schön«, sagt sie. »Ich kann mir kaum vorstellen, wie schwer der gewesen sein muss.«

»Schön für Dad, wenn er zu Thanksgiving nach Hause kommt, nicht? Ein echter Truthahn.«

Ich hätte das echt lassen sollen, denn ihn zu erwähnen versetzt sie sofort in den Putzmodus.

»Ja«, sagt Mom und wischt die Arbeitsfläche ab.

»Und das ist für dich. Dieser graue Streifen auf deinem Kopf muss verschwinden, bevor Dad wiederkommt.« Mom hält die Schachtel *Rotbraun-Brillant-Haarfärbemittel für zu Hause*, als hätte ich ihr gerade die *Mona Lisa* geschenkt.

»Mysti, also, das ist ja so süß von dir. Ich muss grauenhaft aussehen.« Mom fährt sich mit der Hand durchs Haar.

Ich mache es mir gemütlich, um *Was Tiere denken* – Teil 2 anzugucken. Vielleicht verschafft mir das Einblicke in Larrys Gedankenwelt.

»Ich hoffe, dir geht es besser, Laura«, sage ich zu meiner kleinen Schwester auf dem Sofa.

»Wenn ich sterbe, musst du das Rätsel dieser Frau lösen. Heute hab ich sie wieder gesehen und sie hatte Männerkleidung an und eine Skimütze.«

»Du stirbst nicht. Du hast nur Fieber.«

»Versprich es einfach.«

Egal, ob krank oder gesund, dieses Kind ist stur.

»Okay, ich verspreche es«, sage ich. »Hey, ich habe einen riesigen Truthahn mitgebracht.«

»Ich brauche ein Glas Wasser.«

Laura hat schon ein Glas Wasser, aber sie will, dass ich die Rolle der hingebungsvollen Schwester übernehme, also füge ich mich ihren Befehlen.

Sie ist sowieso zu sehr mit den Tieren im Fernsehen beschäftigt, um von dem beeindruckt zu sein, was ich von nun an bis in alle Ewigkeit meine *Truthahn-Trophäe* nennen werde.

Laura trinkt ihr Wasser, dann werden ihr die Augenlider schwer. Bevor sie einschläft, erzähle ich ihr noch den Witz des Tages.

Was hat der Hund gesagt, als er sich aufs Sandpapier gesetzt hat?

Rau! Rau!

»Vergiss dein Versprechen nicht. Vor meinem Tod muss ich die Antwort wissen.«

»Du solltest dich für den Talentwettbewerb anmelden, Laura.«

Und dann kommt eine Nachricht von *Ihr-wisst-schon-wem.*

Ich wusste gar nicht, dass Apfelsinen Beine haben! :)

Sehr witzig.

Fand ich auch.

Was läuft?

Nicht viel. Warte. Geh gleich ins Kino.

Oh.

Ich glaube, aus deinem Bild lässt sich ein schönes Poster machen.

Auf keinen Fall!

Auf jeden Fall!

Lass das, Anibal!

LOL!

Im Ernst! Lass das bleiben!

Muss jetzt los.

Sei kein Arsch!

Lass mich in Ruhe. Nerd.

Ich reiße die blöde Schachtel mit den blöden Zookeksen auf und esse sie vor dem Fernseher. Ein Bein nach dem anderen beiße ich den Tieren ab, damit sie leiden. So wütend bin ich gerade. *Nimm das, du blöder Zootierkeks.*

Besser geht's mir davon nicht. Ich werde nur durstig.

Kapitel 39

Schaut mal, das komische Mädchen, das sich vorstellt, verschiedene Ängste würden unterschiedlich schwer wiegen.

Mit Ängsten ist das so: Wir werden mit nur zweien geboren.

Der Angst vorm Fallen.

Der Angst vor lauten Geräuschen.

Alle anderen Ängste sind erlernt.

Das stand in den Broschüren, die Mom versteckt hat.

Der Zweck dieser Ängste ist, vor Gefahr zu warnen. Alle anderen Ängste sind verlernbar. Deshalb ist es wichtig, das eigene Leben genau zu überprüfen und zwischen negativen und positiven Gedanken zu unterscheiden. Führen Sie Tagebuch und identifizieren Sie Ihre Ängste. Und identifizieren Sie dann die Gefühle, die mit Ihren Ängsten einhergehen.

In der Schule stehe ich vor meinem Spind und versuche festzustellen, wovor ich mich am meisten fürchte. Ich identifiziere die Emotionen, die mit meiner aktuellen

Angst verbunden sind. Da hängt nämlich ein 20 x 30 cm Bild an meinem Spind, auf dem ein tropfnasses dünnes Mädchen in einem lächerlich plusterigen orangefarbenen Mantel ein großes gefrorenes Objekt schleppt. Das Mädchen sieht aus wie eine nasse orangefarbene Ente. Und als ich mich auf dem Flur umschaue, entdecke ich Abzüge dieses Bildes. Überall.

Mädchen-das-Modekatastrophen-Preis-gewinnt.

Das Bild ist ziemlich komisch. Also, ich hätte gelacht, wenn ich es nicht selbst wäre. Im Flur laufen alle möglichen Leute an mir vorbei und ich höre das Lachen und die kleinen Kommentare. Und das macht mir wirklich nichts aus. Ich höre andauernd Kommentare. Aber wenn ich jetzt das tun will, was die Broschüren empfehlen, dann muss ich ehrlich sein.

Meine Angst hat nichts mit dem modischen Fehlgriff zu tun.

Meine Angst hat nichts damit zu tun, dass eine unbekannte Anzahl von Abzügen dieses Fotos in der Welt kursiert.

Meine Angst hat nichts damit zu tun, dass einige dieser Fotos schon mit Sprechblasen versehen sind.

Meine Angst ist, dass ich auf ewig einen Freund verloren habe.

Meine Angst ist, dass er vielleicht die ganze Zeit nicht mein Freund gewesen ist.

Ich reiße das Bild von meinem Spind und stopfe es in den Rucksack.

Dann sage ich mir, dass mich nichts an dieser Situation von meinem größten Ziel abbringen wird: nach Paris zu kommen. Dieses Foto ist wie ein Bild aus Moms Hochzeitsalbum. In zehn Jahren wird es ein Foto von jemandem sein, den es nicht mehr gibt.

Doch das zu wissen, macht mir das Herz auch nicht leichter. Ehrlich gesagt fühlt sich mein Herz an, als würde ein Elefant draufsitzen.

Und da kommt Rama, sie wedelt mit einem der Fotos herum. Heute trägt sie einen roten Schal. Burgunderrot.

»Das ist das Werk von diesem schrecklichen Gomezgör!«

»Ich weiß.«

»Was machen wir?«

»Ich vermute, du wirst ihn einfach nicht von Krebs heilen.«

»Da liegst du richtig. Was hast du da überhaupt gemacht im Regen?«

»Meine Schwester brauchte Medizin. Sie ist krank.«

»Oh, das tut mir leid, Misty. Sie wird wieder gesund.«

»Woher weißt du das?«

»Fast jeder kann gerettet werden. Das ist statistische Wahrscheinlichkeit.«

In der Mittagspause reißen wir *Wintergreen*-Kaugummistreifen auf. Und dann setzt Wayne Kovok sich an unseren Tisch und liest. Was sonst? Und ihr wärt bestimmt nicht drauf gekommen, aber er liest dieses dicke Buch, das über Steve Jobs' Leben, von dem Mr Jennings so schwärmt. Und das macht mir ein bisschen Hoffnung.

»Wayne?«, sage ich.

»Was?«, murmelt Wayne.

»Keine Tatsache *du jour*?«

»Was? Nein. Zu beschäftigt mit diesem Buch.«

»Das ist das Buch, das mein Nachbar gerade gelesen hat.«

»Ja, dieser Steve Jobs war unglaublich. In der Schule hat er seinen Mitschülern alle möglichen Streiche gespielt. Er hat rausgekriegt, wie man kostenlos Ferngespräche führen konnte, und Leuten so Geräte verkauft, mit denen sie auch illegal gratis telefonieren konnten, und als er dann auf der Uni war …«

»Wayne!« Ich muss ihn unterbrechen, er ist ein Bandwurmsatz auf Beinen. »Du bist also begeistert, das ist gut.«

»Ich bin es leid, von Joe Busby schikaniert zu werden«, bemerkt Wayne ohne jeden Zusammenhang. »Er glaubt nicht, dass ich mit meinem Funkgerät mit diesem Mann in China gesprochen habe, aber das hab ich.«

»Joe Busby ist ein Arsch«, sage ich. Joe Busby erzählt gern, dass er Model ist, weil er ein paar Werbefotos für *C & A* gemacht hat und jetzt einen bis an sein Lebensende reichenden Vorrat von karierten Oberhemden besitzt. Ich nenne ihn *Junge-dem-Demut-fehlt*.

»Okay, dann darfst du in unseren Club«, sagt Rama.

»Ich will in keinen blöden Mädchenclub«, antwortet Wayne. »Ich will nur mein Sandwich essen.«

»Das war ein Witz, Wayne«, sage ich. »Außerdem bist du längst in unserem Club, falls du das noch nicht gemerkt hast.«

»Habt ihr gewusst, dass Wayne der häufigste zweite Vorname von Kriminellen und Serienmördern ist?«, sagt Wayne.

Hier ist ein Mädchen, das sieht, wie sich ein potenzieller Erfinder mit unglaublicher Anstrengung aus dem Kokon des armen Mr Kovok hervorzukämpfen versucht.

»Das würde ich Mädchen niemals erzählen«, sage ich.

»Keine Sorge, ich finde Mädchen viel komplexer als Technik.«

Wayne Kovok würde uns wahrscheinlich noch weiter über Schaltkreise zwangsinformieren, wenn Rama ihm nicht einen Streifen *Wintergreen*-Kaugummi angeboten hätte. So muss er innehalten.

»Mysti, dieses Poster war blöd«, sagt Wayne.

»Hab ich schon vergessen«, sage ich. »Das war ausgesprochen kindisch.«

Ehe wir die Cafeteria verlassen, dreht sich Wayne zu uns um und fragt: »Geht ihr beide zur Herbstfete?«

»Machst du Witze?«, sage ich. »Auf keinen Fall.«

»Mädchen sind nicht zu begreifen. Ihr sagt, ich bin in eurem Club und dann macht ihr … ach, egal«, sagt er.

Wayne tut mir leid.

»Hab ich dir doch gesagt?«, sagt Rama.

»Was hast du gesagt?«

»Dass er hinwill«, antwortet sie. »Wir können nicht gehen, wenn du nicht kommst.«

»Deine Mutter würde dir das sowieso nicht erlauben.«

»Ich hab verhandelt und für einen Sommerkurs in Mathe zwei Stunden Tanz rausgeschlagen. Natürlich nur unter der Bedingung, dass du mitkommst.«

»Bist du sicher, dass du nicht lieber Anwältin werden solltest? Du verhandelst sehr viel«, sage ich.

»Ich darf nicht gehen, wenn du nicht gehst. Das war Teil des Abkommens. Das – und dass ich beim Talentwettbewerb mitmache. Und ich muss gewinnen.«

»Du musst?«

»Sonst wäre meine Mutter enttäuscht.«

»Oh.«

»Außerdem, wenn ich nicht gewinne, bin ich so niedergeschlagen, dass ich jemanden brauche, der mit mir zur Schulfete geht.«

»Gut, ich denke drüber nach«, sage ich, nur um sie loszuwerden. Wer mag denn schon an Herbstfeten denken, wenn er gerade der Witz der Schule ist?

»Denk an Wayne.«

Ich denke an Wayne.

Man muss sich schon fragen, ob der Wayne Kovok der Zukunft sozial vielleicht noch unbeholfener werden wird … und dann in seiner Garage das nächste ganz große Ding erfindet, so wie Steve Jobs das gemacht hat, oder ob er dem Ruf seines Namens gerecht und Serienmörder wird. Ich hoffe auf das Erste und gehe mit gesenktem Kopf durch den Rest des Tages.

Schaut mal, das komische Mädchen, das eine Zukunft vorhersehen kann, in der Wayne Kovok gesteht, dass er kriminell geworden ist, weil in der siebten Klasse niemand mit ihm zur Herbstfete gehen wollte.

Ich guck in Heimatkunde immer nur auf die Uhr, sonst tu ich gar nichts.

Ms Overstreet macht einen Test zum Thema *Revolutionäre in der texanischen Geschichte.* Sie streift in der Klasse durch die Gänge und ich lasse mich von ihrer goldenen Gürtelschnalle ablenken, ich kann nichts dagegen tun. Natürlich hat die Schnalle die Form von Texas, mit zwei eingefassten glitzernden Steinen darin, die wie Augäpfel aussehen. Darunter stehen die Worte DIE AUGEN VON TEXAS.

Wahrscheinlich verhaue ich den Test total, in meinem Kopf gären die Sorgen. Mein Bildungsweg bröckelt wie die Mauern vom Fort Alamo, wegen Krankheit und schlechter Tests.

Dann höre ich den vertrauten Refrain.

»Mysti, bleib doch bitte noch einen Moment nach dem Unterricht.«

Ich bleibe.

Sie bleibt.

Alle anderen gehen im Gänsemarsch raus in ihr Freitagabendleben, das wahrscheinlich aus Kino, Popcorn, null Sorgen um kranke Schwestern und total intakte grüne Toyotas, die nirgendwo hinfahren, besteht.

»Du scheinst so gar nicht du selbst zu sein«, sagt Ms Overstreet. »Kann ich dir irgendwie helfen?«

»Haben Sie ein Auto?« Ich weiß nicht, warum ich das gesagt habe, denn selbstverständlich hat sie ein Auto.

»Ja, das habe ich.«

»Wahrscheinlich dürfen Sie aber Schüler nicht ins Krankenhaus fahren«, sage ich.

»Bist du krank?«

Diese Frage ist so komisch, dass ich beinahe lache.

Die Wahrheit steigt aus meinem Inneren auf und quillt mir über die Lippen.

Ich sage zu ihr: »Mom verlässt nie das Haus.«

Da ist es, mitten im Heimatkunderaum. Die kurze, traurige Biografie von Mysti Murphy. Alle wichtigen Dinge, die man über mein Leben wissen muss in fünf Worten.

»Also, das macht nichts«, sage ich. »Meine Schwester ist krank, aber wahrscheinlich geht es ihr schon besser.«

»Willst du mit Ms Peet reden?«

Will ich mit Ms Peet reden? Nein, will ich nicht.

»Nein, ich muss nur ein paar Dinge klarkriegen.«

»Nun, ich habe das Poster heute gesehen. Das wollte ich erwähnen. Den Verantwortlichen hätte ich gern erwischt.«

Ich stehe vom Tisch auf. »Ist okay. War schon irgendwie ein bisschen witzig.«

Als ich an der Tür bin, steht Ms Overstreet plötzlich auf und ruft: »Mysti! Vergiss nicht, was Sam Houston gesagt hat. *Tu das Richtige und steh dafür ein!*«

»Er hatte Angst, oder?«

»Natürlich! Angst plus Mut gleich texanischer Held!«

Ms Overstreet ist komisch. Trotz ihrer Versuche, Beratungslehrerin für murrende Mädchen zu sein, hört sie nie auch nur einen Moment lang auf, an das texanische Heldentum zu glauben.

Hoffentlich ist das ansteckend.

Kapitel 40

Schaut mal, das komische Mädchen, das was riskiert und dafür geradesteht.

»Menschen werden von überall auf der Welt zu einem Termin bei mir kommen, deshalb muss ich anfangen, Fremdsprachen zu lernen, findest du nicht auch?«, fragt Rama, als wir nach Hause gehen. »Das ist doch das Mindeste, was ich tun kann. Vielleicht können wir beide zusammen Französisch lernen! Wäre das nicht toll? Und im Wartezimmer liegen dann wunderschöne Teppiche und es gibt einen Bonbonspender voll *Wintergreen*-Kaugummi und *Das Wissen der Welt* von Wayne Kovok. Ich gehe immer noch mit dir Mittagessen, aber du musst früh genug anrufen, denn meine Dienste werden sehr gefragt sein, okay?«

»Okay.«

Rama Khan. Sie ist eine Träumerin. Eine Träumerin mit echten Flügeln, die als Schal getarnt sind. Flügel aus Stoffen in allen Farben.

Ich kann es gar nicht erwarten, nach Hause zu kommen und Lauras klare, gesunde Stimme zu hören. Ich gehe durch die Haustür vom Fargo Drive 4520 und finde sie schlafend auf dem Sofa vor.

»Geht es ihr besser?«

»Viel besser«, sagt Mom. Ihr Gesicht sieht müde und alt aus und ist mit zitronengelber Ölfarbe verschmiert.

»Wie war dein Tag?«, fragt sie.

»Gut.«

Das ist doch genau das Wort, das man sagt, wenn man echt nicht über seinen Tag reden will? Wenn man einfach jemanden braucht, der schon weiß, dass es einem nicht so gut geht, oder?

Mom nimmt meine Hand und führt mich zum Küchentisch. Ich hoffe, sie hat Brot für mich oder so was. Dann könnte ich essen und mir danach die Bettdecke über die Ohren ziehen. Und darunter Trost suchen.

Aber da ist es.

»Das bist du.« Mom freut sich wie ein Schneekönig. »Ich habe den ganzen Tag daran gearbeitet.«

Auf dem Tisch, neben den blöden sich umarmenden Salz- und Pfefferstreuern steht ein Bild vom Eiffelturm, knallschwarz auf weißer Leinwand. Und am Fuß des Turms ist ein rothaariges Mädchen mit einem schicken Haarschnitt in einem gelben Kleid zu sehen.

Die Fake-Mysti lächelt. Die echte Mysti nicht.

Aber Mom wirkt glücklich, da will ich keinen Stein in ihre zerbrechliche Scheinwelt werfen.

Manchmal ist es anstrengend zu versuchen, andere glücklich sein zu lassen und alle Sorgen von ihnen fernzuhalten. Man muss die eigenen Gefühle abschalten und sich darauf konzentrieren, dass sie sich besser fühlen. Und hab ich das nicht die ganze Zeit getan? Ich hab Cracker unter ihrer Tür durchgeschoben. Bin durch den Regen gegangen. Hab mich um Laura gekümmert. Wann bin *ich* dran, mich ganz offiziell mies zu fühlen, statt bloß Saubere-Bettwäsche-Tage zu veranstalten?

Mein Mund bleibt zu, aber ich kann diese eine dicke, warme Träne nicht daran hindern, mir übers Gesicht zu laufen. Und verdammt noch mal, ich bin eine Säuselsuse, aber wer sieht das hier schon?

»Was ist denn?«, will sie wissen.

Ich fühle, wie etwas Großes, Schwarzes von den Fußsohlen her aufsteigt. Eine Vibration, ganz ähnlich wie das, was Tiere vor einem Erdbeben spüren. Das ihnen sagt, sie sollen weglaufen. Flüchten. Sich von der Gefahr entfernen. Aber da es hier im Fargo Drive 4520 nichts gibt, wohin ich rennen könnte, keine erhöhte Stelle, an der ich mich in Sicherheit bringen kann, bleibt mir nichts anderes übrig, als meine Stimme zu nutzen.

Es ist ein Schrei.

Mein Schrei.

Ein lauter, gepresster, von ganz tief unten herkommender Schrei.

Deine Stimme ist deine mächtigste Waffe.

Ich schreie laut und lange und wahrscheinlich hört Dad es bis ins Krankenhaus. Wahrscheinlich wird der Riss in meiner Zimmerdecke davon größer. Und von unserem grünen Toyota fällt die Staubschicht ab.

Vielleicht war es nur in meinem Kopf so laut.

Jetzt ist es ohrenbetäubend still.

Laura rührt sich nicht mal.

Also habe ich mir diesen Schrei wohl nur eingebildet und ihn nicht rausgelassen. Kopfschmerzen blühen auf. Und ehe ich michs versehe, verlasse ich wirklich und wahrhaftig die Gefahrenzone, so wie Tiere das machen, denn ich will die sich innig umarmenden Salz- und Pfefferstreuer zertrümmern, nichts anderes. Zu ihrer eigenen Sicherheit muss ich hier raus.

»Mysti, was ist denn los?«, fragt Mom, als ich auf die Haustür zugehe.

»Dieses Bild! Das bin ich nicht!«

»Was?«

»Das bin ich nicht!«

»Es ist ein Bild, natürlich, aber …«

»Lass einfach.«

»Aber, Mysti, ich dachte, du liebst Paris.«

»Lass einfach«, sage ich. »Mach dir deswegen keine Sorgen. Ist egal. Ich gehe spazieren.«

»Aber …«

»Es geht mir gut.«

Schaut mal, das komische Mädchen, das zwar keinerlei Kontrolle über Fotos oder Gemälde hat, möglicherweise aber ein Rätsel lösen kann.

Ich rechne nicht damit, dass die *Frau-die-irgendwohin-geht* besonders gefährlich ist, aber man kann ja nie wissen.

Vielleicht ist sie eine Spionin, die geheime Botschaften zu ihrer Kontaktperson bringt und die Lizenz hat, alle zu töten, die ihr dabei im Weg sind. Sie könnte auch für irgendeine Reality-Show trainieren, in der man eine Million gewinnt, wenn man am längsten irgendwas durchhält – und wer ihr und ihrem Gewinn in die Quere kommt, wird zum Mond gekickt.

Oder vielleicht ist sie auch nur ganz normal seltsam.

Wahrscheinlich.

Der Boden ist feucht und kalt, sogar durch den orangefarbenen Mantel hindurch. Rauch steigt aus zwei Schornsteinen auf und in der Nachbarschaft riecht es nach Kamin.

Durch die Äste des Baumes sehe ich jemanden den Bürgersteig entlangkommen. Dann sehe ich den Zipfel eines blauen Schals und weiß, es ist Rama.

»Rama! Hier drüben.«

Rama setzt sich zu mir auf den Boden und ich erzähle ihr meinen Plan. »Danke, dass du rübergekommen bist«, sage ich.

»Wenn sie eine Kriminelle ist, hast du eine Zeugin und eine Sanitäterin«, sagt sie. »Außerdem können wir immer noch so tun, als wären wir nur albern, falls sie uns bemerkt.«

»Wir sind albern.«

Wir warten.

Wir kauen Kaugummi.

Die Wolken verdecken das bisschen Sonne, das da war, und ich mache mir Sorgen, dass Regen diesen Spaziergang vermiesen oder noch mieser machen könnte.

»Das Herbstfest könnte ein denkwürdiges Ereignis werden.«

»Der Untergang der Titanic war auch ein denkwürdiges Ereignis.«

»Komm schon, wir sollten es versuchen.«

»Dein Optimismus ist ungebrochen, Rama, und das mag ich an dir. Aber falls du glaubst, ich werde mich an der *Beatty Middle School* noch mehr zum Affen machen bei etwas, zu dem ich nicht mal hingehen muss, irrst du dich gewaltig. Ich hake nur die Tage auf dem Kalender ab, bis es vorbei ist.«

»Traurig«, sagt Rama. »Einfach traurig.«

Ehe ich Widerspruch erheben kann, kommt die *Frau-die-irgendwohin-geht* an, in kobaltblauen Boots und Hosen in gebranntem Siena. Sie trägt auch ein kurzärmeliges T-Shirt in venezianischem Rot. Typisch. Sie ist nie wettergemäß gekleidet. Wenigstens eine Sache auf der Welt, auf die man sich verlassen kann. *Eine* Sache.

Ich zähle bis dreißig. Dann kommen Rama und ich aus unserem Versteck hervor. Wir überqueren die

Straße, damit wir nicht direkt hinter der Frau herlaufen müssen. Die Frau geht langsam. Sie geht bis ans Ende des Fargo Drive und biegt links ab. Weil ich auf meinem Weg zum Supermarkt immer nach rechts abbiege, ist das jetzt neues Territorium.

Mein Herz schlägt ein wenig schneller, als wir nach links gehen. Die Frau bleibt kurz stehen und bringt was an ihrem Schuh in Ordnung.

Rama und ich tun so, als würden wir bloß spazieren gehen. So ganz natürlich. Ich bleibe stehen, um mir die Schnürsenkel zu binden. Allerdings haben meine Schuhe Klettverschlüsse, ich muss also schauspielern.

Ein Blick auf die Uhr. Elf Minuten sind vergangen, seit wir den Fargo Drive 4520 verlassen haben. Schließlich biegt die *Frau-die-irgendwohin-geht* nach links ab.

Wir folgen ihr zu einem Haus in der Boston Street, das knallblaue Fensterläden und eine Engelsfigur im Vorgarten hat. Die Frau bückt sich, hebt eine Morgenzeitung auf und geht die Auffahrt hoch.

»Schneller«, sage ich zu Rama, und wir legen einen Zahn zu auf der anderen Straßenseite. Als die *Frau-die-irgendwohin-geht* die knallblaue Haustür aufschließt, flitzt eine große getigerte Katze raus. Da hören wir ihre Stimme zum ersten Mal.

»Hallo, Lucy, jetzt gibt es was zu fressen«, sagt sie zu der Katze und geht in das Haus mit der blauen Tür. Ihre selbstbewusste Stimme passt so gar nicht zu ihrer Erscheinung. Sie ist hoch und zart. Wenn man sie am

Telefon hören würde, würde man denken: *Oh, diese Frau ist nett und höflich und wahrscheinlich heißt sie Amy.*

»Was hast du jetzt vor?«, fragt Rama.

Ich muss Laura eine gute Geschichte mitbringen.

»Ich muss mit ihr reden, ihr eine Frage stellen.«

»Und wenn sie ein Messer zieht?«

»So was macht doch keiner am helllichten Tag.«

»So helllicht ist es nicht mehr. Dies hier ist genau die Art Wetter, bei der in Büchern meistens etwas Gruseliges passiert.«

»Du willst gerade ganz besonders hilfreich sein, oder?«

»Aber als künftige Ärztin von Weltruhm muss ich wissen, was ich zu tun habe, wenn sie ihr Messer benutzt«, sagt Rama. »Ich könnte einen Druckverband mit meinem Schal machen.«

»Den würdest du für mich abnehmen?«

»Nur wenn du im Sterben liegst.«

»Wie süß von dir.«

»Lass dich also bloß nicht abstechen. Meine Mutter würde sich echt aufregen.«

Ich sollte mich davor fürchten, mich einer Fremden zu nähern. Einer echt seltsamen Fremden. Oh, Mom würde ausflippen. Pech für sie. Ich bin jetzt viel immuner gegen die Vorstellung von ungewöhnlichen Gefahren. Vielleicht ist das die Folge davon, selber jemand zu sein, der zu Fuß geht, aber so ist das. Entführungen, wilde Tiere und seltsame Menschen scheinen alle ins Fernsehen zu gehören.

Wir müssen nicht sehr lange warten, bis wir den nächsten Schritt tun können. Der Wind dreht sich und man spürt einen Anflug von Regen. Rama und ich tun so, als wären wir total interessiert an den Eicheln auf dem Bürgersteig. Als die *Frau-die-irgendwohin-geht* aus dem Haus kommt, schließt sie die Tür ab und wandert weiter die Boston Street entlang.

Wir holen sie ein.

»Hey.«

Die Frau dreht sich um. Ich kann kein Messer entdecken.

»Was machen Sie jeden Tag in diesem Haus?«

»Ich füttere die Katze«, sagt die *Frau-die-Amy-heißen-könnte.*

»Das ist alles?«

»Ja, die Leute mussten ganz plötzlich verreisen«, antwortet sie. »Kenne ich dich?«

»Sie laufen also durch die Gegend und füttern eine blöde Katze?«

»Hab ich doch gesagt.«

»Sie laufen einfach so in seltsamen Sachen herum – und alles nur für eine blöde Katze?« Meine Stimme bricht und ich mache einen Schritt auf die Frau zu.

»Mysti, alles gut«, sagt Rama.

»Nein, ist es nicht. Das ist ein blödes, ganz blödes Ende für diese Geschichte.«

Die *Frau-die-irgendwohin-geht* guckt verstört. Ein bisschen besorgt auch.

»Ist alles in Ordnung mit dir?«, fragt sie.

»Das ist einfach lächerlich. Sind Sie überhaupt aus Texas?«

»Aus Ohio im Grunde«, sagt die Frau. »Aber mir kam es immer so vor, als hätte ich eigentlich ein Texas-Girl werden sollen.«

Rama sagt: »Schon gut, meine Freundin war nur neugierig. Einen schönen Tag noch. *Au revoir.*«

Das ist Rama, sie versucht, alles schön zu machen. Zu glätten.

Ich gehe auf und ab und kicke gegen den Bordstein. »Ich kann es nicht fassen! Ich kann nicht fassen, dass sie nur eine blöde Katze gefüttert hat!«

»Beruhige dich, Mysti!«

»Gibt es hier denn überhaupt nichts Geheimnisvolles? Gar nichts? Nichts ist richtig. Hätte ich nicht wenigstens eine gute Geschichte für meine Schwester kriegen können? Also, ich glaube dieser Frau nicht. *Katze füttern.* Echt. Sie ist völlig durchgeknallt angezogen, läuft durch die Gegend und macht Leuten Hoffnung, dass was Aufregendes draußen in der Welt passiert – und all das wegen einer blöden Katze?«

»Mysti!«

»Eine Katze?«

Laura wird mir niemals glauben. Es wird sie traurig machen, dass Abenteuer und Geheimnisse nicht wirklich jeden Tag an unserem Haus vorbeigestiefelt sind. Dass es nichts Aufregenderes vor unserem Gartenzaun gibt. Vor unseren Fenstern. Unserer Haustür. Wenn man nahe herankommt, ist an allem Aufregenden plötzlich nichts Aufregendes mehr. Wie unsere Ölgemälde. Das sind nur Kopien, nicht das Echte. Sogar die Kunst lügt einen an. Und warum ist das so? Diese Person, die das Bild gemalt hat, hat nicht wirklich Blumen gesehen. Hat die Schiffe nicht gesehen. Hat das Mädchen in Paris nicht gesehen. Die Kinder in der Schule haben nicht mich gesehen, wie ich bin. Sie haben ein Comicbild gesehen, das Anibal Gomez für seine Witze nutzen kann.

Es ist alles unecht. Fake.

Keiner sieht Dinge klar.

Alle haben zu viel Angst, die Dinge so zu sehen, wie sie sind.

»Das war interessant«, sagt Rama.

»Nicht interessant genug.«

»Ich dachte, du würdest auf diese Frau losgehen. Dein Benehmen war so …«

»Übel?«

»Ja, übel. Was war das?«

»Ich hab es satt, enttäuscht zu werden. Enttäuschung strengt an.«

Wir sind bei mir zu Hause angekommen. Ich will noch nicht reingehen.

»Lass uns weitergehen«, sage ich.

»Und jetzt ist alles okay?«

»Klar. Irgendwann ist immer alles okay. Das ist vielleicht das Problem. Man will was anderes. Was, das mehr als okay ist. Okay ist Vanille.«

»Deshalb mag ich dich. Du willst mehr als gewöhnliche Siebtklässler. Deshalb habe ich mich in der Cafeteria neben dich gesetzt.«

»Was? Du hast dich neben mich gesetzt, weil woanders kein Platz war.«

»Nein, ich rede vom zweiten Tag.«

»Oh.«

»Also, träume von mehr. Träume sind frei.«

»Wirst du jetzt ganz psychologisch mit mir, Dr. Khan?«

»Psychologie ist mein Ersatzplan für den Ersatzplan.«

»Gib deine Pläne nicht auf, Rama. Echt. Geh hin, und werde eine Ärztin, die die Welt rettet. Wenn du das nicht machst, ertrag ich die Enttäuschung nicht. Geh und mach's. Du bist der mutigste Mensch, der mir je begegnet ist. Für dich besteht Hoffnung.«

Wir stehen jetzt vor dem Haus mit den grünen Fensterläden. Dem Haus, in dem ein Mädchen mit jeder Menge Ersatzplänen wohnt.

»Ich *habe* auch Hoffnung. Vergiss den Jungen. Vergiss die Katze.«

»Ich kann nicht glauben, dass es bloß um eine Katze ging!«

»Vergiss sie!«

»Echt, eine blöde Katze! Und sie hatte nicht mal einen exotischen Namen. Konnte ich nicht *Kaspar von Katzenkraut* oder *Petronella von Pfötchen* oder so was geboten kriegen? Ist das etwa zu viel verlangt?«

»Mysti, dein Hund heißt Larry.«

»*RamaKhan!*«

»*RamaKhan!*«

»Danke, *Mädchen-mit-Schal.*«

»Kein Problem, *Mädchen-mit-toller-Freundin.*«

Diese Rama. Manchmal bringt sie mein Herz zum Tanzen.

Kapitel 41

Schaut mal, das komische Mädchen, das seiner Mutter hilft, Geheimnisse aus dem Herzen und den Nachttischschubladen zu holen.

Ich weiß nicht, wie es dazu kam, dass ich, den Arm um Larry geschlungen, in meinem Zimmer auf dem Fußboden lag und schluchzen wollte wie eine Zweijährige, die ihren Willen nicht kriegt.

»Larry, ist es nicht komisch, dass ich heute zwei Bilder von mir gesehen habe und dies das eine ist, das mich wütend macht? Das ist der Witz des Tages, oder? Alle werden mich *Mädchen-das-Truthahn-trägt* nennen, aber dieses Ölbild bringt mich total auf die Palme.«

Ich erzähle Larry, wie unerträglich es ist, eine eindimensionale Mysti an dem Ort zu sehen, an den ich am liebsten auf der ganzen Welt will. Paris, wo es aufregend ist und niemand sich je langweilt.

»Kannst du dir vorstellen, Larry, dich in Paris zu langweilen? Aber ich, ich werde ewig hier im Fargo Drive bleiben. Hier sind ja zu viele Leute zu bekochen und glücklich zu machen.«

Ich wälze mich auf den Rücken, liege auf dem Teppich und starre intensiv auf den Zickzackriss in der Decke. Wenn ich doch durch den durchschlüpfen könnte.

Schaut mal, das komische Mädchen, das begreift, dass der Riss nur Raum schafft für ihre Flucht.

Dann wird an die Tür geklopft.

»Geh weg«, rufe ich durch die Tür. »Ganz weit weg.«

»Ich will einiges erklären.«

»Danke, will ich jetzt gerade nicht hören.« Das bin ich, wie ich versuche, nett, bestimmt und ruhig zu sein. Aber ich glaube nicht, dass meine Stimme nett, bestimmt und ruhig klingt.

»Ich muss dir erklären, dass ich etwas habe, das sich *Agoraphobie* nennt und …«

»Hab die Broschüren gelesen. Weiß ich schon.«

»Oh. Das hast du getan?«

»Geh jetzt bitte ganz weit weg.«

Und dann macht Mom einen Witz. *Mom.*

»Wo soll ich denn hingehen?«, fragt sie. »Wie bringst du jemanden mit Agoraphobie dazu, ganz weit weg zu gehen?«

Zuerst passt es mir nicht, dass Mom mich in meiner Wut zum Lachen bringt.

Aber ich muss einfach lachen.

Ein bisschen.

Denn man kann einem Menschen mit Agoraphobie nicht sagen, er soll ganz weit weg gehen. Das ist ein echt witziger Witz.

Ich mache meine Tür auf.

»Tut mir leid«, sage ich.

»Ich weiß«, sagt sie. »Ich verstehe das.«

Sie lehnt sich so sehr zur Tür herein, dass nicht zu erkennen ist, ob sie die Tür aufhält oder ob die Tür sie aufrecht hält. Sie und das Haus sind irgendwie eins.

»Dann rede mit dem Arzt und hol dir Hilfe. Was kann ich denn machen? Ich fahr mit dir im Auto hin, wenn du willst. Vielleicht können wir dich mit Klebeband am Sitz festzurren oder so.«

Mom setzt sich vorsichtig in meinem Zimmer auf den Fußboden und versucht, den Teppich glattzustreichen, was genauso unmöglich ist, wie es klingt.

»Mysti, ich möchte, dass du etwas verstehst«, sagt sie. »Du hast mich nicht kaputt gemacht und du kannst mich nicht heil machen.«

»Wer kann das denn?«

Vielleicht hatte Dad auch versucht, sie heil zu machen. Mit den Broschüren in ihrer Nachttischschublade.

»Wer kann dich heil machen?«, frage ich noch mal.

»Weißt du, ich muss erwachsen werden«, sagt sie. »Das muss ich wirklich. Ich habe euren Dad alles für mich machen lassen und es hat sich gut und sicher angefühlt. Vielleicht war das keine so tolle Idee.«

»Danke für das Bild.«

»Das war albern.«

»Nein, es gefällt mir«, sage ich. »Weißt du, ich will nur, dass es ein echtes Foto ist.«

»Ja, das weiß ich«, sagt Mom. »Eines Tages wirst du mir dieses Foto schicken und dann male ich das auch, okay? Ganz viele Fotos.«

»Okay.«

»Komm, wir essen ein Stück Brot«, sagt Mom. Butter und Teller sind in der Küche. Ihre Antwort auf alles. Frisches Brot.

Keine so schlechte Antwort.

Ich muss über Larry hinwegsteigen, der gerade quer auf dem Küchenfußboden liegt.

Mom stellt einen Teller und ein Stück Brot vor mich hin. Schweigend essen wir, bis es draußen anfängt zu regnen. Das Brot ist gut.

»Du bist jetzt alt genug, um die Geschichte zu hören, über die wir nicht reden«, sagt Mom. »Das könnte dir helfen zu verstehen. Und mir geht es angeblich immer besser, je öfter ich sie erzähle. Steht in den Broschüren.«

»Stimmt das?«

»Weiß ich nicht«, sagt Mom. »Also, los. Das *Thema-über-das-wir-nicht-sprechen*, laut und deutlich.«

Wir können spüren, wie die Erde unter unserem Haus ein bisschen mehr zittert. So als würde das Haus Bescheid wissen. Als würde es sich dehnen wollen, um Platz zu machen für die Wahrheit.

Schaut mal, das komische Mädchen, das die Geschichte über den Unfall hört, der die Ängste seiner Mutter auf die Spitze getrieben hat.

Sie war mit einem Kollegen Mittagessen. Er ist gefahren. Sie ist mitgefahren. Er hat ihr einen Witz erzählt, und sie hat so gelacht, dass sie sich gekrümmt hat. Sie hatten den Lastwagen nicht kommen sehen. *Knall. Glas. Sirenen. Benzingeruch.*

Sie hatte Schnittwunden am Arm. Sie konnte nicht aus dem Auto geholt werden.

Eine Stunde lang.

Und dann war alles gut. Ganz gut. Und am nächsten Tag ist sie wieder zur Arbeit gegangen. Aber sie wollte nicht mehr ausgehen.

Nein, danke, ich kann nicht zu deiner Party kommen.

Und sie blieb immer öfter zu Hause.

Nein, danke, ich gehe nicht hin.

Eines Tages im Supermarkt hatte sie eine Panikattacke, ihre erste, mitten in der Obst- und Gemüseabteilung. Schnelles Atmen. Herzrasen. Kontrollverlust und das Gefühl, dass jetzt gleich der Tod kommen würde.

Diesen Laden konnte sie nie wieder betreten.

Schon bei dem Gedanken, wieder an diesen Ort zurückzugehen, kroch ihr die Panik den Rücken hoch.

Auch andere Orte lösten Panik aus. Was passieren könnte, wurde zu ihrer größten Angst. Tausend Dinge konnten passieren. Sie wollte alles tun, um ja keine Panikattacke zu bekommen.

In einer kleinen Ecke der Stadt fühlte sie sich so sicher, dass sie Auto fahren konnte. Also fuhr sie da. Und dann eines Tages konnte sie nicht über eine Hauptstraße fahren. Panik an der Ampel. Angst, nach links abzubiegen. Sobald sie sich einer Kreuzung näherte, brach ihr der Schweiß aus, und sie bekam Herzklopfen. Um das zu vermeiden, stellte sie sich Routen zusammen, bei denen nur rechts abgebogen wurde. So wurde aus einer kleinen Besorgung, die vielleicht zehn Minuten dauerte, ein lästiger Weg von einer Stunde.

Die sichere Ecke wurde kleiner. Sie heiratete – und irgendwohin zu kommen, war nicht mehr so ein großes Problem. Es war jemand zum Helfen da.

Und dann wurde die sichere Ecke noch kleiner.

Bis es nur noch knapp 100 Quadratmeter waren. *Fargo Drive 4520.*

Und sie ist traurig und es tut ihr leid.

Ende der Geschichte.

Jetzt sind wir still wie Steine. Sie zupft an dem Brot auf ihrem Teller. Einen Augenblick lang sehe ich ihre Hand und ihren ganzen Körper nicht als den meiner Mutter, sondern als den einer Frau draußen in der Welt.

Frau-in-Verkehrsunfall.

»Was ist mit deinem Kollegen passiert?«, frage ich.

»Ich habe ihn geheiratet«, sagt Mom. »Er war der witzigste Typ, den ich je kennengelernt habe. Und der verständnisvollste.«

»Aber er hat nach diesem Unfall keine Angst gekriegt.«

»Nein.«

Dad. Hat er das Leben nicht immer durch eine andere Brille gesehen?

Ich erinnere mich an damals, als Dad ein Klappern im Auto gehört hat, unmittelbar nachdem es in der Werkstatt gewesen war. Er kam nach Hause und klappte die Motorhaube auf. Und wie sollte es anders sein? Da lag ein riesiger schwarzer Schraubenschlüssel.

Mom sagte: »Ach du meine Güte, dieser Schraubenschlüssel hätte in den Motor fallen können, als du auf der Schnellstraße warst!«

Dad hat ihn mit einem Lappen abgewischt, in seinen Werkzeugkasten gelegt und gesagt: »Ein kostenloser Schraubenschlüssel für mich!«

Zwei Menschen konnten gar nicht unterschiedlicher auf einen Schraubenschlüssel reagieren.

Bei diesem Autounfall war es genauso, vermutlich.

Menschen sind verschieden.

Das ist keine einsteinsche Erkenntnis, aber wenn man es erst mal kapiert, wenn das wirklich angekommen ist, ist es was Tiefgreifendes. Irgendwie will man dann nach draußen auf die Straße rennen und es rausbrüllen. *Achtung, Achtung! Menschen sind verschieden! Erwartet nicht, dass alle gleich sind! Wenn ihr das tut, könnten eure Erwartungen zu Boden sinken wie ein Ballon!*

Jetzt zupft Mom an ihren Haaren und wickelt sich Strähnen um den Finger, sie scheint in Gedanken versunken zu sein. Sie braucht was zu lachen.

»Witz des Tages?«

»Diesen Teil des Tages liebe ich. Ja!«

»Wie nennt man einen kleinen Türsteher?«

»Wie denn?«

»Sicherheitshalber.«

Wir lachen beide und stoßen aus Versehen mit den Köpfen zusammen. Larry nimmt den Kopf hoch und guckt, als wären wir verrückt.

Wir lachen beide, als sie sagt, sie wird eine Lösung für das Problem finden müssen, über das wir nicht sprechen.

Wir lachen beide, als ich ihr gestehe, dass mir Rüben zu den Ohren rauskommen.

Dann gehen wir in ihr Zimmer und sie holt eine Broschüre hervor. Sie lässt sie auf ihrem Nachttisch liegen. Das ist schon mal ein Anfang.

Wir legen uns auf ihr Bett und gucken Judge Judy, die einem jungen Mann mit glänzend schwarzem Schlips sagt, er soll lieber nicht lügen, weil sie so was wie eine *Wahrheitsmaschine* ist.

»Da sind so viele Farben in deinem Haar, Mysti. Orangerot. Kupfer, Gold. Mohnrot.«

»Das sagst du immer.«

Und ich werde es sie auch immer sagen lassen.

»Wo ist meine Geschichte?« Das ist Laura, die Hände in die Hüften gestemmt, wieder ganz das alte verzogene Gör.

»Was?«

»Du hast gesagt, wenn ich überlebe, findest du die Wahrheit über die Frau raus. So, hier bin ich. Lebendig.«

Weil ich ja weiß, wie sehr ein Mädchen von der Wahrheit enttäuscht werden kann, erfinde ich für Laura eine gute Geschichte über die Frau.

Eine Geschichte. Eine Geschichte, die so ist, wie sie meiner Ansicht nach hätte sein sollen – und nicht, wie sie war.

Schaut mal, das komische Mädchen, das sich mehr als alles andere wünscht, seine eigene Geschichte möge ein Ende haben, das vielleicht nicht bis in alle Ewigkeit golden ist, aber doch einen Hauch von Hoffnung hat.

Während ich Laura eine Geschichte von der *Frau-die-irgendwohin-geht*, dem Zeugenschutzprogramm und Wildkatzen erzähle, kommt mir die Idee für eine neue Geschichte. Ein Wort, das ich vergeblich zu verscheuchen versuche, während ich mich zum Schlafen fertig mache. Ein Wort, das hartnäckig in meinem Bewusstsein bleibt, als ich mich ins Bett lege und aus dem Fenster gucke. Ein Wort.

Talentwettbewerb.

Kapitel 42

Schaut mal, das komische Mädchen, das versucht, seine Geschichte zu ändern.

Es ist so weit. Manchmal weiß man einfach, wann die Zeit reif ist. Zum Beispiel, wenn ein früherer Freund einem im Flur vor seinen neuen Freunden ein Bein stellt.

»Was verloren, Mist-Girl?«, sagt Anibal.

Langsam stehe ich wieder auf. Dann gucke ich Anibal an. Sind da noch Spuren von dem Jungen, den ich gekannt habe? Dem Jungen, der schlau und witzig ist, der auf einem kaputten Wasserbett schläft und sich sogar manchmal darüber beklagt, wie andere Leute ihn wegen seines Gewichts hänseln.

Von diesem Jungen ist rein gar nichts zu sehen. Der Junge ist nur noch eine Erinnerung.

Ich stelle eine Liste sämtlicher Möglichkeiten auf, wie ich es Anibal heimzahlen könnte, der immer noch daran arbeitet, meine Geschichte zu verändern, der immer noch Leuten erzählt, ich sei ein Mädchen mit einem HÄSSLICHEN LÄCHELN. *Mädchen-das-sich-komisch-anzieht.* Nun ja, keine meiner Ideen, wie ich ihm seine

Gemeinheit heimzahlen könnte, hat was von einem Bilderbuchende. Denn in Büchern kommen den Figuren oft Zauberei oder Wunder zu Hilfe.

Mir nicht.

Also muss ich beim Talentwettbewerb mitmachen. Nicht, weil mir seit dem letzten Jahr irgendein neues Talent gewachsen ist. *Mais non*, das bedeutet *nein* auf Französisch.

Nein, nicht aus diesem Grund. Ich muss mitmachen, weil die anderen mir diese blöden Namen geben. Das hat in der ganzen siebten Klassenstufe um sich gegriffen. Je mehr Anibal das macht, desto mehr Aufmerksamkeit kriegt er. Ich weiß, dass diese Namen an mir hängen bleiben werden, bis etwas anderes aufkommt. So machen die das. Wayne Kovok ist bekannt als *Junge-mit-Palindromnamen*, bis er *Doofvok* und *Junge-der-Fakten-furzt* geworden ist. Und *Mädchen-das-Pferde-mag* wird immer genau das bleiben. Rama werden immer noch gemeine Bemerkungen über ihren Schal an den Kopf geworfen. Und auf seine eigene verkorkste Weise versucht sogar Anibal Gomez abzuwerfen, dass er der *XXL-Loser-Junge* gewesen ist und zu *Junge-der-Hipster-ist* werden will.

Wenn ich je einen Namen eigener Wahl haben will, muss ich etwas tun, das so groß und denkwürdig ist, dass die anderen Namen in Vergessenheit geraten. Und wenn dieses Große, Denkwürdige auch noch die Nebenwirkung hat, Anibal Gomez zu zeigen, dass er nicht gewonnen hat, dann soll mir das recht sein. Ms Overstreet ist es gewesen, die mich neulich auf die große, denkwürdige Idee gebracht hat, aber das ahnte sie nicht mal.

»Mysti Murphy, was machen mutige Texaner, wenn sie vor einer nahezu unüberwindlichen Herausforderung stehen?«

»Sie zeigen Haltung, Ms Overstreet.« Das könnte ich beim Talentwettbewerb machen. Haltung zeigen.

»Eins plus, Miss Murphy!«

Ich will ihr eine Menge erzählen. Dass es leicht ist, mit ihr zu reden. Dass es schön ist, einem anderen Menschen auf der Welt von Mom zu erzählen. Und am meisten, dass ich ihretwegen niemals Alamo vergessen werde und froh bin, ein kleines Modell davon in meinem Zimmer zu haben. Aber ich denke, ich würde dann bloß säuselsusig werden und weinen, also lege ich ihr einfach nur ein Geschenk auf den Tisch. Eine süße Zwiebel.

»Unser Nationalgemüse«, sagt Ms Overstreet. »Ich bin gerührt.«

Ich übe mein *Talent* ein paar Tage lang vor Mom – und das bringt sie zum Weinen. »Das sind gute Tränen, Mysti«, sagt sie. »Ich bin so stolz auf dich. Nur zu. Du schaffst das!«

Und es macht Rama auch glücklich, dass ich es tun will. Sie drückt mich sogar kurz, bevor sie mit einem himmelblauen Schal auf die Bühne geht und so wunderschön Geige spielt, dass ich finde, sie sollte ihre Pläne, Ärztin zu werden, aufgeben. Und sogar Wayne macht mit, geht auf die Bühne und führt eine Jongliernummer vor, bei der die Menge rhythmisch mitklatscht.

Und dann bin ich dran.

Ich gehe auf die Bühne und fühle, wie mir glutheiße Angst den Nacken hochkriecht. Ich schwanke. Rektor Blakely stoppt mich und hält sein Klemmbrett hoch. »Name und Talent?«

»Mysti Murphy. Vortrag des Briefes aus der Kommandantur von Fort Alamo.«

Er schaut über den Rand seiner Nickelbrille. So als würde er sich ein seltenes Tier im Zoo angucken. Ich nicke und er nickt. Die Leute sehen sich gern etwas Ungewöhnliches an.

Und dann finde ich mich mitten auf der Bühne wieder. Da stehe ich. Ganz still. Und ich schwitze. Mit hämmerndem Herzen. Und innerlich habe ich eine Panikattacke. Das ist so schlimm, wie sich verirrt zu haben, aber ich weiß, es geht vorbei.

Ich höre den blöden Joe Busby rufen: »Hast du mal wieder ein bekloppptes Gedicht für uns?«

»Ruhe dahinten«, sagt Rektor Blakely. »Als Nächstes wird My – sty, Entschuldigung Mysti Murphy lesen …«

Wir werden mit nur zwei Ängsten geboren. Der Angst vorm Fallen und der vor lauten Geräuschen. Auf der Bühne der Beatty Middle School *Cafeteria zu stehen, gehört nicht dazu.*

Ich spüre die Blicke. All die Hitze, Energie und Erwartung sind wie ein Laserstrahl auf mich gerichtet. Mein ganzer Körper wird rot und heiß und will wegrennen.

Ich gucke nach unten und entdecke Rama, sie lächelt. Und da neben ihr steht Wayne. Ich wünsche mir so sehr, dass er das Schweigen mit einer interessanten Tatsache über Wassermelonen bricht. Das tut er aber nicht.

Ich halte nach Ms Overstreet Ausschau. Da ist sie. Sie nickt, und ich schließe die Augen und denke an das, was sie mir eben auf dem Flur gesagt hat. »Weit in der Zukunft, wenn alle anderen diesen Tag längst vergessen haben, wirst du, Mysti Murphy, dich noch immer daran erinnern.«

Das soll mir ein besseres Gefühl geben. So als könnte ich mein Schicksal ändern, indem ich Haltung zeige.

Und ich fange an.

Brief an die Bevölkerung von Texas und alle Amerikaner auf der Welt

Mitbürger und Patrioten,

ich werde belagert von den tausend und mehr Mexikanern unter der Führung von General Santa Anna – ich habe vierundzwanzig Stunden lang anhaltendem Kanonenbeschuss standgehalten und nicht einen Mann verloren. Der Feind fordert, dass wir uns ergeben, sonst wird die Garnison der Schlacht zum Opfer fallen, wenn das Fort eingenommen wird. Ich habe auf diese Forderung mit einem Kanonenschuss geantwortet und unsere Flagge weht immer noch stolz von den Mauern. Ich werde mich niemals ergeben oder zum Rückzug antreten. Und so rufe ich euch auf, uns im Namen von Freiheit, von Patriotismus und allem, was Amerikanern teuer ist, unverzüglich zu Hilfe zu kommen. Die Feinde erhalten täglich Verstärkung und ihre Zahl wird im Laufe der nächsten vier oder fünf Tage auf drei- oder viertausend anwachsen. Wenn dieser Aufruf nicht erhört wird, bin ich entschlossen, so lange wie möglich durchzuhalten und wie ein Soldat zu sterben, der nie vergisst, was er seiner Ehre und der seines Landes schuldig ist: Sieg oder Tod.

Gezeichnet,
William Barret Travis
24. Februar 1836

Als ich aufhöre zu sprechen, steht Ms Overstreet auf einem Stuhl und schwenkt die texanische Fahne. Da glaube ich dann wirklich, eine Figur in einem Buch zu sein. Also, wenn ich nicht selbst hier wäre und mir jemand erzählen würde, eine Siebtklässlerin mit schlimmen Zähnen und zu kurzen Jeans habe diesen Brief ihrem üblen, gleichaltrigen Feind vorgelesen, während ihre Lehrerin eine Fahne schwenkt, würde ich sagen, er sei total durchgeknallt, weil so was im echten Leben nicht passiert.

Aber so ist es.

Es herrscht Schweigen. Dieses laute Schweigen, das ich hassen gelernt habe.

Aber Rama und Wayne lächeln mich an. Und sogar Anibal steht nur still mit ausdruckslosem Gesicht da, und ich werfe ihm einen Blick zu, einen coolen, mutigen. Einen, der sagt: *Lass mich bloß in Ruhe.*

Wayne ruft: »Hast du gewusst, dass das nicht Travis' letzter Brief war, bevor das Fort erobert wurde? Nach diesem Brief hat er tatsächlich noch vier weitere geschickt.«

Und ich sage: »Ja, das habe ich gewusst, Wayne.«

Ich beeile mich, von der Bühne zu kommen, und dann hüpft Sandy Showalter auf mich zu und sagt: »Ich mag deinen Freund, Mysti.«

Oh Mist, denke ich, es ist so weit. Anibal kriegt das Mädchen trotzdem. Es herrscht keine Gerechtigkeit. Wenn Judge Judy hier wäre, würde sie rufen. »Das ist Quark!« Ich will kein säuselsusiges Mädchen sein, aber dass Anibal kriegt, was er will, frustriert mich zu Tränen. Ich will die beiden nicht in den Fluren sehen. Ich will kein siegreiches Lächeln von ihm. Hauptsächlich will ich nicht, dass Sandy, die, wie sich herausgestellt hat, richtig nett ist, an so einem Mistkerl kleben bleibt, bei dem unter der Oberfläche nicht viel abgeht. Der nur Eis und nicht Berg ist. Nichts von Substanz lauert unter seiner Oberfläche, außer vielleicht so was wie Mittelstufenmüll, den er für seinen sozialen Aufstieg nutzt. Ich überlege, wie ich ihr erzählen könnte, dass er auf einem kaputten, mit Plüschtieren vollgestopften Wasserbett schläft. *(Man glaubt es nicht, Sandy, Plüschtiere!)*, und ihr beizubringen, dass er Taylor Swift vielleicht überhaupt nicht mag.

Aber dann spricht Sandy die Worte, die für diese Geschichte den besten Schluss ergeben. »Sagst du Wayne Kovok das bitte von mir? Sag ihm, dass ich ihn mag, okay? Du darfst ihm gern meine Handynummer geben, wenn du willst.«

Und ich denke: Oh, süße Gerechtigkeit, in kleinen Winkeln der Welt gibt es dich wirklich.

Kapitel 43

Wir haben den Gratis-Truthahn noch nicht gegessen, aber das Radio meint, morgen ist Weihnachten. Jeder zweite Song oder Werbespot handelt von Freude, Schnee oder Bergen von Geschenken.

Heute stehe ich auf und mache Kaffee für Mom. Als ich wieder in mein Zimmer komme, erwische ich Laura, die mir Murmeln unters Laken schiebt.

»Ich hab mich schon gefragt, wann du wohl erwachsen wirst und dich an mir rächst«, sage ich.

»Oh.«

»Komm, ich bürste dir die Haare. Das ist ja ein Rattennest.«

»Warum bist du denn nett?«

»Kann ich nicht mal gute Laune haben?«

»Normal ist das nicht.«

Laura lässt sich trotzdem von mir die Haare bürsten. »Ich frag mich, wie Weihnachten wird«, sagt sie.

Beim Frühstück erzähle ich Laura dann eine Geschichte.

Also, Laura, wir hatten uns gerade zu einem leckeren Abendessen hingesetzt, zu dem du wunderbar sahnige Spaghetti mit Käse gekocht hattest, da …

Ding, dong, ding.

Larry guckte mich an, als wolle er fragen: Soll ich jetzt bellen?

»Alles in Ordnung, Larry«, sagte ich.

»Wer kann das sein?«, fragte Mom.

»Hoffentlich niemand Übles«, sagte Laura.

Wir gingen alle an die Tür, und da stießen wir auf die Jennings, die auf unserer Veranda tanzten.

»Wir haben es geschafft! Der nächste große Hit!«, verkündete Mr Jennings. Lang und ausführlich beschrieb er, wie er gerade eben das Patent für den Magischen Multimesser *bekommen hatte und dass der Home-Shopping-Sender ihn im Fernsehen verkaufen wollte.*

»Bitte, Mrs Murphy, möchten Sie nicht als offizielle Vertreterin unserer Erfindung auftreten?«, fragte Mrs Jennings.

»Wissen Sie, beim Kochen bin ich immer so entspannt und ruhig«, sagte Mom. »Das ist genau der richtige Job für mich.«

Bald darauf schon gingen alle, Mom inklusive, in ein Fernsehstudio auf dem Schlachtschiff SS American Victory, auf dem Mom nicht ganz so viel Angst hatte, weil wir darin überall ihre Bilder aufgehängt hatten. Dort wurde der allererste Teil des Verkaufsfilms für den Magischen Multimesser *gedreht.*

Mom trug ihren hübschen himmelblauen Schal und erklärte vor der Kamera, wie die Zutaten für das perfekte Brot zu mischen waren.

»Auf dieses Küchengerät habe ich mein Leben lang gewartet!«, rief sie mit wunderschönem Lächeln aus.

Ich stand in den Kulissen und schaute zu. Und da tauchten meine Freunde Rama und Wayne in einem Heißluftballon auf, weil ich sie darum gebeten hatte – und dann taten gute Freunde das auch.

Puff! *Sie erschienen.*

»Seht ihr, wie gut meine Mutter das macht?«, fragte ich sie.

»Ich bin so froh, dass sie nicht gerade etwas anderes zu tun hatte«, warf Mr Jennings ein.

»Mr Jennings, das ist mein Freund, Wayne Kovok, zukünftiger Erfinder«, sagte ich. »Er ist auch ein Fan von Steve Jobs und der Wissenschaft.«

»Haben Sie gewusst, dass Laute im Wasser vier Mal schneller von A nach B kommen als in der Luft?«

»Ja, das habe ich«, antwortete Mr Jennings. »Soso, Kovok. Das ist ein Palindrom, nicht wahr?«

Die Frau-die-irgendwohin-geht schlenderte durchs Studio, in braunen Springerstiefeln, einem pinkfarbenen Pullover und Leopardenleggings.

»Findet hier die Styling-Show statt?«, fragte sie mich.

Laura sagte: »Eine Etage tiefer.«

»Okay, danke«, sagte sie.

Nachdem die Sendung aufgenommen und wir heimgefahren waren, feierten wir alle im Fargo Drive 4520 und aßen ganz viel von dem frischen goldenen Brot, das Mom mit dem Magischen Multimesser *gebacken hatte. Und dann hörten wir, wie die Garagentür aufging, und da gerade keiner von uns den Müll rausbrachte, starrten wir uns gegenseitig an und bereiteten uns vor auf etwas … na was wohl? … Übles.*

Und da kam er rein – gestützt von Dr. Randolph.

»Dad!«, riefen wir alle.

Dad aß Brot, schaute sich mein getarntes Alamo-Projekt an, und dann setzten wir uns alle hin und guckten im Fernsehen Judge Judy, bis wir müde waren.

»Das ist eine gute Geschichte, Mysti«, sagt Laura.

Hunderte von Geschichten haben mein Bettgestell gestützt. Viele davon habe ich gelesen, und ich kann euch verraten, dass diese vielen Geschichten nicht alle auf die gleiche Weise enden. Mal ist das Ende traurig, mal glücklich. Manchmal ist das Ende so, dass man ins Grübeln kommt. Und manchmal lässt man sich aufs Bett fallen und denkt, ich glaube, die Geschichte hätte gar nicht anders enden können.

So ein Ende mag ich am liebsten. Solche Enden haben viel mit dem wirklichen Leben gemeinsam.

Jetzt piepst mein Handy.

Wo bleibst du?

5 Minuten

Schnell mache ich Laura ein Brot mit Erdnussbutter und Thunfisch zurecht und stopfe es in ihre Essenstüte.

Mom schlurft in die Küche und gibt mir einen Kuss auf den Scheitel.

»Ich wünsche euch einen schönen Tag, ihr süßen Mädchen«, sagt sie. Sie folgt uns zur Haustür, und ich höre, wie die sich mit einem Klick hinter mir schließt.

»Ich kann euch immer noch sehen!«

»Tschüss, Mom.«

»Tschüss, Mom.«

Unsere Tür ist jetzt basilikumgrün. Mom, die nicht aufhören kann, unsere Wände anzumalen und ihre Leinwände zu übermalen, hat sich endlich zur Außenseite vom Fargo Drive 4520 vorgearbeitet.

Jetzt sieht unser Haus aus wie immer, aber anders. Genau wie die Figuren, die darin leben.

Da ist eine Person, die malt und kocht und sich einer Online-Selbsthilfegruppe für Agoraphobiker angeschlossen hat.

Eine Person, die allen Krankenschwestern im Krankenhaus Witze erzählt und zu Weihnachten nach Hause kommt.

Eine verzogene kleine, noch nicht fertige Person, deren Hobby es ist, das Hochziehen einer Augenbraue zu üben.

Und eine irgendwie mutige Mädchenperson mit einem schicken Haarschnitt, der Fähigkeit, für ihre Familie Essen einzukaufen, und zwei guten Freunden.

Très bon!

Rama steht am Straßenrand, die Hand in der Hüfte.

»Was guckst du? Wir kommen noch zu spät zum Bus. Beeil dich!«

»Ist ja gut!«

»Ich hab wieder eine Nachricht von Wayne.«

»Das war doch klar. Mir hat er zwanzigmal geschrieben.«

»Er sagt, wenn wir nicht zur Schulfete gehen, wird er sich komisch fühlen mit Sandy und nicht wissen, worüber er reden soll, und das wird seine Zukunft zerstören.«

Na ja, niemand soll Mysti Murphy nachsagen, dass sie dazu beigetragen hat, jemandem die Zukunft zu zerstören. Deshalb sage ich: »Okay, schreib ihm, dass ich hingehe.«

»Dafür wirst du mir später im Leben danken.«

»Hör auf, so viel über das nachzudenken, was später im Leben passiert.«

»Kann ich nicht. Ich werde eine berühmte Ärztin sein und die Welt verbessern, indem ich Menschen von Krebs heile. Du wirst eine berühmte Autorin und verbesserst die Welt, indem du über Geheimnisvolles und Katzen mit interessanten Namen schreibst.«

»Das könnte passieren«, sage ich. »Veränderung kommt auf uns alle zu.«

»Das ist sicher.«

Der Bus fährt den Fargo Drive entlang, mit Veränderungsgeschwindigkeit.

Und das ist gut so.

Schaut mal, das komische Mädchen, das dahin kommt, wo es hinwill – auf seinen eigenen zwei Füßen.

Dank

Es ist ein Privileg, denen Dank auszusprechen, die mein Schreibleben möglich machen. Allein könnte ich dies nicht tun und würde es auch nicht wollen. Zuerst bin ich meiner Agentin Julia Kenny äußerst dankbar. Die Zusammenarbeit mit meiner Lektorin Bethany Strout ist eine Freude, und ich kann ihr gar nicht genug danken für den Enthusiasmus und die Einsichten, die sie in dieses Buch eingebracht hat. Besondere Wertschätzung und Dank gelten Alvina Ling, Victoria Stapleton, Faye Bi und dem gesamten begabten Team bei Little Brown. *Merci beaucoup* an Polly Holyoke für großzügige Unterstützung, Rat und Freundschaft während der Zeit, in der dieses Buch geschrieben wurde. Meinem wunderbaren Ehemann, meinen Kindern und Freunden danke ich vieltausendmal fürs Mutmachen und ihre Liebe. Und zum Schluss danke ich meinem Himmlischen Vater, der immer im Garten auf mich wartet, wenn ich Mut brauche.

Karen Harrington ist begeisterte Kaffeetrinkerin, Mutter, Hundeliebhaberin und Buchsammlerin. Sie schreibt Geschichten, seit sie denken kann. Inzwischen hat sie ihren Traumjob gefunden und ist hauptberufliche Autorin. Sie lebt mit ihrem Mann und ihren beiden Töchtern in Texas.

Anika Beer

Kieselsommer

320 Seiten, ISBN 978-3-570-15773-2

Der erste Urlaub ohne Eltern! Tilda und ihre beste Freundin Ella können es kaum erwarten. Zwei Wochen gehört ihnen das Ferienhaus von Tildas Tante im Spreewald ganz allein. Mit Terrasse und eigenem Boot. Das wird der beste Sommer ihres Lebens! Doch dann fängt Ella ein Glühwürmchen und wünscht sich die große Liebe – und am nächsten Tag taucht Mats auf. Mats, der irgendwie ganz besonders ist. Ella glaubt an das Schicksal und dass Mats und sie füreinander bestimmt sind. Doch Tilda traut Mats nicht über den Weg und fühlt sich mehr und mehr wie das fünfte Rad am Wagen. Aber muss man seiner besten Freundin nicht alles Glück der Welt gönnen?

20265

cbj

www.cbj-verlag.de